Gerd Schmidinger
Horizont der Götter

Gerd Schmidinger

Horizont der Götter

Roman

Bibliografische Information der Deutschen Nationalbibliothek:
Die Deutsche Nationalbibliothek verzeichnet diese
Publikation in der Deutschen Nationalbibliografie;
detaillierte bibliografische Daten sind im Internet
über http://dnb.dnb.de abrufbar.

Die automatisierte Analyse des Werkes, um daraus
Informationen insbesondere über Muster, Trends und
Korrelationen gemäß §44b UrhG („Text und Data Mining")
zu gewinnen, ist untersagt.

© 2024 Gerd Schmidinger

Lektorat: Gerd Schmidinger
Korrektorat: Gerd Schmidinger

Verlag: BoD • Books on Demand GmbH, In de Tarpen 42,
22848 Norderstedt
Druck: Libri Plureos GmbH, Friedensallee 273,
22763 Hamburg

ISBN: 978-3-7597-4246-9

Kapitel

Mári	Seite 7
Anatok	Seite 128
Quelle des Ri	Seite 159
Die Nuz	Seite 210
Mensch ohne Furcht	Seite 250
Pa'nan	Seite 293
Epilog	Seite 313

Mári

An den Tag, an dem Mári zum Liebling der Götter wurde, konnte sie sich als erwachsene Frau nur mehr wie durch einen Schleier erinnern. Doch irgendwo, in den düstersten Winkeln dessen, was sie später ihr Leben nannte, war da der Schrei ihrer Mutter, verschwommen und unklar, aber von einer Eindringlichkeit, die mit den Jahren nicht nachließ. Auf gewisse Weise, so dachte sie, hatte dieser Schrei ihr ganzes Leben begleitet.

Dabei hatte sie ihn damals, als neunjähriges Mädchen, kaum wahrgenommen. Sie waren zum Opfer gegangen, wie jeden Sonntag. Ihr Vater, dessen langes blondes Haar im Wind wehte, in dem wollenen Mantel, den er im Winter trug, ihre Mutter in ihrem groben Kleid aus Leinen und den kleinen Jo auf dem Arm, und sie selbst hüpfend und singend in ihrem braunen Gewand aus Hirschleder, das sie im Winter besser wärmte als ihr dünnes Leinenkleid. Ihre Kleidung roch intensiv nach Rauch, wie häufig im Winter. Mári mochte das. Sie mochte auch, dass der ganze Ort zusammenkam, um das Opfer gemeinsam zu feiern. Kurz bevor sie den Opferplatz erreichten, trat Liv, die Bäckerin, eine stämmige Frau mit roten Backen, die immer ein freundliches Wort für sie übrig hatte, auf die enge, mit unregelmäßig großen Kalksteinen gepflasterte Straße. Kris, ihr ebenso kräftiger Mann, begleitete sie. Er war etwas wortkarg, aber Mári mochte ihn auch. Sara und

Micha, zwei Kinder in ihrem Alter, mit denen sie häufig spielte, winkten ihr zu, als sie auf den Platz traten. Besonders mit Sara verstand sie sich oft ohne Worte, und ihre Gegenwart rief ein warmes Gefühl in ihr wach. Mári winkte zurück. Die Erwachsenen unterhielten sich leise untereinander, bis der Priester kam. Mári ging ein paar Schritte zur Seite und ließ ihren Blick schweifen. Graue Wolken verdeckten die hohen Berge, doch das Tiefland, das sich gen Norden hin erstreckte, flankiert von niedrigerer werdenden Bergrücken, wirkte merkwürdig klar und zum Greifen nahe. Fast schien es ihr, als könne sie die einzelnen sonnenverbrannten Büsche wahrnehmen, die die Ebene bedeckten. Mári liebte den Blick ins Tal. Sie wusste, und auf dieses Wissen war sie mächtig stolz, dass er deswegen so gut war, weil Elpele selbst auf einem Berg erbaut worden war. Und je höher man selbst stand, umso weiter konnte man ins Tal blicken. Ja, heute konnte sie sogar den großen See erahnen, der die Ebene im Norden begrenzte. Dort musste Pregatz liegen, die große Stadt, in der die Hohepriester lebten. So jedenfalls hatte es ihr ihre Patin Landa erklärt. In Gedanken bei ihrem neu erworbenen Wissen, hatte Mári gar nicht gemerkt, dass die Zeremonie schon begonnen hatte. Auf den großen Opferaltar im Zentrum von Elpele legten die Bewohner des Ortes ihre Gaben: eine Hand voll Weizen, ein paar Orangen, Eier oder was man sonst entbehren konnte. Aber da jeder Einzelne etwas opfern sollte, kam doch einiges zusammen. Schließlich sprach der Priester, der eine schwarze

Robe mit dem Zeichen der Götter trug, weihevoll klingende Worte, von denen Mári nur die Hälfte verstand, während die Bauern Feuerholz um die Gaben herum aufschichteten. Der Priester, ein kräftiger dunkelhaariger Mann mit dichtem gepflegtem Bart, kantigem Kinn und dunkler Haut, setzte schließlich den unter dem Holz liegenden Zunder mit Hilfe einer Fackel in Brand, ein besonders feierlicher Moment, wie Mári wusste. Den durfte man keinesfalls verpassen, genau so wenig wie man vergessen durfte, sein Opfer auf den Stein zu legen. Mári hatte ein paar Früchte des Erdbeerbaumes in ihrer Hand, und die betrachtete sie gedankenverloren, während sie etwas abseits stand. Es waren runde, rot-orangene Früchte mit Noppen dran, etwas mehlig zwar aber nicht schlecht, und die Büsche wuchsen überall, deshalb genehmigte sie sich fast täglich ein paar davon. Máris Blick folgte einem kleinen Vogel mit roter Brust und schnellen Flügelschlägen. Sie sog tief die milde Winterluft ein. Rauch wehte vom qualmenden Opfertisch her. Rauch? Irgendetwas stimmte hier nicht. Wieso hatte sie immer noch die roten Früchte in der Hand? Wieso hatte sie sie nicht auf den Opfertisch gelegt? Wieso hatte sie niemand daran erinnert, ihr Opfer darzubringen? Das konnte nicht sein, das durfte nicht passieren. Hilfesuchend blickte sie um sich und fand das helle, von aschblonden Locken umspielte Gesicht ihrer Mutter. Ihre Blicke trafen sich. Der ihrer Mutter wanderte zu den Früchten in Máris Hand, und plötzlich loderte Angst in diesen Augen, abgrundtiefe Angst in diesen Augen, die doch beruhigen sollten. Und der offene zuckende Mund, wie eine endlos tiefe Höhle. Erst später musste Mári den Schrei wahrgenommen haben, der aus ihm drang.

Mári blickte an sich, an diesem kleinen neunjährigen Körper hinab. Etwa zehn Schritte gepflasterten Steins lagen zwischen ihr und den anderen Dorfbewohnern, die um den brennenden Gabenstoß herum standen, zehn Schritte, die plötzlich wirkten wie eine unüberwindliche Schlucht. Konnte das sein? Sollte so alles enden? Der Priester hatte die Zeremonie unterbrochen, doch das Feuer brannte weiter, und das Knistern klang entsetzlich laut. Und alle Augen auf sie gerichtet, still und ausdruckslos, als warteten sie auf etwas. Mama! Mári spürte, wie die roten Früchte durch ihre geöffneten Finger glitten. Dann fühlte sie nichts mehr.

Ich lebe! Das war der erste verwirrte Gedanke, als Mári auf dem kalten Steinboden liegend zu sich kam. Der zweite galt ihrer Mutter, denn diese rannte wie eine Verrückte vor und zurück, umarmte sie kurz, netzte sie dabei mit ihren Tränen, ließ sie wieder los, um den notwendigen Abstand wieder herzustellen, kam wieder her, umarmte sie abermals und schniefte dabei nass in ihre Halsbeuge. Als sie bemerkte, dass ihre Tochter sich rührte, brach sie in ein Schluchzen aus, in dem sich Schmerz und Erleichterung zu einer endlos wirkenden Kaskade vermengten. Mein Kind, mein Kind! Sie überschüttete das Mädchen mit tränenreichen Küssen. Mári stieß sie von sich fort. Wie konnte sich ihre Mutter nur so gehen lassen und sie beide derart gefährden! Beschämt blieb diese einige Schritte entfernt stehen und schluchzte: "Es tut mir leid, es tut mir so leid!" Mári zwang sich zu einem beruhigenden Lächeln. Es war ja nichts passiert. Die Götter hatten offenbar verstanden, dass es ihre Mutter nur aus Erleichterung so übertrieben hatte mit der Umarmung. Und ihre Erleichterung war verständlich. Nach allem, was sie wusste, hätte Mári tot sein müssen - aber die Götter hatten sie verschont! Sie konnte sich nicht erinnern, dass das schon einmal passiert war. Schließlich lernte man, sobald man sprechen konnte, dass die Strafe auf den Fuß folgte, wenn man die Gesetze der Götter missachtete. Und das erste Gesetz hieß nun mal: Du sollst den Tag der Götter heiligen.

Auch wenn das etwas schwammig formuliert war, jeder wusste genau, was das hieß: sobald ein Kind laufen konnte, musste es an jedem Sonntag sein Opfer darbringen, und zwar bevor der Priester den Opferstoß in Flammen setzte. Tat man das nicht, wurde man bestraft, so wie man bestraft wurde, wenn man eines der anderen göttlichen Gesetze missachtete. Denn die Götter sahen alles. Und sie kannten nur eine Strafe: den Tod.

Außer bei Mári. Da kam keine Strafe, gar keine. Die Götter ließen sie laufen. Mári konnte immer noch kaum glauben, dass sie davon gekommen war. Doch wie zuvor war es irgendwie auch nicht mehr. Der

Abend mit ihren Eltern war sehr schön gewesen, ihre Mutter hatte sich wieder beruhigt, ihr aber die besten Stücke Hammelfleisch gegeben. Sogar vom Wein ihres Vaters durfte sie nippen, und das durfte sie sonst nie. Aber Antworten hatten ihre Eltern keine gewusst. Mári war noch lange wach gelegen in ihrer kleinen Schlafkammer im Obergeschoss des Hauses und hatte versucht, eine Erklärung zu finden. Wieso hatten die Götter sie verschont? War an ihr etwas Besonderes? Oder hatte sie einfach Glück gehabt? Vielleicht waren die Götter ja abgelenkt gewesen von irgend jemand anderem, der ihre Gesetze übertrat, vielleicht in Pregatz oder in Bazora, dem Nachbardorf jenseits des Mühlbaches. Hatte derjenige mit dem Leben bezahlt? War jemand anders für sie gestorben? Entsetzen kroch in Mári hoch, lange lag sie noch wach und wusste nicht, ob sie sich freuen oder ob sie erschaudern sollte angesichts der Ereignisse.

Am nächsten Morgen wurde es nicht besser. Als Mári zu Kris und Liv ins Backhaus ging, um ein neues Brot zu holen, wirkte Liv, die heute einen besonders bunten Rock trug, irgendwie ganz aufgeregt, nicht so gemütlich und beruhigend wie sonst. "Na, wer kommt denn da?" japste sie. "Der Liebling der Götter!" Es sollte wohl freundlich klingen, was Liv, diese dicke gut duftende Frau, die ihr immer wieder mal ein Stück Süßbrot zusteckte, da sagte. Aber irgendwie glaubte sie ihr ihre Freundlichkeit heute nicht, da schwang noch etwas anderes mit, etwas, das Mári nicht verstand.

Verlegen gab sie ihr die sechs Eier, die Liv für das Brot nahm. Diesmal kniff sie Liv nicht in die Backe, sondern schaute ihr tief in die Augen: "Du musst etwas ganz Besonderes sein, Mári" sagte sie mit feierlicher Stimme. Und wieder dieses komische Gefühl, dass es Liv nicht ernst meinte, oder doch ernst aber dass sie ihr etwas verschwieg, eine Gefühlsregung, für die sie sich selbst schämte. Als sie unter dem niedrigen Türstock wieder hinaus auf den Opferplatz trat, atmete Mári auf. Sie würde nicht den schnellsten Weg zurück nehmen. Sie überquerte den Opferplatz und stand schließlich vor dem Haus des Priesters. Sába wohnte im größten Haus des Dorfes. Es sah nicht wirklich anders aus als die Häuser der Bauern, schließlich waren alle Häuser Elpeles in mühsamer Arbeit aus den Steinen des dorfeigenen Steinbruchs unten am Mühlbach errichtet worden. Ein Stock zur ebenen Erde, in dem man wohnte und arbeitete, und einer darüber, in dem man schlief, das war die Regel. Doch das Haus des Priesters überragte die Nachbarhäuser, das des Töpfers und jenes ihrer Patin Landa, der Schneiderin, um mindestens drei Schritte. Woran das wohl lag? Mári war das noch nie so aufgefallen. Hatte das Haus ein weiteres Stockwerk? Mári schaute auf die Reihen der kleinen Fenster, welche die aus Kalksteinen zusammengesetzte Fassade unterbrachen. Nein, kein weiteres Stockwerk. Ein Licht ging ihr auf. Ja, das musste es sein! Die Zimmer waren höher als die der anderen Häuser. Sonderbar. Sába war auch nicht größer als andere Männer. Und Gerald, der Müller, der größte Mann, den sie kannte, wohnte auch in einem ganz normalen Haus. Wozu brauchte der Priester so hohe Räume? Mári zögerte. Niemand war auf dem Opferplatz zu sehen. Sie mochte Sába nicht besonders. Irgendwie war ihr immer vorgekommen, als fühle er sich in ihrer Gegenwart nicht wohl. Und das war nichts, was sie besonders angenehm fand. Doch sie hatte das Gefühl, dass er ihr vielleicht weiterhelfen konnte. Mári betrachtete das Symbol der Götter, das auf dem Türstock eingraviert war. Ein Kreis und eine Reihe von Punkten, die den Kreis umschwirrten wie Vögel einen Baum. Mári wusste, dass der Kreis in Wirklichkeit eine Kugel darstellte, die Kugel, auf der sie lebte und die sie Erde nannte. Und die Punkte standen für die Götter, die um die Erde herumflogen und sie beschützten. Vorausgesetzt, man tat alles so, wie die Götter das vorgesehen hatten. Vorausgesetzt, man opferte ihnen jeden Sonntag. Und hatte jenen ausgedehnten wonnevollen Körperkontakt nur mit seinem Ehemann oder seiner Ehefrau. Und man log nicht und stahl nicht und tötete niemanden. Mári nahm sich ein Herz. Wenn jemand eine Antwort auf ihre Fragen haben würde, dann doch der Priester. Er musste wissen, wieso die Götter keine Blitze auf sie geschleudert hatten. Er musste wissen, wieso Liv sie den Liebling der Götter genannt hatte. Irgendwie klang es ja auch ganz gut, dachte sie, und sprach es aus, murmelte es halblaut vor sich hin: Liebling der Götter, Liebling der Götter. Bevor sie anklopfte, blickte sie nach oben. Dort mussten die Götter sein, diese sonderbaren strafenden Götter, deren Liebling sie nun anscheinend war. Warum nur? Doch alles, was sie sah, war ein Adler, der weit oben seine Kreise zog. Und die Wintersonne, die gerade ein paar Hand breit über den hohen Bergen im Osten stand. Die höchsten von ihnen glänzten weiß vom Schnee.

Máris Klopfen hallte über den ganzen Platz. Ein Rumpeln ertönte aus dem Inneren des Priesterhauses. Die Tür flog auf und das rote Gesicht des Priesters erschien. „Mári!" entfuhr es ihm erstaunt. „Was gibt es?"

Mári nahm all ihren Mut zusammen. „Ich hab' ein paar Fragen an dich."

„Ach, wirklich?" Der Priester machte ein ziemlich dummes Gesicht, wie Mári fand, und er kratzte sich am bärtigen Kinn. „Also gut," sagte er schließlich, aber er machte keine Anstalten, sie ins Haus zu bitten. „Was willst du wissen?"

Mári kam sich etwas blöd vor, wie sie da mit ihrem Brot vor dem dunkel behaarten Mann stand, aber sie holte tief Luft und fragte: „Bin ich wirklich der Liebling der Götter?"

Ein nervöses Lachen. „Der Liebling der Götter? Wie kommst du denn darauf?" Mári erzählte ihm, was Liv zu ihr gesagt hatte. Sába blickte gehetzt um sich. „Mári," sagte er schließlich und blickte ihr eindringlich in die Augen, „glaub ja nicht, dass du etwas Besonderes bist. Ja, vielleicht mögen dich die Götter, vielleicht bist du zu etwas Großem ausersehen, wer weiß. Aber mach das nicht nochmal. Glaub mir, ein weiteres Mal werden dich die Götter nicht verschonen. Gehorche den Gesetzen, das ist alles, was ich dir sagen kann." Und schon war der Moment vorbei, in dem Mári echte Anteilnahme in seinem Gesicht lesen konnte. „So, und jetzt geh nach Hause und mach dir keine Sorgen."

Mári ging nach Hause, aber Sorgen machte sie sich trotzdem. Irgendwie war es traurig, vor den Göttern Angst haben zu müssen. War das wirklich notwendig? Sie beschloss, ihre Patin Landa danach zu fragen.

Diesmal nahm Mári den Weg zwischen dem Haus der Heilerin Magda und dem Werkzeugmacher Jon. Hinter Jons Tür hörte sie leises Hämmern. Einem Instinkt folgend, drehte sie sich nochmals um und blickte zum Opferplatz zurück. Sie sah gerade noch, wie Livs bunter Rock im Haus des Priesters verschwand.

Hinter Magdas Haus bog Mári rechts ab. Nun, da der Opferplatz hinter ihr lag, öffnete sich das Dorf und die gedrungenen Steinhäuser standen in großem Abstand zueinander. Kein Wunder, schließlich hatte jede Familie ihren Garten, der sie ganzjährig mit Feldfrüchten versorgte. Fast alle hatten auch noch ein paar Schafe zwischen ihren Obst- und Olivenbäumen stehen. Damit diese vor den Wölfen geschützt waren, umgaben sich die verschiedenen Weidegärten mit Mauern aus Stein, was dazu führte, dass auch die Wege des Dorfes von Steinmauern begrenzt wurden.

Mári mochte diese Mäuerchen. In ihren Ritzen ließ sich jedes Mal etwas Neues entdecken: Farne, die sich die winzigen Erdklümpchen zwischen den Steinen zu Nutze machten, Moos, allerlei Insekten und Spinnen - und überall die schönsten unterschiedlich gefärbten Eidechsen. Bis vor kurzem waren Mári die Mäuerchen noch unglaublich hoch vorgekommen. Doch seit einigen Monaten konnte sie über sie hinweg blicken, und das Dorf hatte dadurch an Übersichtlichkeit gewonnen. Ja, ihr kam vor, als hätte sie jetzt erst richtig verstanden, wie Elpele aufgebaut war. Und das erfüllte sie mit einem neuen Selbstbewusstsein. So grüßte sie denn auch ohne Zögern den alten weißbärtigen Johann, der auf dem Bänkchen vor seinem Haus saß und hinaus in seinen Garten blickte. Seine Orangenbäume trugen besonders schöne Früchte. Johann kniff die Augen zusammen. Als er Mári schließlich erkannte, huschte ein Lächeln übers Gesicht. „Na, wenn das nicht der neue Liebling der Götter ist!" Mári lächelte zurück. Johann meinte es auf jeden Fall nett. Und vielleicht war ja auch wirklich nichts dabei, so genannt zu werden. Leo, der sich bei allem unglaublich ungeschickt anstellte, nannten alle nur "den Tölpel", und der beschwerte sich auch nicht. "Liebling der Götter" war sicher der bessere Spitzname. Von Johanns freundlicher Art getragen, hüpfte Mári die letzten Schritte zu ihrem Elternhaus.

„Na, endlich bist du da!" tadelte ihre Mutter, die gerade einen Salatkopf im Garten vor dem Haus erntete. Doch es umspielte ein Lächeln ihr weiches Gesicht.

„Ich musste noch mit dem Priester reden," erwiderte Mári und drückte ihr den dicken Laib Brot in die noch freie Hand.

„Ach so!" Gespielte Ehrfurcht in der Stimme ihrer Mutter. „Der Liebling der Götter musste mit dem Priester reden! Und was hat Sába gesagt?"

„Nicht viel Nützliches," erwiderte Mári. „Aber er hatte sowieso nicht viel Zeit, er war dann noch mit Liv verabredet."

Ihre Mutter zog eine Augenbraue hoch. „Mit Liv? Bist du da sicher?" Mári nickte. Irgendwie schien die Nachricht ihre Mutter zu beunruhigen. Wieso nur? Der Priester war doch für alle da. Weshalb sollte er sich nicht mit Liv verabreden?

„Wo waren sie denn verabredet?" fragte ihre Mutter, und der Salatkopf und das Brot zitterten ein wenig.

„Liv ging in sein Haus, gerade als ich gegangen war. Ich hab nur ihren bunten Rock gesehen," gab Mári Auskunft. Ein Brummen war die Antwort. Es kam Mári nicht sehr zufrieden vor. Was hatte Mutter nur?

„Nun geh schon rein," sagte sie schließlich. „Deine Patin ist schon da. Sie will mit dir sprechen."

Das konnte ja heiter werden. Mári mochte Landa, sie wusste viel und hatte ihr, so wie es ihre Aufgabe war, schon ganz viele spannende Dinge über Elpele, die Natur und die Welt beigebracht. Und eigentlich wollte sie sie ja auch noch einiges zu den Göttern fragen. Aber wenn Landa ankündigte, mit ihr reden zu wollen, gab es meistens eine strenge Moralpredigt.

Doch als Mári über die Schwelle trat und in die Stube blickte, erlebte sie eine Überraschung. Landa, die am großen Eichentisch saß und sich angeregt mit ihrem Vater zu unterhalten schien, der ein lecker duftendes Gericht an der Feuerstelle zubereitete, erhob sich, als sie sie sah, stürzte auf sie zu und drückte sie fest. Wenn auch nur ganz kurz, damit sie die Götter nicht missverstanden. Aber es hatte gereicht, um Mári einen wohligen Schauer über den Körper zu jagen. Landa hatte sie noch nie umarmt.

„Schön, dass es dir gut geht," strahlte ihre Patin sie schließlich an, verlegen ihr Leinenhemd zurecht streifend. Einladend deutete sie zum Tisch. „Komm, setz dich zu mir." Mári setzte sich zu ihr, den notwendigen Abstand von etwa einer Armlänge wahrend.

Das blonde Haar, das Máris Vater heute zu einem Zopf zusammengebunden hatte, baumelte ein wenig hin und her, als sich der kräftige Mann mit den weichen Gesichtszügen zu Mári umdrehte und ihr freudig zulächelte. Dann wandte er sich wieder dem Herd zu. Mári blickte in die Augen ihrer Patin. Dunkel waren sie, ähnlich den ihren, und auch ihr Gesicht hatte viel mit Máris dunklen kantigen Zügen gemein.

„Nun erzähl mal in Ruhe, Mári," fing ihre Patin an, „wie konnte das denn gestern passieren, dass du dein Opfer vergessen hast?"

Mári berichtete, wie sie in Gedanken die Berge und die Ebene betrachtet hatte, wie sie abseits gestanden hatte und einfach nicht gemerkt hatte, dass alle schon ihre Opfergaben auf dem Tisch dargebracht hatten.

„Und ansonsten war nichts ungewöhnlich?" hakte Landa nach. Mári überlegte.

„Nein," sagte sie schließlich, „nicht dass ich wüsste."

„Vielleicht hast du einfach Glück gehabt," sagte Landa schließlich.

„Glück? Wieso Glück? Wie kann ich Glück gehabt haben? Die Götter sehen doch alles! Das hast du mir selbst beigebracht!"

Mári merkte, wie Landa einen kurzen fragenden Blick in Richtung ihres Vaters schickte. Ja natürlich, er hörte alles mit. Doch das war in Ordnung, Mári hatte volles Vertrauen zu dem Mann, der in seiner ruhigen Art immer das Beste für alle zu wollen schien. Fast unmerklich nickte er.

Landa seufzte. „Hör zu," sagte sie schließlich, nahm unsicher Máris Hand und ließ sie gleich darauf wieder los. „Es ist doch so: die Gesetze der Götter sind ja nicht nur dazu da, damit wir sie befolgen wie kleine Kinder. Nein, sie haben einen Sinn. Sie machen uns besser, und wenn wir sie befolgen, funktioniert unsere Gemeinschaft besser. Nimm das Gebot: 'Du sollst nicht stehlen.' Das ist ein gutes Gebot. Es führt zu Frieden im Dorf. Oder das Gebot: 'Du sollst nicht töten.' Stell dir mal vor, dieses Gebot gäbe es nicht. Es wäre furchtbar, wenn wir ohne zu zögern jeden umbringen würden, der uns ärgert, denn dann gäbe es irgendwann keine Menschen mehr."

Landa machte eine Pause. Mári wartete. Soweit wusste sie das schon, das hatte ihr Landa schon vor Jahren erklärt. Ihr war es immer wichtig gewesen, dass Mári einsah, warum sie die Gesetze der Götter befolgen sollte. Damit sie am Leben blieb, klar, aber eben nicht nur deshalb. Die Pause wurde immer länger. „Aber wieso sprichst du von Glück?" fragte sie schließlich. „Die Götter wissen doch alles, deshalb sind sie die Götter. Da kann doch Glück keine Rolle spielen!"

Landa seufzte nochmal. „Die Götter sind unerbittlich. Meistens. Und wir wollen unsere Kinder schützen, Kinder wie dich, Mári. Deshalb lehren wir alle Kinder, die Gesetze der Götter zu achten. Ohne Ausnahme. Weil die Götter allwissend sind." Wieder eine schmerzhaft lange Pause. Diesmal wartete Mári darauf, dass Landa weitersprach.

„Aber um die Wahrheit zu sagen: wir wissen nicht, was die Götter wissen. Wir wissen, dass sie gute Gesetze erlassen haben und dass sie sie bei Todesstrafe durchsetzen, aber sie tun es nicht immer."

„Was?" Mári fuhr von ihrem Stuhl hoch und Landa fort: „Du kennst doch die fünf göttlichen Gesetze: Das erste Gesetz: Du sollst den Tag der Götter ehren. Das zweite Gesetz: Du sollst nicht töten. Das dritte Gesetz: Du sollst keine Unzucht treiben. Das vierte Gesetz: Du sollst nicht stehlen. Das fünfte Gesetz: Du sollst nicht lügen."

Mári kannte die Gesetze. Sie blickte in Landas fragendes Gesicht. Was wollte sie von ihr? Plötzlich schien ihr, als wankte der Boden unter ihr. Erinnerungen an kleine Notlügen, an aus fremden Gärten gemopste Mandarinen. Wie konnte es sein, dass ihr das nie aufgefallen war?

„Wie kann das sein?" flüsterte sie schließlich. „Wieso habe ich das nie bemerkt?" Landa lächelte, Mári vermeinte etwas wie Stolz in ihrem Blick wahrzunehmen. „Was hast du nicht bemerkt?" fragte ihre Patin.

„Die Götter bestrafen nur diejenigen, die die ersten drei Gesetze missachten! Die andern beiden sind ihnen egal!"

Landa grinste. „Nun, ob sie ihnen egal sind, wissen wir nicht. Aber du hast völlig recht: man kann gegen sie verstoßen, und es passiert - nichts, rein gar nichts. Nur du, du bist die eine große Ausnahme. Du hast gegen das erste Gesetz verstoßen, und zwar ganz und gar eindeutig, und die Götter haben dich verschont. Ich freue mich darüber, mehr als du dir vorstellen kannst, aber ich würde auch zu gerne wissen, warum." Mári hätte das auch gerne gewusst. Und noch etwas wollte sie wissen: „Landa, wieso bestrafen uns die Götter so grausam - mit dem Tod?" Mári flüsterte ihre Frage, gegen Schluss immer leiser werdend. Sie hatte fast das Gefühl, über die Götter zu lästern. Erstaunt und traurig zugleich blickte sie Landa an. „Auch das weiß leider niemand, wirklich niemand. Aber auch ich habe mich das schon oft gefragt."

Mári behielt ihren Spitznamen, den manche mit Ehrfurcht und andere mit kaum verhohlenem Neid aussprachen. Mári gewöhnte sich daran, und nach und nach verlor auch der besondere Tag, der ihn ihr gebracht hatte, an Bedeutung. Doch irgendwie war etwas in ihr gekeimt, das ihr keine Ruhe ließ: sie wollte wissen, weshalb die Götter handelten, wie sie handelten, und sie wollte wissen, warum alles so war, wie es war.

*

Fünf Winter waren vergangen, seit Mári zum Liebling der Götter geworden war, und aus dem kleinen Mädchen war ein größeres Mädchen geworden, das immer mehr in die Arbeiten des Hofes mit eingebunden wurde. Schließlich würden nur noch ein paar Jahre ins Land gehen, bis sie einen eigenen Hausstand gründen würde. Und dann musste sie wissen, wie man ein Huhn tötete, wie man eine Marmelade aus Zitronen oder Baumerdbeeren kochte, wie man die Schafe scherte und vieles mehr.

Dass man jedes Jahr ein paar Schafe mehr haben sollte als man selbst brauchte, hatte sie schon gelernt. Jedes Jahr zum Fest des Gottes Eelon, der die Reisenden beschützte, kamen die Ritter des Hohepriesters von Pregatz, um den Zehnt einzutreiben. Dies taten sie der Einfachheit halber, indem sie aus jedem Hausstand zwei bis vier Schafe mitnahmen, je nach Laune und Bedarf des Hohepriesters - oder der Soldaten, so genau wusste das in Elpele niemand. Sie hatten immer auch zwei große Hunde dabei, die ihnen halfen, die Schafherde nach Pregatz zu bringen - oder die Bauern einzuschüchtern, wenn sie über die Anzahl der Schafe diskutieren wollten. Und Sába, der Priester, war immer an ihrer Seite, so, als wolle er die Dorfbevölkerung daran erinnern, dass sie auf sein Wohlwollen angewiesen waren. Eelons Fest fiel genau auf den Tag der Tag- und Nachtgleiche, es war die Zeit, in der die erbarmungslose Hitze des Sommers nachließ, aber die winterlichen Regengüsse noch nicht eingesetzt hatten. Eine angenehme Zeit, um längere Reisen vorzunehmen. Mári hatte damit gerechnet, dieses Jahr - so wie auch die beiden letzten Jahre - bei der Übergabe des Zehnts dabei zu sein, aber ihr Vater ließ sie laufen. Sie hatte in den letzten Jahren die Felsberge, die hinter Elpele in schwindelerregenden Formationen gen Himmel wuchsen, für sich entdeckt, und ihre Eltern hatten nichts dagegen, wenn sie dort herumstreifte, solange sie ihre Pflichten nicht vernachlässigte. Meist hatte sie auch einen guten Grund dort hinzugehen, denn an den steilen Hängen zwischen den Felsen wuchsen die schmackhaften blauen Heidelbeeren, aus denen man Mus und Marmelade machen konnte, und Mári hatte einen so sicheren Tritt, dass sie sie auch noch in den unmöglichsten Lagen ernten konnte.

Das wäre eigentlich nicht nötig gewesen, da die Heidelbeeren auch weiter unten wuchsen, dort, wo sich der Bergrücken sanft von Elpele ausgehend nach Süden emporschwang, von dichtem Wald bedeckt. Im Dickicht zwischen den Bäumen wuchsen nicht nur große Farne und Brombeeren, sondern eben auch Unmengen von Heidelbeeren. Aber am Allerliebsten durchschritt Mári diesen Wald aus Stein- und Korkeichen, Föhren und Erdbeerbäumen schnellen Schrittes, um auf den Felsen oberhalb des Waldes herumzuklettern. Sie wusste gar nicht genau, was sie dabei so liebte. War es das Gefühl, jede Faser ihres Körpers zu fühlen, wenn sie angespannt und trotzdem Herrin ihrer selbst am Fels hing? Waren es die Tiere, die es hier oben gab, die Felsziegen, die Murmeltiere und die großen Adler? Oder war es die Weite des Blicks, der sich mehr und mehr öffnete, je höher sie stieg? Ganz oben, auf dem höchsten Felsen, den sie nur erreichte, wenn sie eine etwa fünfzehn Menschenlängen hohe senkrechte Wand durchstieg, kam sie sich vor wie eine Königin, und nicht selten drang ihr triumphierender Schrei bis hinab nach Elpele. Es war interessant: wenn sie in Elpele stand, hatte sie das Gefühl, auf einem Berg zu stehen, und das war ja auch nicht falsch so. Aber wenn sie oben auf dem höchsten Felsen stand, der den Namen „großer Bär" trug, dann kam es ihr fast vor, als läge Elpele weit unten im Tal. Auch heute war sie bis ganz nach oben geklettert. Ihre genagelten Schuhe hatte sie am Fuß der Wand gelassen. Hier brauchte sie das volle Gefühl ihrer Sohlen - und vor allem die Biegsamkeit und Kraft ihrer Füße, die sich auch noch an die kleinsten Felsvorsprünge klammern konnten. Wenn sie nackt waren. Oben angekommen, setzte sich Mári auf die höchste Stelle des Felsens und sog tief die kühle Luft ein. Sie ließ den Blick schweifen. Im Süden sich endlos aneinanderreihende Bergketten, im Osten das Mühlbachtal, dahinter die gegenüberliegenden Berge mit dem Nachbarort Bazora. Auch er wirkte klein und tief unten, obwohl auch Bazora auf einem Bergsporn erbaut war. Im Westen und Norden die große Ebene, die vom großen See im Norden begrenzt wurde. Fast schien es ihr, als könne sie die Türme von Pregatz sehen. Plötzlich waren ihre Gedanken bei den Rittern. Jetzt holten sie wohl gerade überall im Dorf ihre Schafe ab. Und Sába, der Priester, lief ihnen gewiss hinterher, kroch ihnen in den Allerwertesten und half ihnen, auch noch die letzte Hütte im Dorf zu finden, damit sie ja alles bekämen, was ihnen angeblich zustünde. Mári fand das ungerecht. Was hatten sie mit diesem Hohepriester zu schaffen? Das einzige, was er von ihnen wollte, waren die Schafe. Sonst hörten sie das ganze Jahr nichts von ihm, aber pünktlich zu Eelons Fest kamen seine Schergen.

Bewaffnet, damit ihnen ja niemand dumm kam. Dabei durften sie ja gar niemanden töten. Aber Mári wusste, dass es Möglichkeiten gab, die Schwerter einzusetzen, ohne von den Göttern bestraft zu werden. Der Mensch konnte leider sehr große Schmerzen aushalten, bevor er starb.

Ihre gute Laune war verschwunden. Sollte sie noch ein paar Heidelbeeren pflücken? Sie nahm den Korb von ihrem Rücken, den sie dort mit zwei Ledergurten, die über ihre Schultern liefen, befestigte. Er war länglich und hoch, damit er sich gut an ihren Rücken anpasste. Seitlich war eine Halterung angebracht, in der eine mit Wasser gefüllte Glasflasche streckte. Mári hatte sie letztes Jahr zu ihrem Geburtsfest bekommen. Sie war überaus nützlich auf ihren ausgedehnten Erkundungstouren. Der Korb war etwa zu einem Viertel voll. Aber sie hatte keine Lust, noch mehr zu pflücken, ein viertel Korb war schließlich gar nicht mal so schlecht. Sie genehmigte sich ein paar Beeren und trank ein paar Schlucke Wasser. Dann schwang sie den Korb wieder auf ihren Rücken und sich selbst hinab in die Wand. Konzentriert suchte sie nach der Route, die sie schon unzählige Male durchstiegen hatte. Mitten in der Wand, auf einem kleinen Felssims, machte sie eine Pause, schüttelte ihre Arme aus, blickte hinab in den Garten aus großen und kleinen Felsen, die fast wie Figuren aus einer anderen Welt wirkten. Da fiel ihr etwas auf. Was war das für ein dunkler Strich? Es sah fast wie ein Seil aus und führte zwischen zwei Felsköpfen hindurch. Neugierig geworden, kletterte

Mári aufmerksam tiefer. Sie wusste, dass sie auf ihre nackten Füße aufpassen musste. Eine Verletzung konnte hier oben lebensgefährlich werden. Am Fuße der Wand angekommen, zog sie ihre Schuhe wieder an und hangelte sich über unebenes felsiges Terrain in Richtung der Felsköpfe. Sie umrundete den ihr näher stehenden, der wie ein Hund aussah - und siehe da, hier war wirklich ein Seil, und es war völlig verrostet. Das hieß, dass es sich um ein Seil aus Metall handeln musste. Vorsichtig griff Mári danach. Definitiv Metall, kalt und hart. Es war mit Schrauben am Fels befestigt worden, in etwa in der Höhe ihrer Schultern, wenn sie davor stand. Wer um alles in der Welt hatte hier ein Seil angebracht? Wozu? Und auch noch aus kostbarem Eisen! Mári fiel auf, dass die Schrauben nur noch an einer Stelle hielten, am anderen Ende schrammte das Seil lose am Felsen. Aufregung erfasste sie. Wie lange hing das schon hier? Sie beschloss, ihre Eltern zu fragen, ob sie etwas über ein metallenes Seil bei den Bärenköpfen wussten.

Außer Atem kam sie rechtzeitig zum Abendessen zurück. Die Stimmung war gedrückt. Fünf Schafe hatten die Soldaten des Hohepriesters von jedem Hof mitgenommen! Das hatten die Ritter noch nie gewagt. Und alles Bitten und Betteln hatte nichts genutzt. Kris, der Bäcker, der sich das nicht gefallen lassen wollte, hatte einen teuren Preis für seine Aufmüpfigkeit bezahlt. Einer der Ritter hatte sein Schwert genommen und es ihm einfach in den Oberschenkel gesteckt. Kris lag nun im Haus der

Heilerin Magda und wurde mit Salben und Tinkturen behandelt. Magda beteuerte, er hätte wohl Glück gehabt und die Chancen wären gut, dass er in einigen Wochen wieder würde laufen können. Aber die ganze Geschichte belastete die Gemüter sehr. Fünf Schafe waren eine Menge, sie würden es sich nicht so bald wieder leisten können, zu schlachten. Kein Fleisch in den nächsten Monaten! Außer vielleicht Mal ein Huhn, das war auch nicht schlecht. Aber trotzdem, das war nicht in Ordnung so.

Mári spürte Zorn über diese Soldaten. Kris hatte sich nur beschwert und sie hatten ihn schwer verletzt. Das war nicht gerecht. Wieso unternahmen hier die Götter nichts? Wieso schauten sie einfach zu, wenn so etwas geschah? Mári verstand es nicht. Erst als sie am Abend in ihrem Bett lag und sich mit der strohgefüllten warmen Decke zudeckte, fiel ihr das Seil wieder ein, das sie entdeckt hatte. Na ja, es musste wohl warten.

Ein paar Tage später traf sich Mári mit ihrer Freundin Sara zum Heidelbeerpflücken. Sara war schon äußerlich anders als Mári. Während Mári ein dunkles Gesicht mit kräftigen Kieferknochen und schwarzen Haaren hatte, war Sara blond, hatte ein rundes, recht helles Gesicht, das jedoch in der Sonne häufig rot wurde, und blaugrüne Augen. Sara war zurückhaltender und ruhiger als Mári, und sie zögerte bei Neuem oft eine Weile, bis sie sich darauf einließ. Doch wenn sie sich für etwas entschieden hatte, dann konnte man sich auf Sara, ihren Mut und ihre Tatkraft verlassen. Und Sara hatte sich schon seit langem dazu entschieden, Máris Freundin zu sein, eine Tatsache, die Mári überglücklich machte. In letzter Zeit hatte Sara auch noch beschlossen, Mári öfter Mal in die Berge zu begleiten. Das machte den Aufenthalt auf und zwischen den Felsen noch schöner. Und da die Stimmung im Dorf seit dem Eelonstag ziemlich gedrückt war, waren die beiden besonders froh, einen Tag fern von Elpele zu verbringen. Schon auf dem Weg durch den Wald erzählte Mári ihrer Freundin von dem Seil, das sie entdeckt hatte. Sara hatte noch nie von so etwas gehört: warum sollte jemand ein Seil aus Eisen dort oben an den Felsen anschrauben? Das ergab keinen Sinn. Um ihre Körbe möglichst schnell zu füllen, hielten sie beim Übergang zwischen Wand und Fels an; dort wuchsen besonders viele Sträucher mit den blauen Beeren. Als die Sonne den Zenit überschritten hatte und beide ihre Körbe mehr als zur Hälfte gefüllt hatten, beschlossen die Mädchen, ihre Sammlerpflichten ausreichend erfüllt zu haben. Nun ging es ans Erkunden: Mári zeigte Sara die Stelle zwischen den beiden Felsköpfen, wo sie das Seil gesehen hatte. Es hing immer noch da. An einer Stelle steckte das Seil, zur Schleife zusammengebunden, in einer metallenen Klemme, die ihrerseits in den Fels geschraubt worden war. Sara ließ das Seil vorsichtig durch die Hand gleiten. Weshalb hatte man es hier angebracht? Sie war nicht ganz so sicher beim Klettern wie Mári, dennoch wollte sie auch das Ende untersuchen, das lose am

Felsen baumelte. Um dort hinzugelangen, musste sie einen steilen Felshang queren, nicht hoch über flacherem Gebiet, aber es erforderte ein gewisses Geschick. Sara hielt sich an den guten Griffen im Fels fest, doch an einer Stelle wurde der Fels sehr glatt. Sara griff nach dem Seil, um sich festzuhalten, stellte aber fest, dass es ihr zu wenig Halt gab, da es nach unten rutschte, sobald sie Druck darauf ausübte. Vorsichtig wie sie war, schaffte sie die Passage trotzdem, auch die kleineren Griffe nutzend. Mári war dagestanden und hatte sie beim Klettern beobachtet. Sie mochte Sara sehr, und jedes Mal, wenn sie sie betrachtete, durchströmte sie ein besonderes Glücksgefühl. Sie hätte nichts dagegen, hier oben zwischen den Felsen zu bleiben, mit Sara, dachte sie. Doch dann verdrängte ein Gedanke ihre Träumerei. Mit behenden Bewegungen kletterte sie zu Sara hoch, die eben das lose Ende des Seils erreicht hatte. Auch hier gab es eine kleine Metallplatte, doch drei der vier Schrauben hatten nachgegeben, und Metallplatte wie Seil baumelten lose an der Wand. Mári ergriff das Seil und hob es hoch, schob es unter die Metallplatte und drückte drauf.

„Tu mir einen Gefallen," sagte sie keuchend zu Sara, „klettere nochmal ein paar Schritte zurück und halte dich dabei am Seil. Aber häng dich nicht zu sehr dran," fügte sie hinzu, „ich weiß nicht, wie gut ich dich halten kann."

Sara sah ihre Freundin mit großen Augen an und kletterte am Seil entlang zurück. An der anderen Seite angekommen, kehrte sie um und stand bald wieder neben Mári. „Das ging viel leichter," sagte sie verblüfft. Mári lächelte verschmitzt. „Vielleicht haben wir gerade herausgefunden, wozu das Seil da war," sagte sie. „Um sich festhalten zu können!"

Saras Gesicht zeigte Verwunderung und Aufregung zugleich. „Das könnte sein! Aber - wozu der Aufwand? Und - wer kam hier hoch? Und weshalb? Was gibt es hier außer Felsen, Bergkräutern und Heidelbeeren?"

Mári zuckte die Schultern, doch abermals umspielte ein verschmitztes Lächeln ihr kleines sonnengebräuntes Gesicht. „Was hältst du davon, dass wir es herausfinden?"

Mári und Sara kletterten suchend umher, Sara langsam, konzentriert und vorsichtig und Mári mit der Gewissheit eines jungen Zickleins, immer die richtigen Tritte zu finden. Dabei wussten sie beide nicht, was sie suchten, und irgendwann blieben sie schnaufend stehen, glücklich über die gemeinsame Suche und doch auch ein bisschen ratlos. „Lass uns nachdenken," sagte Sara schließlich. „Was könnten Menschen hier oben wollen?"

„Nun, wir pflücken Heidelbeeren und klettern über die Felsen," grinste Mári. „Aber dazu braucht man kein Seil," ergänzte sie, bevor Sara erwidern konnte.

„Genau." Auf Saras Stirn zeigte sich die Falte, die sich immer zeigte, wenn Sara scharf nachdachte. Mári liebte diese Falte.

„Vielleicht brauchte man das Seil, um sich festzuhalten, weil man etwas Schweres getragen hat," sagte Sara schließlich. Mári nickte. „Was könnte man denn hier oben tragen wollen, außer Heidelbeeren?"

Sara deutete um sich. "Steine."

„Aah, ja, das könnte sein. Aber..." Mári stutzte. „Wir haben doch schon einen Steinbruch, unten am Mühlbach."

Sara blickte ihr in die Augen, und ihre braunen Pupillen steckten voller Geheimnis. „Vielleicht," sagte Sara, „vielleicht waren das nicht wir. Vielleicht stammt dieses Seil aus einer Zeit, als es Elpele noch nicht gab."

Mári blickte sie mit offenem Mund an. Sollte das Seil so alt sein? Es mussten Jahrhunderte vergangen sein seit der Gründung Elpeles. Von dieser Zeit hatte nichts als Geschichten überdauert, Geschichten, die von Generation zu Generation weitererzählt wurden. Mári hatte sie oft gehört, die Geschichte vom ersten Priester Harald, der diejenigen, die an die Götter glaubten, hinauf nach Elpele geführt hatte, dorthin, wo sie sicher waren vor Krieg und Verwüstung. Niemand wusste, weshalb es Krieg gegeben hatte, aber es war wohl eine Zeit großen Unglücks gewesen und großen Unglaubens. Mári hatte zwar den Verdacht, dass dieser Priester Harald fast ein bisschen zu gut wirkte, um echt zu sein, aber es war eine Tatsache, dass Elpele seit undenkbaren Zeiten in Frieden lebte.

„Du meinst..." flüsterte Mári, „das Seil stammt aus der Zeit vor dem Krieg?"

„Es könnte sein," antwortete Sara. „Lass uns weitersuchen. Vielleicht finden wir noch einen Hinweis." Mári ging - einer Eingebung folgend - nochmals zurück zum Seil. Dann kletterte sie in der Richtung der Seilführung weiter nach Süden. Schließlich erreichte sie den oberen Rand eines Hochkares, das von der tiefstehenden Sonne warm angeleuchtet wurde. Hier war sie noch nie gewesen. Sie saß auf einem kleinen Übergang zwischen zwei Felsköpfen und hatte freie Sicht. Ein paar Latschenkiefern wuchsen auf dem Grund des Kares, ansonsten gab es nur Stein - und einen weiten Blick über das Kar hinaus auf die große Ebene. Fast schien es ihr, als hinge das von bizarren Felskegeln umringte Hochkar über die Ebene hinaus, die tausend Menschenlängen unter ihr lag. Silbern glänzte das winzig wirkende Band des mächtigen Flusses Ri, der im Norden in den großen See mündete.

Mári musterte die Felsen, die das Kar umgaben. Irgend etwas Geheimnisvolles umgab diesen Ort. Und dann - plötzlich - sah sie es, und sie konnte nicht verstehen, warum es ihr nicht gleich aufgefallen war. Dort, wenige Schritte unter ihr, steckte eine Metallklammer im Boden. Dann noch eine - und noch eine. Hastig folgte sie den Klammern, traute sich jedoch nicht, diese als Halt zu benutzen. Es waren genug gute Griffe da. Die verrosteten Klammern führten eindeutig ins Kar hinab. Und dann, als sie den Boden des Hochtals schon fast erreicht hatte, sah sie, wohin die Klammern führten. Hier, am Fuße eines Felsens, der ein bisschen aussah wie ein alter Mann mit einer Kutte, klaffte ein Loch im Berg, groß und schwarz. Eine Höhle! Sie hatte noch nie so eine große Höhle gesehen! Felsspalten ja, Kuhlen, in die man sich kauern konnte bei Regen, Felsüberhänge, die ein wenig an eine Höhle erinnerten - aber so etwas! Der Eingang der Höhle überragte sie um ihre eigene Körperlänge, und wenn sie hineinblickte, schien der Gang kein Ende nehmen zu wollen.

Er war eindeutig von Menschenhand gehauen worden, das sah man an den Schlagspuren an den Wänden - und am beinah ebenen Boden. Doch allzu weit konnte Mári - noch geblendet vom hellen Licht der Sonne - nicht sehen. Es war, als blicke sie in ein schwarzes Loch.

„Sara!" rief sie schließlich aufgeregt und stolperte schon an den Klammern entlang zurück zum Rand des Kares.

Oben angekommen, hörte sie die rufende Stimme ihrer Freundin. Sara hatte sie offenbar auch schon gesucht. „Hier bin ich!" antwortete sie voller Inbrunst. Bald erschien Saras von der Sonne gerötetes Gesicht hinter einem Felsen.

„Ich hab's gefunden!" rief ihr Mári stolz entgegen, und Sara beschleunigte ihre Schritte.

„Wahnsinn!" Sara war mindestens so beeindruckt wie Mári. „Die ist ja riesig! Und dunkel!"

„Ich würde sie ja gerne ein wenig erkunden," fing Mári an, „nur ein paar Schritte, so lange wir etwas sehen können..."

Sara sah sie skeptisch an. „Hast du bemerkt, wie tief die Sonne schon steht?"

Mári war hin- und hergerissen, aber sie wusste, dass heute Saras Vernunft siegen sollte. Sie machte es ihr leicht: „Na gut. Aber wir kommen mit Fackeln zurück und erkunden die Höhle. Sobald es irgendwie geht." Sara nickte erleichtert. Mári hatte plötzlich das Bedürfnis, Saras schlanke Arme zu berühren, hielt sich aber zurück. Sie wollte die Götter nicht auf dumme Gedanken bringen.

Als die beiden Mädchen schnellen Schrittes durch den immer dunkler werdenden Wald liefen, schworen sie sich, so wie sie es früher oft gemacht hatten, das „Geheimnis" für sich zu behalten. Irgendwie kamen sie sich ein bisschen albern vor, aber sie waren sich einig, dass - wenn dieser Schwur jemals angebracht war - nun diese Zeit gekommen war. Niemand sollte das mit der Höhle erfahren, bevor sie es gemeinsam beschlossen. Was sie hingegen tun wollten, war ganz genau hinzuhören, wenn künftig Geschichten über die Zeit vor dem großen Krieg erzählt würden. Wobei das tatsächlich selten vorkam, und irgendwie klang alles schon ganz schön fantastisch, was die Alten da erzählten. Mári erinnerte sich an fliegende Menschen, an Waffen, die ganze Städte vernichteten, an klirrend kalte Winter, die den Schnee bis ins Tal brachten. Sie hatte nicht den Eindruck, dass die Alten wirklich etwas über jene Zeit wussten, jedenfalls nichts, das ihnen bei der Erkundung der Höhle weiterhelfen konnte. Und dass sie sie mit Sara erkunden würde, das war gesetzt.

Drei Tage später war es so weit. Vater sagte zwar, dass er schon gar nicht mehr wisse, wohin mit den ganzen Heidelbeeren, aber es war in Ordnung, dass sie mit Sara zum Pflücken ging. Sara hatte eine Fackel mitgenommen, angeblich als Vorsichtsmaßnahme für den Fall, dass sie ins Dunkel kommen würden. Beide trugen sie ihre Körbe auf dem Rücken. In Saras Korb steckte die Fackel, zusammen mit einem Feuerzeug, das sie von ihrer Mutter ausgeliehen hatte. Sie hatte am Vortag den Umgang damit extra geübt, und nach einiger Zeit hatte es unter der Anleitung ihres Vaters ganz gut geklappt. Mári hatte ihre Wasserflasche dabei. Beide trugen sie ihre mit Nägeln beschlagenen Lederschuhe. Es war ein wunderschöner Herbsttag, warm und trocken, ein paar Schäfchenwolken trieben sanft über den Himmel. Im Bergwald gedämpftes Licht und das Gezwitscher von tausend Vögeln. Farne, Heidelbeersträucher und Erika bedeckten den Waldboden. Im Vorübergehen taten sich die Mädchen an ein paar Baumerdbeeren gütlich. Als sie kurz darauf an einem Feigenbaum vorbeikamen, ernteten sie mehrere Hand voll als Proviant und legten die Früchte in ihre Körbe. Mit dem Pflücken von Heidelbeeren hielten die sich diesmal nicht lange auf. Als die Feigen halbwegs von den blauen Beeren bedeckt waren, beschlossen sie, sich direkt zur Höhle zu begeben.

Sie kletterten am Seil vorbei, ohne sich daran festzuhalten, hangelten sich weiter und kamen schließlich zu dem kleinen Sattel, der in das Hochkar führte, in dem die Höhle lag. Bald hatten sie die Eisenklammern hinter sich und standen vor dem dunklen Loch im Berg.

Mári spähte ehrfurchtsvoll ins Dunkel. So eine große Höhle war wirklich etwas Ungeheuerliches.

„Bereit?" fragte sie schließlich ihre Freundin.

Sara nickte, doch Mári merkte, dass sie sich Sorgen machte. Sie griff kurz nach ihrer Hand, ließ aber gleich wieder los. „Keine Angst," sagte sie schließlich leise. „Ich bin ja da. Und wir haben die Fackel. Und wenn es gefährlich wird, drehen wir sofort um. Ehrenwort."

Sara lächelte schwach. „In Ordnung. Dann zünde ich mal die Fackel an." Sie holte das Feuerzeug aus ihrem Korb. Es bestand aus einem Feuerstein mit gutem Griff, einem silbern glänzenden Pyrit und Zunder. All dies zog Sara aus einer kleinen Holzschachtel. Mári schaute ihr interessiert zu, wie sie den Zunder in einer kleinen Steinkuhle vorbereitete. Dann nahm sie den Pyrit, hielt ihn direkt über den Zunder und begann mit dem Feuerstein kräftig mit einer Drehung nach unten gegen den Pyrit zu schlagen. Schon nach wenigen Schlägen flogen die ersten Funken, und bald fing der Zunder Feuer. Behende ergriff Sara die Fackel und hielt den Docht in die Flamme. Als die Fackel brannte, blickte sie Mári zufrieden an. „Jetzt können wir gehen."

Die beiden Mädchen packten die Steine des Feuerzeugs wieder zusammen, blickten noch ein letztes Mal zur Sonne hinüber, als würden sie für lange Zeit von ihr Abschied nehmen, und betraten die Höhle. Zunächst erhellte noch Tageslicht den Gang, der leicht geneigt nach unten führte. Auch dieses Mal fielen Mári die Schlagspuren an den Wänden auf. Bald wurde das Licht der Fackel in Saras Hand scheinbar stärker, doch dies lag nur daran, dass mit dem entfernteren Höhleneingang auch das Tageslicht schwand. Plötzlich stieß Mári einen Schrei aus. „Da! An der Wand!" Sara trat näher und beleuchtete mit dem tanzenden Schein der Fackel eine Tafel. Sie war wie von einer durchsichtigen Schicht geronnenen Steins bedeckt, doch darunter konnte man eindeutig ein Bild erkennen, das jemand dort mit erstaunlicher Genauigkeit hingemalt hatte. Es handelte sich um eine Landschaft aus Stein, die kaum fantastischer sein konnte. Türmchen, Säulen, die von der Decke hingen oder vom Boden empor wuchsen, breite Fächer geronnenen Steins, die nach unten zu tropfen schienen, burgartige Ungetüme oder alte Zauberer - es war eine fantastische Welt, in ein sonderbares orangenes Licht getaucht, und es gab keinen Himmel, sondern nichts als Stein.

„Das ist ein Bild einer Höhle!" sagte Sara staunend. "Sieh mal, es gibt einen Boden und eine Decke. Und jemand hat offenbar ein riesiges Feuer gemacht, um die Höhle zu beleuchten."

„Wahnsinn!" Mári war fasziniert. Wer hatte das gemalt - und vor allem, wann?

Sara kniff die Augen zusammen. „Schau mal!" meinte sie. „Was ist das?" Sie deutete auf eine Vielzahl schwarzer Punkte und Striche, die sich unterhalb des Bildes auf der Tafel befanden. Manchmal waren die Striche gebogen, gingen in verschiedene Richtungen oder bildeten gar einen Kreis, manchmal waren sie gerade und einfach, und häufig war es eine Mischung aus geraden und gebogenen Linien.

Mári stutzte. „Das sieht seltsam aus, sehr seltsam."

Die Zeichen waren immer in einer Reihe angebracht. Insgesamt gab es zehn Reihen von rechts nach links - oder von links nach rechts, wie man es sehen wollte.

„Sieh mal!" Mári deutete ganz nach oben. Da sind nochmals Zeichen! Tatsächlich waren oberhalb des Bildes noch ein paar schwarze Zeichen, aber größer als unten - und weniger. Es handelte sich um eine einzelne Reihe.

„Was kann das sein?" fragte Mári atemlos. „Ein Bild von einer Höhle - und sonderbare Zeichen! Und das alles auf einer Tafel, die von einer Steinschicht überzogen ist."

Sara überlegte. „Ich weiß es nicht," sagte Sara. „Aber es macht mir auch Angst. Wer weiß, wer diese Tafel gemacht hat, und wozu!"

Mári wusste zwar nicht, woher die dünne Gesteinsschicht kam, die die Tafel überzogen hatte, aber sie hatte das Gefühl, dass das nicht in einem Jahr passierte. Auch nicht in einem Menschenleben. Oder zwei.

„Ich glaube, Angst musst du keine haben," sagte Mári schließlich, „diejenigen, die diese Tafel gemacht haben, sind schon lange tot."

Sara blickte ihre Freundin an. „Und damit willst du mich beruhigen?"

„Ich glaube einfach nur, dass wir etwas Fantastisches gefunden haben. Stell dir vor: vielleicht kommt das wirklich von den Menschen vor dem Krieg!"

„Glaubst du wirklich?" erwiderte Sara, und Neugier und Sorge schienen sich in ihrem Inneren zu streiten.

Mári blickte ihre Freundin ernst an. „Ich will das mit dir herausfinden. Ich würde nur allzu gern wissen, wieso in einer Höhle ein Bild von einer Höhle hängt - und auch, was diese schwarzen Zeichen bedeuten."

Sara wirkte etwas blass um die Nase. „Und wie willst du das herausfinden?"

„Nun ja, die Höhle geht noch weiter. Vielleicht kommt noch eine Tafel - oder etwas ganz anderes, das uns diese Menschen hinterlassen haben - wer auch immer sie waren."

Mári meinte ein Seufzen zu hören. Hatte Sara wirklich Angst? Gern hätte sie ihr beruhigend den Arm um die Schulter gelegt.

„Na gut, lass uns weitergehen," sagte Sara schließlich, klang aber alles andere als erfreut.

„Ist es dir lieber, wenn ich vorangehe?" fragte Mári. „Der Gang wird hier enger." Tatsächlich schienen die Wände nach innen zu rücken, und nun überzog die geronnene Schicht aus Stein Wände, Decke und Boden. Fast konnte man vergessen, dass es sich um eine künstliche Höhle handelte. Oder war sie hier gar nicht mehr künstlich? Mári untersuchte die Wände. Tatsächlich, die Schlagspuren schienen nach und nach zu enden. Aber vielleicht täuschte sie sich auch und es schien nur so, wegen des geronnenen Steins, der alles überzog.

Sie spürte die Fackel an ihrer Hand. Sara hielt sie ihr hin. „Wenn es dir nichts ausmacht..."

Ach ja, Mári hatte schon fast ihren eigenen Vorschlag vergessen. Beherzt ergriff sie die Fackel und trat nach vorn. Der Boden schien sich nun steiler nach unten zu neigen. Vorsichtig ertastete Mári die Beschaffenheit des Höhlenbodens. „Achtung," warnte sie ihre Freundin. „Es ist rutschig."

Je tiefer sie nach unten stiegen, umso weiter schien der Raum rechts von ihnen zu werden. Nun erschien rechter Hand etwas wie ein Mäuerchen. Als Mári genauer hin leuchtete, bemerkte sie, dass es sich um eine weitere Konstruktion aus Metall handelte. Es war wohl ein Geländer gewesen, das mit der Zeit von einem dünnen Mantel aus Stein überzogen worden war. Wie um alles in der Welt konnte Stein über etwas drüber wachsen? Mári fand das höchst bemerkenswert, und sie beschloss, bei Gelegenheit mehr darüber in Erfahrung zu bringen. Natürlich ohne ihr Geheimnis zu verraten. Sie hielt die Fackel über das Geländer. Mittlerweile war das Tageslicht völlig verschwunden, und ihre Augen hatten sich an das unstete düstere Licht der Fackel gewöhnt. Die gegenüberliegenden Höhlenwände wurden sichtbar. Geronnene Steine hingen wie Knüppel von der Decke, andere stiegen wie Säulen vom Boden auf. Sara seufzte erstaunt auf. „Das ist wunderschön!" schwärmte sie. nickte stumm und rückte wider Willen etwas von Sara ab. Es war kühl hier drinnen. Hoffentlich wurde es nicht noch kälter. Links des Geländers führte ein Weg weiter, der zwar rutschig war, aber so wirkte, als könne er relativ gefahrlos begangen werden, wenn man aufpasste. Rechts des Geländers - dort, wo man die schönen Steinbildnisse sah - fiel der Höhlenboden einige Schritte steil nach unten, bevor er zu den Bildnissen hinführte.

„Lass uns weitergehen," meinte Mári. „Wenn wir zu lange stehenbleiben, frieren wir." Sara nickte. Die beiden folgten dem Weg, der sich unterhalb der glitschigen Schicht aus Stein abzeichnete. Manchmal sah man, dass sich schon eine kleine Säule mitten auf dem Weg gebildet hatte, manche Teile des Bodens waren aber auch noch relativ ursprünglich, zumindest sahen sie so aus. Der Weg ging manchmal gerade oder gar ein wenig nach oben, immer wieder begleitet von einem mehr oder weniger steinüberwucherten Geländer. Die meiste Zeit über senkte er sich jedoch ab, und Mári schien es, als müssten sie mittlerweile weit im Inneren des Berges sein. Sie standen nun in einer weiteren Halle, die riesig sein musste. Jedenfalls reichte das Licht der Fackel nicht aus, um diese zu beleuchten. Nur direkt links und rechts von ihnen konnten sie die Steinbildnisse erkennen. Sara deutete nach links. „Man könnte meinen, ein alter Mann mit seinem Hund," sagte sie. „Hm," erwiderte Mári, „ich hätte gesagt, ein Pferd." Beide prusteten los vor Lachen. Doch sie hörten schnell damit auf. Irgendwie klang das hier drinnen sehr gruselig. „Ist da wer?" flüsterte Sara. „Wer, wer" flüsterte es zurück.

Erschrocken blickten sie sich an. Plötzlich lächelte Mári. „Das ist das Echo!" „Echo!" kam es zurück von der Wand. Erleichterung in Saras Gesicht. „Aber gruselig klingt es trotzdem," meinte sie. „Wie lange glaubst du, dass es hier noch weiter geht?" fragte sie schließlich. „Mir wird echt kalt."

„Ich weiß es nicht," meinte Mári. „Aber wir sollten tatsächlich bald umkehren, die Fackel ist fast zur Hälfte abgebrannt."

Ein letztes Mal blickte sich Mári in der Halle um. Dann fiel ihr plötzlich etwas auf. „Hör mal," sagte sie zu Sara. „Hörst du das auch?"

Sara spitzte ihre Ohren. „Ist das ein Bach?"

„Das hört sich so an!" Aufregung erfasste Mári. „Lass uns noch ein paar Schritte weitergehen!" Sara nickte tapfer. Das Geländer führte wieder nach unten. Diesmal war es links des steinüberwucherten Weges angebracht, und dahinter tat sich wieder ein Abgrund auf. Mári versuchte mit Hilfe der Fackel, den Boden des Abgrunds zu erleuchten. Als sie einige Menschenlängen nach unten gestakst waren, gelang es ihr schließlich. Gar nicht weit unter ihnen floss tatsächlich ein Bächlein durch den Berg. Jenseits davon waren Steinbildnisse erkennbar, die wie Mäntel oder Vorhänge aussahen. „Als würden hier lauter Priester in einer Reihe stehen" murmelte Sara. „Gruselig", antwortete Mári leise und warf einen Blick auf die Fackel. „Ich glaube, wir sollten umdrehen," sagte sie schließlich. „Wir haben schließlich genug gesehen, über das wir uns Gedanken machen können. Und das nächste Mal nehmen wir zwei Fackeln mit."

Sara nickte und machte kehrt, sodass sie nun vorne war. „Magst du die Fackel nehmen?" fragte Mári. Sara bejahte, und Mári reichte sie ihr.

Plötzlich versank alles in einem Strudel aus krachendem Gestein. Ohne zu verstehen, was mit ihrem Körper geschah, spürte Mári, wie sie stürzte, und wie Steinbrocken an ihrem Körper entlang schrammten. Unwillkürlich versuchte sie nach Sara zu fassen, doch sie griff ins Leere. Unsanft kam sie auf, und Schmerz durchfuhr ihre Beine, die einen Großteil des Aufpralls aufgefangen hatten. Doch auch ihr rechter Arm und ihre rechte Seite schmerzten. Ihre Beine waren durchnässt. Unwillkürlich tastete sie nach ihrer Flasche und schnitt sich leicht. Sie war zerbrochen, das Wasser abgeflossen. Ihr Korb schien noch zu halten, auch wenn er etwas außer Form geraten zu sein schien. Mári fragte: „Sara?" Und sie fürchtete nichts so sehr wie die Stille. Nun fiel ihr auf, dass es eine dunkle Stille war. Die Fackel musste ausgegangen sein. Ein Gefühl der Beklemmung kam in ihr hoch. Nein, nein, nein! „Sara!" Fast schrie sie den Namen ihrer Freundin und begann, in der tiefschwarzen Nacht herumzutasten. Steine, Wasser, Plätschern, das war alles, was sie fühlte und hörte. Doch dann, endlich, Stöhnen. Schmerzhaftes Stöhnen, doch gleichzeitig der wundervollste Laut, den Mári je gehört hatte. Er kam von links, gar nicht weit von ihr. Mári tastete sich in die Richtung des Stöhnens. „Ich bin hier, Sara," versuchte sie ihrer Freundin Mut zu machen, „kannst du mir sagen, wie es dir geht?" Plötzlich fühlte sie nasses Leder vor sich. Sie betastete die Form, es waren Saras Stiefel, und Sara steckte glücklicherweise darin.

„Hallo, Mári," sagte eine sanfte Stimme, verträumt klang sie und nicht ganz bei sich. Mári wurde ganz seltsam zumute. „Hallo, Sara," sagte sie und kam sich ein bisschen töricht vor und trotzdem irgendwie verzaubert. „Bist du arg verletzt?"

Sara seufzte. „Ich weiß es nicht, alles ist irgendwie komisch. Mein Kopf brummt und meine Beine fühlen sich seltsam an."

Mári versuchte stark zu sein. Das war das einzige, was sie nun tun konnte. Kurz spannte sie sich an, hörte hinein in die Muskeln und Fasern ihres kleinen Körpers. Soweit sie es beurteilen konnte, war alles nur oberflächlich. Ein paar Schürfwunden, vielleicht kleine Prellungen. Aber ihre Beine trugen sie und sie hatte das Gefühl, nicht ernsthaft verletzt zu sein.

„Hast du Schmerzen beim Atmen?" fragte Mári. Sie hörte, wie Sara tief Luft holte. „Nein, das geht. Aber ich bin so müde." Sara hörte sich ganz und gar nicht gut an. Mári rückte näher an sie heran. Sie wusste nicht, was die Götter denken würden, aber es war doch wohl klar, dass sie in dieser Situation nichts Verbotenes mit ihrer Freundin anstellen würde. Sie legte ihr die Hand an die Wange. „Bleib bei mir, Sara," sagte sie, „du darfst jetzt nicht einschlafen."

„Aber mir ist so warm," sagte Sara. Mári beschloss zu handeln. Sie versuchte sich in Erinnerung zu rufen, wie die Höhle beschaffen war. Hier war der Bach, er floss von links nach rechts. Also war hinter ihr der Weg, der offenbar eingestürzt war. Sie mussten es irgendwie schaffen, jenseits der Einsturzstelle zum Weg hochzuklettern. War das möglich? Dazu mussten sie mindestens zwei Menschenlängen senkrechten Fels überwinden - im völligen Dunkel. Sie würde das schaffen, ja, vermutlich, obwohl es nicht leicht sein würde, aber Sara? In ihrem Zustand? „Komm!" sagte sie schließlich, ohne recht zu wissen, was sie tun sollte, „du musst aufstehen!" Sie umfasste Saras Oberkörper, weich fühlte er sich an und wunderbar und er duftete nach allem, wonach sich Mári sehnte: Geborgenheit, Wärme, Liebe, Sinn...

Mári schüttelte ihren Kopf. Sie durfte jetzt nicht träumen, sie musste handeln. Entschlossen zog sie Sara hoch auf die Beine. „Kannst du stehen?" fragte sie das Mädchen, doch sie spürte, dass ihre Beine nachgaben. Fest drückte sie ihren Oberkörper an den ihren. „Versuch es," ächzte Mári, „du musst es versuchen." Sie spürte, wie sich Saras Bauch anspannte, und sie fühlte auch eine schwächere Anspannung in den Beinen. Wie beiläufig nahm sie wahr, dass Saras Korb nicht mehr auf ihrem Rücken hing.

„Lass mich mal los," sagte Sara, und man hörte ihrer Stimme an, dass sie die Zähne zusammenbiss. Mári ließ los, berührte aber, um im Notfall eingreifen zu können, weiterhin Saras Ellenbogen. „Ich glaube, es geht." Sara klang sehr gepresst. „Aber wohin sollen wir gehen?" So viel Verzweiflung in der Stimme, aber auch so viel Vertrauen! Mári wurde ganz schlecht von der Verantwortung, die sie auf sich lasten fühlte.

„Der Bach! Der Bach muss doch irgendwo aus dem Berg herauskommen! Wenn wir ihm folgen, kommen wir vielleicht ins Freie!"

„Können wir nicht den Weg zurück nehmen?" fragte Sara kleinlaut.

„Ich glaube nicht. Wir müssten klettern. Und dann sehen wir auch nicht, wo der Weg weitergeht. Aber den Bach hören wir." Plötzlich war sie selbst von ihrer Idee überzeugt. Das war doch tatsächlich ein großer Vorteil, sie würden hören, wo sie hingehen mussten. Und sie würden es auch fühlen. Und nass waren sie ja sowieso schon.

„Na gut," sagte Sara. „Lass uns dem Bach folgen."

„Gib mir deine Hand," sagte Mári. „Dann kann ich dir helfen, falls du ausrutschst."

„Glaubst du nicht, dass uns dafür die Götter bestrafen werden?"

„Ich glaube nicht, Sara. Außerdem bin ich der Liebling der Götter. Das weißt du doch." Sie fühlte, wie Sara ihre Hand ergriff. Aber sicher war sie sich keineswegs, dass die Götter das akzeptieren würden. War sie verrückt? Sie gefährdete das Leben ihrer Freundin! Einige Herzschläge vergingen, und die beiden standen einfach nur so da, Hand in Hand. Panik stieg in Mári hoch. 'Lass los!' raunte ihr, nein brüllte ihr eine innere Stimme zu. Doch sie ließ nicht los, fühlte weiterhin die kleine sanfte Hand, die sich so vertrauensvoll in die ihre schmiegte und von der eine so wohltuende Wärme ausging. Weitere Herzschläge vergingen. 'Die Götter sehen alles!' Dieser Satz dröhnte ihr in den Ohren. Doch plötzlich die Stimme ihrer Patin Landa: 'Vielleicht sehen die

Götter nicht alles, vielleicht sehen sie im Dunkeln nicht.' Herzschlag um Herzschlag verging, und der Griff der Hände wurde sicherer und fester. Mári drehte sich zu Sara um, kam ihr so nahe, dass sie ihre durchnässte Haut riechen konnte. "Die Götter sehen nicht alles," sagte sie schließlich. Mit ihrer freien Hand strich sie Sara sanft über das Haar, die Wange, die Lippen. Ein leises Stöhnen entfuhr Sara. Und diesmal schien es Mári, als wäre es nicht aus Schmerz geboren.

Als Mári mit Sara an der Hand tastend dem Bachbett folgte, fragte sie sich, warum sie ihrer beider Leben aufs Spiel gesetzt hatte, nur um diesen Moment der Nähe zu erzeugen. Hatte sie das getan, weil sie beide soeben knapp dem Tod entronnen waren? War es eine Notwendigkeit, das Leben zu fühlen, die Liebe zu einem anderen Menschen, eine Notwendigkeit, die man umso mehr spürte, je näher einem der Tod war? Sie wunderte sich über ihren Leichtsinn, ja, und gleichzeitig hatte sie das Gefühl, nie in ihrem Leben etwas Richtigeres getan zu haben. Saras und ihre Lippen hatten sich für einen flüchtigen Augenblick berührt gehabt, und es war ein Schauer durch ihren Körper gefahren, der sich so richtig anfühlte, als wäre sie nur für diesen Moment geschaffen worden. Und diese Hand in ihrer Hand - sie wollte sie nie wieder loslassen!

Sonderbar, dachte Mári, sie schwebten immer noch in Lebensgefahr und waren noch lange nicht gerettet - und es war unheimlich anstrengend, durch diesen

Bach zu waten und bei jedem Schritt tastend zu überprüfen, ob die Steine wackelten. Und dennoch hatte sie es nicht eilig, irgendwo hin zu kommen. Nach einer Ewigkeit seligen Dunkelwanderns dachte sie doch kurz an die Götter und erschauderte: warum nur hatte sie sie derart herausgefordert? Und warum hatten sie sie nicht bestraft, sie und ihre wunderbare Freundin?

Plötzlich - Mári wusste nicht, wie lange sie schon durch den seichten Bach gewatet waren - spürte sie, wie Saras Hand schwer wurde und nach unten sackte. Gerade noch gelang es ihr, Saras Körper aufzufangen. „Ich glaube, ich kann nicht mehr," hauchte das Mädchen. Nun merkte Mári selbst, dass sie unheimlich müde war. „Lass uns ein wenig ausruhen," sagte sie schließlich. Tastend fand sie schließlich eine Vertiefung im Fels direkt oberhalb des Baches, die Platz für sie beide bot. Dorthin hockten sie sich mit etwas Abstand. Mári nahm ihren Korb von den Schultern, tastete darin nach ein paar Feigen und reichte sie Sara. Sie selbst genehmigte sich auch welche. Erst jetzt merkte Mári, wir hungrig sie war. Auch ein Großteil der ziemlich zermatschten Heidelbeeren musste daran glauben. Es war sonderbar, das Essen nur ertasten zu können. Mári versuchte sich keine Gedanken darüber zu machen, ob sie irgendwelche kleinen Tierchen mitaß. Erst als sie fertig gegessen hatten, spürte Mári, wie die Kälte, ausgehend von den nassen Beinen, in ihr hoch kroch. Fast zeitgleich hörte sie, wie Saras Zähne klapperten. Mári blickte nach oben, dorthin, wo irgendwo jenseits von Unmengen an Fels und Luft und Wolken die Götter ihre Kreise drehten. 'Habt ein Einsehen,' dachte sie, 'wir tun nichts Schlimmes, wir wärmen uns nur aneinander.' Sie streckte ihre Hand aus. „Komm", sagte sie, „wir müssen uns gegenseitig wärmen, sonst überleben wir das nicht." Und als sie spürte, wie Sara näher rückte, als sie selbst ihre Arme um sie schlang und den Duft von Saras Leinenhemd in sich aufsog, fühlte sie mit einem Anflug von schlechtem Gewissen, dass sie diesen Vorschlag nicht nur gemacht hatte, um ihrer beider Leben zu retten.

*

Obwohl sie sich gegenseitig wärmten, wachten sie bibbernd vor Kälte auf. „Wie lange haben wir geschlafen?" fragte Sara, doch Mári kannte die Antwort nicht. Ein paar Augenblicke genoss sie noch die innige Umarmung, dann sagte sie: „Wir müssen weiter, wir müssen uns bewegen." Sie wollte sich schon von Sara lösen, doch diese hielt sie zurück und küsste sie.

Und wieder die nasse Kälte an den Füßen, und langsames Vorantasten mit Füßen und Händen. Der einzige Trost bestand in der Gegenwart der jeweils anderen. „Wie geht es deinem Kopf?" fragte Mári irgendwann. „Es geht," antwortete Sara, „er brummt immer noch ein bisschen, und meine Beine sind immer noch etwas komisch. Aber es geht." Wieder Stille, das Sprechen strengte an, und alles Wichtige war gesagt. Hand in Hand arbeiteten sie sich voran, immer weiter, bis Mári einen unterdrückten Schrei ausstieß. „Da... da ist Licht!" Ganz weit vor ihnen eine Ahnung von Helligkeit. „Ja," ein tiefes Aufatmen an ihrer Seite. Nach wenigen Schritten konnte Mári die Umrisse Saras erkennen, sie tanzten in unstetem Licht. „Was ist das für ein Licht?" Unwillkürlich verfiel Mári in ein Flüstern. Sara blickte sie mit gehobenen Augenbrauen an. „Das ist Feuerschein." Ohne es auszusprechen, war beiden klar, dass sie nun leise sein mussten. Wer auch immer hier ein Feuer brennen hatte, konnte auch schlechte Absichten hegen.

Schließlich erkannten sie, dass ihre Hoffnung auf das Tageslicht, auf einen Höhlenausgang, tatsächlich verfrüht gewesen war. Der Feuerschein drang aus einer Öffnung hoch oben in der Höhlenwand. Sie war vielleicht halb so hoch wie die Mädchen und lag etwa zwei Menschenlängen über ihnen. Die Wand war hier nicht senkrecht, sondern bestand aus Formen geronnenen Steins, die immer dichter wurden, bis sie schließlich zu einer Wand zusammenwuchsen. Es würde eine rutschige Kletterei werden, sich da hindurch und hoch zu winden, dachte Mári. Plötzlich spürte sie Saras Finger auf ihren Lippen. „Horch," hauchte sie kaum vernehmbar. Tatsächlich! Durch die Öffnung, aus der der Feuerschein drang, hörte man Stimmen. Seltsam gedämpft klangen sie, doch sie schienen näherzukommen. Es war eindeutig eine Männer- und eine Frauenstimme. Schließlich verstanden sie die

Worte. „Wohin führst du mich?" fragte die Frau. „Das ist ja weit herunten, eine richtige Höhle. Ich wusste gar nicht, dass es unter deinem Haus eine Höhle gibt."

„Hab keine Angst," sagte der Mann, „du bist hier vollkommen sicher."

„Du hast es hier aber sehr gemütlich eingerichtet," sagte die Frau, „und ein Feuer hast du auch angemacht." Die Frau klang irgendwie geschmeichelt.

Sara stupste Mári an und flüsterte ganz leise: „Sina." Verdutzt blickte Mári sie an. Ja, tatsächlich, das war die Stimme von Sina, der Frau von Jon, dem Werkzeugmacher. Komisch, dass sie sie nicht gleich erkannt hatte. Und der Mann - aber natürlich! Das war Sába, der Priester. Mári machte die weit ausladende Geste der Segnung, die Sába bei jedem Opfer machte, und Sara nickte grinsend. Was machten Sába und Sina in dieser Höhle? Moment mal - was hatte Sina gesagt? Sie befanden sich unterhalb des Priesterhauses. So weit waren sie gegangen, und so riesig war die Höhle! Aufgeregt hielten sich die beiden Mädchen im Arm und lauschten weiter. Irgendwie war sich Mári sicher, dass ihnen jetzt nichts mehr passieren würde.

„Das habe ich nur für dich getan, Sina," sagte der Priester. „Setz dich!" Mári hörte, wie etwas knarzte. „Hmm, schön weich." Sinas Stimme klang zufrieden.

„Nun," sagte Saba mit süßlicher Stimme, „ich hoffe, du weißt, dass du mir von all den Mitgliedern unserer Gemeinde ganz besonders ans Herz gewachsen bist."

„Bin ich das?" fragte Sina und klang irgendwie verspielt, fast schnurrend, ganz anders, als Mári sie kannte. „Genauso sehr wie Liv?" setzte sie herausfordernd nach.

Der Priester lachte hüstelnd. „Nun, ich bin der Mittler der Götter. Und als solcher für alle da."

„Und es stimmt auch wirklich, was Liv erzählt hat?"

„Nun, was hat sie denn erzählt?"

„Dass dein Körper heilig ist und deshalb auch die Vereinigung mit dir heilig und von den Göttern gewünscht."

Mári hörte ein Rascheln und etwas wie eine Mischung aus Schnurren und Murmeln.

„Es stimmt," sagte der Priester verträumt und bestimmt zugleich. „Du musst keine Angst haben, im Gegenteil. Wenn du dich mit mir vereinigst, wird der Segen der Götter auf dir liegen."

Nun hörten die Mädchen ein Schmatzen. Das war eindeutig. Sie blickten sich schockiert und aufgeregt zugleich an. War das möglich? Der Priester konnte sich vereinigen mit wem er wollte - und die Götter akzeptierten das? Irgend etwas daran kam Mári merkwürdig vor, aber sie wusste selbst nicht genau, was es war.

Bald erfüllten sehr eindeutige Geräusche die Höhle. Mal war es sinnliches Raunen, dann das sanfte Klatschen von nackter Haut auf nackter Haut. Mári wusste selbst überhaupt nicht, was sie fühlte. Erregung? Scham? Empörung? Auch wenn sie sich nicht erklären konnte, was da vor sich ging, eines wusste sie ganz gewiss: sie gönnte Sába diese körperlichen Freuden auf keinen Fall. Was tat er denn für die Gemeinde außer einmal in der Woche ein paar Zauberworte zu sprechen und salbungsvoll dreinzublicken? Ihr fielen wieder die Soldaten des Hohepriesters ein. Sába half seinen Vorgesetzten sogar dabei, das Dorf auszuplündern. Und nun erfreute er sich an den Frauen des Dorfes. Ja, natürlich! Es fiel ihr wie Schuppen von den Augen. Damals, am Tag nach ihrem seltsamen Überleben vor fünf Jahren, damals hatte er ganz nervös auf Liv gewartet, als sie ihm ihre Fragen gestellt hatte. Liv hatte mit ihm genau das selbe getan wie Sina. Und wer weiß, wie oft!

Sie konnte einfach nicht glauben, dass die Götter das wollten! Warum versengten sie die beiden nicht mit ihren alles vernichtenden Blitzen? Wieso nicht? Was machten diese göttlichen Gesetze überhaupt für einen Sinn? Mári hatte das dritte Gesetz der Götter noch nie richtig begriffen. Nun verstand sie überhaupt nichts mehr. Groll stieg in ihr auf. Mütter umarmten ihre Töchter nicht, damit die Götter nichts missverstanden und sie versehentlich versengten - und dieser Scharlatan trieb es mit verschiedenen Frauen des Dorfes - ungestraft!

Sara hatte wohl ihre Verbitterung gespürt. Sachte legte sie ihre Hand auf ihren Arm und legte ihren Kopf auf ihre Schulter. Mári griff in ihr blondes Haar, das nun rötlich schimmerte. Und dann fiel ihr auf, was hier nicht stimmte. Sie war in dieser Höhle Sara näher gekommen, viel länger und viel näher, als es die Götter normalerweise erlaubten. Und Sába schleppte seine Frauen ebenfalls in die Höhle unterhalb seines Hauses. Wieso tat er das? Entweder war sie tatsächlich der Liebling der Götter und etwas ganz Besonderes - und er als Priester eben auch, oder... Mári stockte der Atem ...die Götter konnten nicht sehen, was unter der Erde vor sich ging. Es war ein ungeheuerlicher Gedanke, und fast schwindelte sie. Aber sie würde der Sache auf den Grund gehen. Und wenn es stimmte, dass die Götter nicht sahen, was unterhalb der Erde passierte, dann gab es zwei wichtige Konsequenzen: erstens war Sába, der Priester, ein Betrüger, der Menschen anlog, um mit ihnen die Vereinigung erleben zu dürfen, und zweitens waren die Götter nicht allmächtig, ganz und gar nicht. Und wenn das alles die Wahrheit sein sollte, so spürte Mári, dann würde kein Stein auf dem anderen bleiben.

Das rhythmische Stöhnen war lauter geworden, spitze und dumpfe Schreie der Lust gesellten sich dazu. Eine boshafte Laune ließ Mári Sara zuraunen: „Jetzt ist der richtige Zeitpunkt." Als sie aus Leibeskräften um Hilfe riefen, strahlten sie sich gegenseitig an und freuten sich diebisch über die plötzliche Stille, die aus der Öffnung drang.

*

Sába und Sina hatten eine Weile gebraucht, bis sie den Mädchen zur Hilfe eilten, schließlich mussten sie - nicht ohne Bedauern - zuerst mal zur Ruhe kommen, sich ankleiden und eine nüchterne Miene aufsetzen, die nicht gleich beim ersten Blick verriet, was sie gerade getan hatten. Die beiden zeigten sich sehr erstaunt, dass sich zwei Mädchen in dieses Höhlensystem verirrt hatten, kamen ihnen aber natürlich zur Hilfe. Sába warf ihnen ein Seil zu, an dem entlang die Mädchen nacheinander über den geronnenen Stein in seine Liebeshöhle kletterten.

Es war in der Tat eine Höhle, im Zentrum vielleicht eineinhalb Menschenlängen hoch und an der Rändern sich verjüngend, und sie maß etwa vier Menschenlängen in der Länge wie in der Breite. Ein Feuer brannte nahe des Ganges, der nach draußen führte, und der Rauch zog dorthin ab. In der Mitte der Höhle stand ein Bett aus Holz, das mit besonders dicken Polstern versehen war. Tücher in allen möglichen Farben verliehen ihm ein besonders einladendes Aussehen. Als Mári durch den Spalt geklettert war und sich aufrichtete, überlegte sie als erstes, ob es Sinn machte, den Priester direkt der Lüge zu bezichtigen. Doch noch während sie unschlüssig dastand, zog sich Sara mit letzter Kraft über die Schwelle des Felsdurchbruchs. Mári fasste sie unter den Armen, und in den ihren brach das Mädchen zusammen.

In den nächsten Tagen verdrängte die Sorge um Sara Máris Wunsch nach Erkenntnis. Sara hatte Fieber bekommen, war verwirrt und hütete die Bettstatt in ihrer Schlafkammer. Diese lag - wie alle Schlafkammern - im Obergeschoss des Hauses. Eine schräge Holzleiter führte aus dem Wohnraum nach oben. Rechts ging eine kleine Tür in die Schlafkammer der Eltern, und links eine noch niedrigere in die von Sara und Micha. Ein Schrank, den sie sich teilten, zwei Betten und ein kleines Fenster, das in die Steinwand oberhalb der Köpfe der beiden eingelassen war. An warmen Tagen war es offen, und an Kalten verhängten die Kinder es mit einem fest verzurrten Stück Leder. Nun, im Herbst, konnte man meist hinaus blicken auf die große Ebene und die Hügel, die sie östlich begrenzten. Mári verbrachte Tage damit, an Saras Seite zu sitzen und mit dem Impuls zu kämpfen, sie schützend in ihre Arme zu nehmen. Wie grausam die Götter doch waren! Sie hatten es zugelassen, dass Sara und sie sich nahe gekommen waren, und nun, da sie die Höhle verlassen hatten, durfte sie sie nicht mehr berühren! Und es kam noch schlimmer: Saras Körper erinnerte sich offenbar an das gemeinsame Kuscheln im Berg, aber ihr verwirrter Geist hatte alle Vorsicht abgelegt. Immer wieder streckte sie die Arme aus und murmelte „Mári, komm zu mir!" oder „Mári, du bist so schön!". In solchen Momenten war Mári der Verzweiflung nahe. Weder brachte sie es übers Herz, Saras Bettstatt zu verlassen, noch erlaubte es ihr Verstand, Saras Bitte zu erfüllen. Schließlich hielt sie es für sehr gut möglich, dass nicht ihre Auserwähltheit als sogenannter Liebling der Götter Sara und sie beschützt hatten, sondern die banale Tatsache, dass sie sich unter der Erde befunden hatten. Doch auch die schwärzeste Verzweiflung hält nicht ewig an. Irgendwann überraschte sich Mári selbst dabei, eigentlich ganz glücklich zu sein, so am Bett ihrer Freundin zu sitzen und über sie zu wachen - selbst wenn es ihr schwer fiel, sie nicht zu berühren. Und irgendwann war es ihr sogar möglich, ihre Pläne weiter zu spinnen. Wie sollte sie am besten vorgehen? Vielleicht konnte sie den Priester befragen? Nein, das würde nicht viel bringen. Er würde ihr das selbe sagen wie Liv und Sina. Dass sein Fleisch unter dem göttlichen Segen stehen würde oder irgendetwas in der Art. Nein, sie musste Sina und Liv befragen - und vielleicht noch weitere Personen, mit denen Sába körperlich verschmolzen war. Wenn die ihr bestätigten, dass es jedes Mal unter Tage gewesen war, dann wäre sie schon einen ordentlichen Schritt weiter. Sie brannte darauf, mit Sara darüber zu sprechen, sobald es ihr besser ging.

Und Sara ging es bald besser, zumindest war sie nach drei Tagen wieder ganz die Alte, jedenfalls geistig. Ihr Körper war noch schwach und lag im Bett, aber es drängte sie, wieder aufzustehen und mit Mári loszuziehen. Mári hatte ihr von ihren Plänen erzählt und Sara schlug vor, erst einmal mit Liv zu sprechen, zu der Mári ein gutes Verhältnis hatte. „Aber ich will mitkommen," sagte Sara, „und jetzt bin ich auch lang genug gelegen," sagte sie voller Tatendurst. „Hilf mir doch mal, aufzustehen." Mári stützte ihren Oberkörper, doch Saras Beine bewegten sich nicht.

„Was ist los?" fragte Mári und trat wieder zurück. Zu lange durfte sie Sara nicht halten. Sara konnte mit Mühe aufrecht sitzen, indem sie sich mit den Armen abstützte. Ihr Gesichtsausdruck ließ Mári frösteln. „Siehst du das?" sagte sie tonlos. „Ich versuche gerade, meine Zehen zu bewegen." Mári blickte auf Saras Zehen, doch sie bewegten sich kein bisschen. Was war da los? „Sara, was..." Tränen rannen plötzlich über Saras Gesicht. „Ich spüre meine Beine nicht mehr." schluchzte sie, und Mári brauchte eine Weile, um zu verstehen. Plötzlich schien ihr, als schiebe sich ein schweres Gewicht über sie. Sollte Sara wirklich an der Krankheit leiden, die sie in Elpele „fremde Glieder" nannten? Der oder die Kranke hatte plötzlich keine Kontrolle mehr über einen Teil seines Körpers, ja, er spürte ihn nicht einmal mehr. Landa hatte Mári erzählt, dass es im Dorf einen Jungen gegeben hatte, der in Folge eines Sturzes nur noch seinen Kopf hatte bewegen können. Das war kurz vor ihrer Geburt gewesen, und er hatte nur noch zwei Winter nach dem Unfall gelebt. Es konnte, es durfte nicht sein, dass Sara das selbe Schicksal blühte! Sie würde mit der Heilerin Magda sprechen, sofort! Es musste doch etwas geben, damit Sara wieder die Kontrolle über ihre Beine zurückgewinnen würde!

„Leg dich wieder hin," sagte sie beruhigend zu Sara und hoffte, dass sie ihre Angst nicht in der Stimme hören konnte, „ich bin sicher, das ist nur vorübergehend. Du hattest doch in der Höhle nach dem Sturz auch schon so ein Gefühl, nicht wahr? Und es ging wieder weg." Mári spürte, dass sie zu viel und zu schnell sprach.

„Ich werde deinen Eltern Bescheid geben," sagte sie schließlich, „und dann hole ich Magda. Die weiß bestimmt am Besten, was zu tun ist." Sara ließ sich zurück sinken und nickte tapfer. „Danke, Mári". Um nichts weiter sagen zu müssen, stürmte Mári nach unten. Im Wohnraum war nur Saras Bruder Micha, der missmutig an einem Stück Holz herumschnitzte. Mári trug ihm auf, nach Sara zu sehen und seinen Eltern Bescheid zu geben, wenn sie vom Feld zurückkamen. Wie alle aus dem Dorf hatten auch Saras Eltern ein Stück Land in Terrassenform. Diese Terrassen zogen sich vom Dorf bis hinab zum Mühlbach. Mehrere Wege verbanden die verschiedenen Terrassen untereinander. Die meisten Dorfbewohner nutzten die Terrassen, um Feldfrüchte wie Kartoffeln, Mais oder Getreide anzubauen. So auch Saras Familie. Mári hatte auch schon öfters bei der Ernte geholfen, und Sara umgekehrt bei der Ernte, die ihre eigenen Eltern einbrachten.

Schnell lief Mári über den Opferplatz zum Haus der Heilerin. Als Mári eintraf, war Magda gerade dabei, Kris einen neuen Verband umzulegen. Sie versprach, sofort nach Sara zu schauen, sobald sie Kris versorgt hatte. Mári wartete auf sie und begleitete sie voller Sorge.

Saras Eltern waren immer noch nicht vom Feld zurück. Magda kletterte an der Holzleiter hoch ins Obergeschoss und trat nach links in Saras Schlafkammer ein. Micha saß neben ihr am Bett und sah besorgt drein.

„Hallo, Sara," sagte Magda betont ruhig und setzte sich neben Micha. „Dann wollen wir mal sehen, was dir fehlt. Könnt ihr bitte draußen warten?" Die Frage, die eigentlich keine war, richtete sich an Mári und Micha gleichermaßen. Die beiden nickten und kletterten nach unten in den Wohnraum.

Kurz darauf traten Saras Eltern Luis und Ana über die Schwelle. Micha erzählte ihnen, was geschehen war. Luis ließ den großen Sack, den er trug, achtlos zu Boden plumpsen und setzte sich aufseufzend auf die große Eckbank am Esstisch. Ana setzte sich neben ihn und nahm seine Hand. Mári ertrug es schwer, diese raumgreifende Sorge zu ertragen, hatte sie doch selbst das Gefühl, vor einem schwarzen Abgrund zu stehen.

Zum Glück ließ Magda nicht lange auf sich warten. Mári sah, dass sie zu lächeln versuchte.

„Sara leidet tatsächlich unter den fremden Gliedern, wie man so sagt. Ich habe ihre Empfindsamkeit überprüft und in den nächsten Tagen und Wochen wird sie gewiss nicht aufstehen können." Nun wurde ihr Blick ernst.

„Ich möchte euch nicht verheimlichen, dass es auch möglich ist, dass sie nie wieder wird laufen können.

Aber ich habe die Hoffnung, nein - ich habe den Glauben, dass die Lähmung nur vorübergehend sein wird. Es ist wichtig, dass Sara selbst den Glauben nicht verliert, eines Tages wieder gehen zu können. Deshalb sollte sie jeden Tag versuchen, ihre Beine zu bewegen. Und wenn sie irgendwann spürt, dass es ein kleines bisschen gelingt, dann sollte sie damit weiter machen und jeden Tag weiter üben, bis die Beine sie wieder tragen. Dazu braucht sie aber eure volle Unterstützung."

„Ich kann ihr dabei helfen!" platzte Mári heraus. Mit einem Seitenblick auf Luis fuhr sie fort: „Ich kann jeden Tag zu ihr gehen und mit ihr üben!"

Luis brummte. Mit einem zornigen Blick auf Mári sagte er: „Das ist auch das Mindeste, was sie tun kann. Schließlich hat sie Sara in die Höhle geschleppt."

Mári spürte Verbitterung in sich aufwallen. Sie hatte sich schon selbst gefragt, ob sie Schuld auf sich geladen hatte. Aber das jetzt von Saras Vater zu hören, war etwas anderes. Er sprach sie noch nicht einmal direkt an!

Schon wollte sie widersprechen, doch dann hielt sie sich selbst zurück. Luis war Saras Vater, er konnte ihr auch den Umgang mit ihr verbieten, solange sie noch keinen eigenen Hausstand gegründet hatte. Und das konnte sie erst, wenn sie sechzehn Winter alt war. Sie sollte lieber nichts riskieren. Und wenn es als ihre Wiedergutmachung angesehen wurde, dass sie jeden

Tag mit Sara übte, dann konnten ihre eigenen Eltern auch nichts dagegen haben, dass sie so viel Zeit mit ihrer Freundin verbrachte.

Diese waren in den letzten Tagen schon etwas unruhig geworden, weil Mári ihre Pflichten im Haushalt vernachlässigt hatte. Nun tat Mári ihr Bestes, um ihre Tatkraft auch wieder der Familie zur Verfügung zu stellen. Es war Herbst und somit gab es besonders viel zu ernten. Es stand die Apfelernte an, die Weinlese, es gab Kürbisse zu ernten und bald auch die ersten Orangen. Und dann galt es natürlich alles haltbar zu machen, Marmeladen einzukochen, Mus zu machen, Apfelschnitze zu trocknen. Und Heu für die Schafe musste auch noch einmal gemacht werden. Das Gras wuchs in Elpele zwar ganzjährig, und so standen die Schafe auch den ganzen Winter über auf der Weide, doch wuchs es in den kalten Tagen langsamer und so fütterten sie manchmal ein wenig Heu zu. Jo war zwar immer noch ein kleiner Junge, doch auch er half mittlerweile mit, indem er das übriggebliebene Heu zusammenrechte, wenn die Haupternte schon eingefahren war.

Doch jeden Tag nach getaner Arbeit verabschiedete sich Mári von Jo und ihren Eltern und ging zu Saras Haus, um an ihrem Bett zu wachen, sie zu ermuntern, ihre Beine zu bewegen - vor allem jedoch, um mit ihr zu sprechen, zu scherzen, sie liebevoll anzusehen und kosende Worte zu sprechen - und um Pläne zu machen. Es war schwierig, Sara nicht zu berühren, doch beide waren voller Hoffnung, dass

Sara bald wieder gehen würde können. Und dann würden sie wieder ihre Höhle aufsuchen können, um sich dort näher zu kommen. Es war ein wunderbares warmes Gefühl, das in Mári hochstieg, wenn sie daran dachte, dass Sara sich genauso sehr wie sie danach sehnte, ihr körperlich nahe zu sein. Doch konnten sie es tatsächlich wagen, in der Höhle körperlich zusammenzukommen? Die letzten Beweise dafür, dass die Götter unter der Erde blind waren, fehlten. Und so beschlossen Mári und Sara, ihren Plan in die Tat umzusetzen.

Als Mári das nächste Mal Brot holte, erzählte sie Liv von ihrem Erlebnis in der Höhle, vor allem, wobei sie Sina und Sába belauscht hatten. Mári achtete dabei auf Livs Minenspiel. Sie schien nicht im Mindesten überrascht. „Sába ist der Priester," sagte sie, „die Götter erweisen uns durch ihn ihre Gnade. Vielleicht werden sie dir diese Gnade auch erweisen, schließlich bist du ihr Liebling." Mári stockte der Atem. Sie stellte sich vor, wie es sich anfühlen mochte, Sábas Hände auf ihrer Haut zu fühlen. Iiih! Was für eine ekelhafte Vorstellung! Nie im Leben würde sie mit Sába verschmelzen, Gnade hin oder her!

„Du hast die Vereinigung mit Sába auch schon erlebt, nicht wahr?" fragte sie schließlich. Gerade in diesem Moment kam Kris aus dem angrenzenden Wohnraum in den Laden gehumpelt. „Hallo, Mári," sagte er. Er musste ihre Frage gehört haben. Mári spürte, dass ihr das Blut in den Kopf schoss. Doch ihre Sorge war unbegründet. Kris wusste offenbar Bescheid. Denn Liv antwortete ganz freimütig:

„Ja, das habe ich. Eine Zeit lang war er ganz verrückt nach mir. Eine große Ehre. Nicht wahr, Kris?" Kris nickte, doch wirkte er nicht wirklich so, als fühlte er sich geehrt. Was war das doch für ein Ausdruck in seinem Gesicht? Eifersucht? Nein, irgendwie schien er in sich zusammenzusacken, kleiner zu werden. Es war sonderbar, diesem breiten Mann mit den kräftigen Händen zuzusehen, wie er in sich zusammenschrumpfte. Nun verstand Mári. Kris hatte Angst. Angst wovor? Vor Sába? Vor den Göttern?

Mári gab sich einen Ruck. Wenn sie jetzt nicht fragte, war der Moment vorbei. „Ich habe mich nur gefragt," sagte sie, „warum er sich mit Sina unter der Erde vereinigt hat. War das bei dir auch so?" Liv dachte nach. „Ja, bei mir auch. Er hat ja schließlich einen eigenen heiligen Raum eingerichtet."

„Und ihr habt es nie irgendwo anders getan?" fragte Mári und hielt den Atem an.

„Nein, nie," sagte Liv. „Wieso interessiert dich das?"

„Ich hab da so eine Idee," sagte Mári, „aber ich bin mir noch nicht ganz sicher. Ich werde es dir erzählen, wenn ich mir sicher bin." Liv grinste. „Nun, du bist ja nun auch in dem Alter, wo diese Dinge interessant werden. Pass nur auf, Mári, dass du nie das dritte Gebot missachtest." Nun spiegelte sich Sorge in ihrem Ausdruck. „Es wäre kein Junge und kein Mädchen wert, dass du dein Leben aufs Spiel setzt."

„Keine Sorge, Liv," gab Mári zurück und griff nach ihrem Brot. „Und Danke für die Auskunft."

Mári beschloss, gleich weiterzuforschen. Sie ging über den Opferplatz zum Haus des Werkzeugmachers Jon. Die Tür stand offen, Jon stand an der Esse und hielt mit seiner Zange ein glühendes Stück Metall ins Feuer.

„Hallo, Jon," sagte Mári, „ist Sina da?" „Die ist gerade bei Sába," sagte Jon, und er wirkte plötzlich nicht mehr wie der starke Mann, der Metall zurechtklopfen konnte. Irgendwie erinnerte seine Körperhaltung verdächtig an Kris. Doch Mári ließ nicht locker. „Weißt du, was sie da macht?"

„Nun, bist du da nicht ein bisschen jung dafür?" Jon wirkte unsicher, was er sagen sollte.

„Sie vereinigen sich, nicht wahr?" hakte Mári nach.

„Ja," gab Jon zu.

„Ich habe dazu eine Frage," sagte Mári. „Weißt du, wo die Verschmelzung stattfindet?"

„Ja, in einem Raum unterhalb des Hauses, in einer Art Höhle, die den Göttern geweiht ist."

„Weißt du, ob Sina und Sába es auch an einem anderen Ort getan haben?"

Jon blickte sie verwundert an. „Nun, Sina hat immer von dieser Höhle erzählt. Ich glaube nicht, dass sie sich woanders getroffen haben."

„Danke," sagte Mári und ließ einen verwirrten Jon zurück.

Mári berichtete Sara von ihren Erlebnissen. „Dieser Mistkerl!" war Saras Reaktion. „Sába lügt! Es kann nicht anders sein! Dass er und seine Geliebten nicht bestraft werden, hat nichts damit zu tun, dass er als Priester geheiligt ist. Es ist nur deshalb so, weil er die Vereinigung unter Tage vornimmt!"

„Und das bedeutet," fuhr Mári fort, „dass jeder und jede sich mit wem auch immer vereinigen könnte, sofern es unter der Erde stattfindet! Die Leute müssen das wissen!" „Ja," pflichtete ihr Sara bei. „Dann hat diese Ungerechtigkeit ein Ende!"

„Aber wie machen wir das? Und vor allem - wie schaffen wir das, dass die Leute uns glauben?"

Die beiden berieten lange, und irgendwann nahm ein Plan Gestalt an.

„Nächsten Sonntag also," sagte Mári und holte tief Luft.

„Sába wird böse sein," sagte Sara.

„Ja, das wird er. Aber er hat es nicht anders verdient. Die Leute müssen die Wahrheit wissen, und sie wird sie freier machen. Uns alle wird sie freier machen." Sara nickte und strahlte ihre Geliebte an.

Als Mári an diesem Abend nach Hause kam, war ihre Patin Landa zu Besuch. Es gab Hühnerbeine mit Kartoffel-Zwetschgenmus und als Nachtisch eine Kaki für jeden. Mári hatte ordentlich Hunger und aß für zwei. Als sie sich schließlich zurücklehnte, satt ihren leeren Teller begutachtete und beherzt zu ihrer Kaki griff, fühlte sie plötzlich Landas Blick auf sich ruhen. Erst jetzt fiel ihr auf, dass schon länger niemand etwas gesagt hatte. Sie blickte in die Runde. Auch ihre Eltern sahen sie an, nur Jo stocherte gedankenverloren in seinem Mus.

„Hab ich etwas nicht mitgekriegt?" fragte Mári vorsichtig.

„Ich habe dich nur etwas gefragt," sagte Landa sanft, „und zwar: wie steht es zwischen dir und Sara?"

Ach, darum ging es. Ihren Eltern war natürlich nicht verborgen geblieben, dass sie eine sehr innige Freundschaft mir Sara verband. Und nun war es die Aufgabe der Patin, mit ihr darüber zu sprechen. Mári wusste, dass die Entscheidung für eine Partnerin von ungeheurer Wichtigkeit war. Schließlich hieß das, dass man sich sein ganzes Leben lang mit dieser einen Person vereinigen konnte, aber eben auch nur mit dieser einen und keiner anderen. Zumindest bisher war das so, dachte Mári und ihr schwindelte fast vor dem, was sie vorhatte. Sie würde nicht nur eine Lüge aufdecken, sie würde das Leben im Dorf grundlegend verändern, und zwar für Generationen.

Aber darum ging es hier nicht. Mári räusperte sich. „Nun ja, wir mögen uns wirklich sehr," sagte sie schließlich, „wir haben noch nicht darüber gesprochen, ob wir die Ehezeremonie vornehmen wollen, aber vermutlich schon, ja."

„Das habe ich mir schon gedacht," sagte Landa. „Und Sara ist ein gutes Mädchen. Ich kann mir vorstellen, dass ihr zusammenpasst." Das klang so, als würde Landa die Verbindung gut heißen. Das war wichtig, denn nichts war schwieriger, als wenn die Patin mit einer Eheschließung nicht einverstanden war. Wenn die Ehe überhaupt zustande kam, dann stand sie meist unter keinem guten Stern.

„Aber ich möchte dich bitten, Mári," fuhr Landa fort, „nichts zu überstürzen. Ich weiß, du bist jung, und der jugendliche Körper brennt nach Vereinigung. Aber eine Ehe ist eine Entscheidung fürs Leben."

„Ich weiß," sagte Mári, die eigentlich keine Lust hatte, darüber zu sprechen. „Ich werde mir das gut überlegen."

„Es macht einen Unterschied, ob du eine Frau oder einen Mann heiratest," fuhr Landa fort. „Du kennst Janne, meine Frau. Wir sind sehr glücklich."

„Ja," erwiderte Mári, ohne recht zu wissen, worauf Landa hinaus wollte. „Aber manchmal," Landa seufzte, „ist es schwierig, keine Kinder zu haben. Wir fragen uns, wie das sein wird, wenn wir alt sind und uns niemand unterstützen kann."

Mári war erstaunt. Sie hatte sich Landa nie mit Kindern vorgestellt. Irgendwie passte das gar nicht zu ihr. „Aber kinderlosen Paaren hilft doch die Gemeinschaft!" sagte sie schließlich.

„Ja, das tut sie," meinte Landa und lächelte. „Und ich bin sehr glücklich. Ich wollte dir nur sagen:

überstürze nichts, denk darüber nach, bevor du dich entscheidest."

„Das werde ich," sagte Mári, „mach dir keine Sorgen."

Als Mári an diesem Abend ins Bett ging, lag sie noch lange wach. Immer schwerer fühlte sie die Verantwortung auf sich lasten. Was am Sonntag geschehen sollte, war mehr als das Ende eines jugendlichen Abenteuers. Es würde den Anfang von etwas ganz Neuem bedeuten. Zumindest, wenn der Plan aufging. Durfte sie das tun? Doch andererseits? Durfte sie nichts tun? War es nicht noch verwerflicher, die Wahrheit zu kennen und zu schweigen? Ja, das war es, dachte sie schließlich. Jeder konnte schließlich weiterhin tun und lassen, was er wollte. Sie würde niemanden zu etwas zwingen. Sie würde nur den Priester als das entlarven, was er war: ein egoistischer Lügner, der nicht mehr Göttlichkeit in sich vereinte als sie oder Landa oder sonst irgend jemand.

*

Am Sonntagmorgen war Mári ganz ruhig. Heute würde es geschehen, es war entschieden. Und wie die Leute des Dorfes reagieren würden, lag nicht in ihrer Hand. Sara und sie hatten beschlossen, dass sie es nach der Opferzeremonie tun sollte. Dann, wenn die Götter zufriedengestellt sein würden, aber noch alle Dorfbewohner auf dem Platz stehen würden.

Dann würde sie sich Gehör verschaffen. Und dazu würde sie sogar ein bisschen ihre berühmte Vergangenheit benutzen.

Als der Priester aus seinem Haus trat, bedeckt mit der traditionellen schwarzen Robe, die das Zeichen der Götter zierte, verstummten die Dorfbewohner in traditioneller Ehrfurcht. Nach und nach legten sie ihre Gaben auf den Opfertisch. Sara wurde von ihren Eltern getragen und legte zwei Äpfel auf den großen Stein. Mári selbst legte zwei Eier auf den Tisch. Dann konzentrierte sie sich auf das, was sie später sagen würde. Zuerst sprach aber Sába. Von der Güte der Götter, davon, dass sie uns beschützen und uns wohl meinen, er sprach sie schließlich direkt an, dass er ihnen unser Opfer empfehle und demütigst um die Annahme des selben bitte und so weiter und so fort. Mári hörte nicht mehr hin. Schließlich setzte Sába den um die Gaben errichteten Holzstapel in Brand. Andächtig stand die Dorfbevölkerung da und stierte in die Flammen. Plötzlich kam Mári das alles völlig absurd vor. War das wirklich nötig? Was waren das für Götter, die so etwas verlangten? Und vor allem, die die Menschen mit dem Tod bestraften, die ihnen nicht opferten?

Stumm standen sie da, lauschten den gierigen Flammen, blickten ins hoch auflodernde Feuer. Nur Mári blickte in die Gesichter der Dorfbevölkerung. Viele wirkten abwesend, dachten wohl schon ans Mittagessen oder an die Ernte, die am nächsten Tag einzufahren war - manche betrachteten einfach nur das Feuer, ohne viel zu denken; und wieder andere standen stumm und starr, denn sie hatten - Angst, ja, dachte Mári angewidert. Das ganze Dorf stank vor Angst! Wieso fiel ihr das erst jetzt auf, nach so vielen Jahren?

Irgendwann, nach langem Warten, richtete sich der Priester auf, breitete die Arme aus und sagte die Schlussworte: "Gehet hin und gehorchet den Göttern!"

„Halt!" schrie Mári aus Leibeskräften. „Geht noch nicht! Ich habe euch etwas Wichtiges zu sagen." Sába runzelte die Stirn, ließ sie aber gewähren. „Ihr wisst, dass ich kürzlich mit Sara eine Höhle entdeckt habe, in der wir gestürzt sind und sie einen Unfall hatte. Was ihr nicht wisst, ist, dass wir beide einander in dieser Höhle sehr nahe gekommen sind, viel näher als die Götter es normalerweise erlauben." Ein Gemurmel erhob sich, doch die Leute hörten ihr jetzt umso gespannter zu. Sie durfte das nicht vermasseln.

„Die Götter haben uns jedoch nicht bestraft. Genauso wenig wie sie Sába bestrafen, der in einer Höhle unterhalb seines Hauses mit den Frauen dieses Dorfes Unzucht treibt." Mári hatte besonderes Gewicht in die letzten Worte gelegt. Aufregung erfasste die Menge. Nicht über die Tatsache, das wusste vermutlich das ganze Dorf, aber über die verurteilende Wortwahl.

Sába war bleich geworden. „Mári," sagte er flehend, „du weißt ja nicht, was du tust."

„Ich weiß sehr wohl, was ich tue," schrie Mári. „Ich bin der Liebling der Götter! Und ich decke eine Lüge auf! Sába kann nicht mit anderen Frauen schlafen, weil er heilig ist, nein, sondern weil er es unter der Erde tut!" Eine Pause, Stille auf dem Platz. Mári setzte nach. „Die Götter sehen nicht unter der Erde!"

Aufgeregtes Getuschel. „Ruhe!" Der Priester hatte sich offenbar für ein Machtwort entschieden. „Das ist eine Lüge! Jeder, der das glaubt, wird den Zorn der Götter zu spüren bekommen, sobald er mit jemandem verkehrt, mit dem er nicht verehelicht ist! Seid nicht töricht und bringt euer Leben nicht in Gefahr! Was weiß dieses Mädchen schon!"

„Sehr viel!" Mári ging direkt auf Konfrontation. „Ich weiß, dass du nur unter Tage Unzucht treibst!"

Sába antwortete etwas, doch das ging im allgemeinen Gejohle unter. Mári hatte das Gefühl, dass sich einige auf ihre Seite geschlagen hatten. War es, weil sie der Liebling der Götter war? Oder weil manche von ihnen insgeheim den Priester hassten, der ihnen nur auf der Tasche lag?

Plötzlich hörte Mári eine Stimme, die sie nicht erwartet hatte: Landas Stimme. Ruhig und klar drang sie aus der Menge: „Wenn es stimmt, Sába, dass deine Person geheiligt ist und du deshalb mit jedem - oder sagen wir besser - jeder" - das letzte Wort betonte Landa und einige lachten - „verkehren kannst wie du willst, dann zeig es uns! Komm doch her und tausche innige Küsse aus mit..." Landa drehte sich um und tat so, als würde sie suchen, „...mit Liv vielleicht... oder mit Arya... oder mit Ruth... oder mit Sina... um nur ein paar aufzuzählen, mit denen du es unter Tage oft und gerne gemacht hast!"

Mári strahlte ihr Patin an. Diese Schützenhilfe hatte sie nicht erwartet. Fast fand sie es schade, Landa nicht in ihren Plan eingeweiht zu haben. Wobei...besser hätten sie es nicht planen können.

Sábas Kopf war rot angelaufen. „Wie könnt ihr es wagen!" donnerte er. „Wie könnt ihr es wagen, so mit einem Priester zu sprechen!" Landa schob geistesgegenwärtig Sina nach vorn. Die Arme tat Mári leid, denn sie zitterte am ganzen Leib. „Küss sie, küss sie!" skandierte plötzlich die Menge. Sina stand da und machte sich klein, aber sie stand da, eine Menschenlänge von Sába entfernt. „Ich mache das nicht," stammelte Sába, „das gehört sich nicht." Die Menge johlte. Sába weigerte sich.

„Wenn du dich weigerst, Sina zu küssen," fuhr schließlich Landa fort, „dann gestehst du damit ein, dass die Götter nur oberhalb der Erde sehen, nicht unterhalb."

„Nichts gestehe ich ein," sagte der Priester, „und ich weigere mich, bei diesem Affentheater mitzumachen."

„Lügner!" dröhnte es plötzlich aus der Menge. Die Leute mochten Sába offenbar wirklich nicht. Keiner kam ihm zur Hilfe. „Lügner!" brandete es schließlich auf, ein 'Lügner' nach dem anderen, bis schließlich ein Chor aus Schimpfworten auf Sába herab prasselte. Fast tat er Mári leid. Bevor er zurück in sein Haus hastete wie ein geprügelter Hund, suchte sein Blick Máris Gesicht. Und obwohl Mári zunächst dachte, Hass in seinen Augen zu sehen, fand sie nichts davon. Alles, was sie wahrnahm, war eine abgrundtiefe Traurigkeit, eine Traurigkeit, die sie zutiefst verwirrt zurückließ.

*

In diesem Winter ging ein Wind der Freiheit durch Elpele. Mári hatte zusammen mit Saras Bruder Micha den unteren Höhleneingang entdeckt. Im Nachhinein fanden sie es komisch, dass in vielen Jahrhunderten der Besiedelung Elpeles nie jemand auf den Gedanken gekommen war, die Büsche hinter der untersten Quelle, die den Mühlbach speiste, beiseite zu schieben. Der Zugang war zwar nass und eng, aber nach wenigen Metern tat sich eine geräumige Höhle auf, die Platz für viele Menschen bot. Wenn man dem Bach weiter nach oben folgte, kam man zu dem Durchbruch, der in Sábas Liebeshöhle führte, und wenn man dann noch weiter ging, kam man schließlich zu dem Bergsturz, in dem sich Sara verletzt hatte. Wenn man eine Fackel dabei hatte, gelang es aber auch ohne größere Probleme, die Einsturzstelle zu durchklettern und am oberen Ende, hoch oben bei den Bärenköpfen, wieder hinaus ins Freie zu treten. Doch seit jenem Sonntag, an dem

Sába beim Dorf in Ungnade gefallen war, gab es weit mehr Leute, die das Höhlensystem erkundeten. Meist gar nicht aus besonderem Erkenntnisinteresse. Die meisten begnügten sich auch damit, den Quelleneingang zu nehmen und sich einige wenige Menschenlängen weiter ein bequemes Lager zu suchen. Mittlerweile gab es dort mehrere Decken und Matten, die mehr oder weniger Verliebte, aber jedenfalls Nutznießer der neuen Freiheit, dorthin mitgebracht hatten. Ja, irgendwie war ein großer Teil der Dorfbevölkerung wie im Rausch. So, als hätten die Götter jahrelang einen Deckel auf eine brodelnde Brühe gehalten, die nun, da der Deckel verschwunden war, fast explosionsartig überkochte. In den ersten Wochen interessierte es niemanden, aus welcher Ecke der Höhle welche Geräusche klangen oder wer sie verursachte, im Gegenteil: es klang wie süße Begleitmusik zur eigenen vom ausgehungerten Freiheitsgefühl genährten Liebestat. Fast schien es, als hätten die Dorfbewohner den Ehrgeiz, möglichst alle Liebeskonstellationen in kürzester Zeit auszuprobieren. Die Jahreszeit spielte dabei der neuen Abenteuerlust in die Hände: die Ernte war eingebracht, und die Renovierungsarbeiten an den Häusern, die man häufig im Winter vornahm, konnten warten. Schließlich hielten sich viele sowieso länger in der Höhle als in ihren Häusern auf. Mári beobachtete das Ganze mit gemischten Gefühlen. Die Erwachsenen kamen ihr wie Kinder vor, denen man unerwartet erlaubt hatte, ihr Lieblingsspiel wieder aus dem Schrank zu holen. Sie selbst hatte schlichtweg keine Lust, sich mit allen möglichen Frauen und Männern zu vergnügen. Für sie zählte nur Sara, und jeden Tag übte sie mit ihr das Laufen. Sara machte langsam Fortschritte, doch ermüdete sie rasch. Ihre Eltern hatten ihr nun ein Lager im Wohnraum eingerichtet, damit sie nicht jedes Mal die Treppe nehmen musste, wenn sie ein paar Schritte gehen wollte. Immerhin schaffte sie es um die Zeit der Wintersonnenwende herum, den Weg zum Opferplatz und zurück selbst zu bewerkstelligen. Mári war immer an ihrer Seite und bereit, sie aufzufangen. Denn Sara ging noch sehr langsam und sehr unsicher.

Die meiste Zeit verbrachten sie jedoch bei Sara zu Hause, und häufig hatten sie dort auch ihre Ruhe, weil sowohl Micha als auch ihre Eltern den neuen Freiheiten nachgingen. Es regnete viel, und so saßen sie gemeinsam um die Feuerstelle herum und starrten in die Flammen, oder lauschten dem Regen, der gleichförmig auf das schiefergedeckte Dach fiel. Manchmal schwiegen sie nur gemeinsam und schauten sich voller Liebe an, manchmal alberten sie herum und neckten sich, und immer wieder gab es diesen einen Moment, wo sie sich zurücknehmen und den Wunsch ihrer Körper mit Macht verdrängen mussten, einander näherzukommen. Und manchmal diskutierten sie über die Veränderungen in Elpele, über ihre Entdeckungen in der Höhle und darüber, wie alles zusammenhing.

„Was glaubst du," fragte Mári eines Abends, "was unsere Vorfahren in dieser Höhle gemacht haben?"

Sara lächelte. „Nun, vielleicht das selbe wie wir."

Mári lachte, wurde aber gleich wieder ernst. „Wie erklärst du dir dann diese komischen Zeichen und vor allem das Bild der Höhle? Ein Bild von einer Höhle in einer Höhle - mir geht einfach nicht in den Kopf, wieso jemand so etwas machen würde. Und in den Geschichten der Alten kommt so etwas auch nicht vor. Ich habe Landa danach gefragt." Sara seufzte. „Ich kann mir auch keinen Reim darauf machen. Und diese Zeichen - sie sind so anders als alle Zeichen, die ich kenne. Nimm das Zeichen der Götter - es stellt etwas dar. Man weiß vielleicht nicht gleich, was es ist, aber wenn es einem erklärt wird, erkennt man, was es sein soll: unsere Erde und die Götter, die sie beschützen. Oder das Zeichen für Katze, das Leo in alle Mauern kratzt, die er finden kann. Jeder erkennt, was es sein soll. Aber diese Zeichen dort auf der Tafel... ich kann mir nicht im Entferntesten vorstellen, was sie heißen sollen. Vielleicht hat sie ein Verrückter dort angebracht."

„Jemand, der noch verrückter ist als Leo?" sagte Mári und lachte, wurde aber sogleich wieder ernst. „Vielleicht hast du recht. Neben all dem Unwahrscheinlichen, das in den alten Geschichten immer wieder auftaucht, gibt es eine Sache, die immer gleich ist: es gab einen großen Krieg, eine Zeit, in der sich die Menschen reihenweise gegenseitig umgebracht haben. Eine Tatsache, die anscheinend die Götter dazu veranlasst haben, das Töten zu verbieten. Offenbar waren unsere Vorfahren verrückt."

„Vielleicht hast du recht," sagte Sara. „Aber es ist alles so lange her - und alles, was wir haben, sind alte Geschichten, tausendmal erzählt und tausendmal verändert. Wie sollen wir je herausfinden, wie es wirklich war?"

Mári wusste keine Antwort. „Wenn die Vorfahren nur direkt mit uns sprechen könnten," sagte sie sinnend, „aber das wird wohl ein Traum bleiben."

Als sich das Fest der Göttin Ekson näherte, das das Ende des Winters markierte, schaffte es Sara mit Máris Hilfe zum unteren Höhleneingang.

Es waren glückliche Tage, Tage, in denen sowohl Máris als auch Saras Eltern viel zu beschäftigt waren, um nach den Kindern zu sehen - weil sie selbst sich in den Höhlengängen mit weiß Eelon wem vergnügten.

Eksons Fest fand an einem Sonntag Abend statt, und zwar auf der großen Wiese zwischen dem Dorf und dem ausgedehnten Bergwald, der hoch zu den Bärenköpfen führte. Die Wiese gehörte allen Dorfbewohnern gemeinsam und diente als zusätzliche Weide für die Schafe. Im Laufe des Tages war in gebührendem Abstand zu den letzten Häusern ein großer Holzstoß errichtet worden. Jeder im Dorf hatte dazu beigetragen, sogar die kleinen Kinder hatten einen kleinen Ast beigesteuert. Arnulf, der gemeinsam mit seinem Mann Gerald die Mühle am Bach unten betrieb, und Jon, der Werkzeugmacher, überwachten und organisierten den Bau des Holzstoßes, der mittels eines rechteckigen Holzgerüstes in die Höhe gebaut wurde. Je höher er wurde, desto stolzer waren die Bewohner von Elpele, denn umso größer war die Ehrerbietung, die sie Ekson darbrachten. Wobei Mári nie ganz verstanden hatte, weshalb man Ekson diese ganze Ehre zuteil werden ließ, schließlich sollte Eksons Einfluss den der Göttin Greeta verdrängen. Und Greeta, die Göttin des Winters, stand immerhin für Regen und fruchtbare Ernte im nächsten Jahr, während Ekson lediglich sommerliche Hitze brachte. Weshalb Greeta nicht mehr Ehrerbietung als Ekson zuteil wurde, hatte Mári noch nie verstanden.

Dennoch war es ein schönes Gefühl, gemeinsam mit den anderen aus dem Dorf um den brennenden Holzstoß herum zu stehen und von dem warmen Wein zu trinken, den Sina und Magda in große Tonkrüge gossen. Mári blinzelte. Sie hatte schon einen halben Krug getrunken und fühlte eine wohlige Wärme in sich aufsteigen. Sara hatte sich neben ihr ins Gras gesetzt und sah ganz klein aus, denn sie war die einzige, die saß. Mári fühlte plötzlich, wie sie die geringe Größe Saras rührte. Sie wollte ihr ins goldrot glänzende Haar fassen und mit ihr gemeinsam in den Nachthimmel fliegen. Was war nur mit ihr los? Plötzlich musste sie lachen. Sara sah sie fragend und leicht belustigt an.

„Was ist los?" fragte sie. Mári beugte sich zu ihr hinunter. „Ich glaube, ich bin schon ein wenig betrunken. Du bist wunderschön." Kaum gesprochen, ärgerte sie sich über dieses mehr als ungeschickte Kompliment. Doch Sara lächelte nachsichtig. „Trink nicht zu viel, du weißt, das ist gefährlich."

Mári nickte. Sie wusste, dass es gefährlich war. In diesem Moment ertönte von jenseits des Feuers ein Schrei. Und dann war es plötzlich, als gieße der Himmel einen gleißenden Strahl des Zornes über Elpele aus. Nein, nicht über ganz Elpele. Ein sengend heißer Strahl brach aus dem Nachthimmel hervor und erhellte auf unnatürliche Weise zwei menschliche Wesen. Es sah aus, als beleuchtete der Himmel ihren letzten Kuss. Der Schrei wurde zum Brüllen, zum mehrstimmigen tierischen Brüllen und Kreischen. Ein entsetzlicher Gestank erfüllte die Luft. Die Silhouette der brennenden Menschen sackte in sich zusammen. Der Strahl erlosch.

Mári rieb sich über die Augen. Sie merkte, wie sie zitterte. So war es also, wenn die Götter straften. Glühend, stinkend, voll kreischenden Schmerzes. Sie hatte das Gefühl, neben sich zu stehen. Menschen eilten jammernd und händeringend davon, andere stürzten hin zu dem Häufchen Asche, das einmal menschlich gewesen war. Ein kalter Blitz durchzuckte Mári. Wer waren die beiden gewesen? Mári blickte in Saras Gesicht, sah Entsetzen, aber auch Sorge. Sorge um sie? Tränen schossen ihr in die

Augen, und sie beugte sich zu Sarah hinunter, um sich gleich wieder loszureißen. Sie richtete ihren verschwommenen Blick gen Himmel, und es war ihr, als sähe sie direkt ins Antlitz des Bösen. "Ich hasse euch!" schluchzte sie, nein schrie sie, und es war ihr plötzlich egal, was die anderen dachten. Später, als sie sich beruhigt hatte und wieder klaren Kopfes war, wusste sie nicht mehr, ob sie die Götter mehr dafür hasste, zwei ihrer Mitmenschen getötet zu haben oder dafür, sie immer und immer wieder von ihrer geliebten Sara zu trennen.

„Wer war es?" raunte, nein schrie Mári einer vorüberhastenden Person zu, es war Janne, Landas Frau. Janne blieb stehen, blickte Mári mitleidsvoll an. „Der Zorn der Götter hat Sina und Ayulf getroffen. Aber was auch geschieht, merke dir: dich trifft keine Schuld." Kurz streifte ihr Janne über die Wange, dann ging sie schnellen Schrittes weiter, dem Dorfe zu. Mári blickte ihr verwirrt nach. Wieso sollte sie daran schuld sein? Gleichzeitig schalt sie sich selbst. Es ging nicht um sie, es ging um Ayulf und Sina. Oh bei den Göttern! Mit Schrecken fiel ihr ein, was das für Jon und Magda bedeutete! Die beiden ließen Partner zurück, Geliebte! Wie konnte das nur geschehen sein?

Während die meisten Dorfbewohner an ihr vorbei rannten, den Zorn der Götter fürchtend, ging Mári auf den Ort zu, an dem der gleißende Blitz eingeschlagen hatte. Dazu musste sie einen Bogen um den noch immer brennenden Holzstoß machen.

Jemand rempelte sie an, drehte sich zu ihr um. „Da ist ja die, die mit dem Ganzen angefangen hat!" schleuderte ihr eine hasserfüllte Stimme entgegen. Erst, als der Mann weitergeeilt war, erkannte sie, wessen Gesicht das flackernde Feuer erhellt hatte: es war Luis gewesen, Saras Vater. Bitterkeit stieg in Mári auf. Was hatte Luis nur gegen sie? Und - was hatte sie getan, um am Tod zweier Menschen schuld sein zu können? Sie drehte sich hilflos um. Sara folgte ihr. Sie hatte ihren Vater wohl gar nicht gesehen. Besser so, dachte Mári bitter.

Als die beiden an dem Ort ankamen, an dem vor kurzem noch Sina und Ayulf gestanden hatten, erkannte Mári, dass noch zwei weitere Personen dageblieben waren. Es waren Jon und Magda, die fassungslos in die Asche starrten, in das, was von ihren Liebsten übriggeblieben war. Mári blieb in respektvollem Abstand stehen. Magda bemerkte sie und lächelte sie hinter einem Vorhang aus Tränen an. „Was ist passiert?" fragte Mári, und nun erfuhr sie, dass die neue Offenheit des Dorfes auch ihre Schattenseiten hatte. Mit mühsam unterdrückter Emotion schilderte ihr Magda, dass Sina mit Ayulf immer öfter in die Höhlen gegangen war, was vor allem Jon, Sinas Mann, mehr und mehr gestört hatte. Bis er schließlich, blind vor Eifersucht, dieses Fest dazu nutzte, um Ayulf in die Schranken zu weisen. Jon wusste, dass er als einziger unter freiem Himmel Sina küssen konnte, und das nutzte er wohl weidlich aus, machte die ganze Zeit an seiner Frau herum und klopfte blöde Sprüche in Ayulfs Richtung. Bis jener in einem Tobsuchtsanfall die völlig verdutzte Sina gepackt hatte, um ihr seine Zunge in den Hals zu stecken. Sina, betrunken und vielleicht auch ein bisschen amüsiert darüber, das Zentrum des Interesses zu sein, hatte ihn gewähren lassen. Und alle Umstehenden waren wie versteinert gewesen, betäubt und besoffen, dumm waren sie dagestanden, ohne das einzig Richtige zu tun: die beiden auseinanderzureißen. Und dann kam der Blitz aus dem Himmel und verbrannte Ayulf und Sina mit Feuer, das heißer war als jedes von Menschen erzeugte Feuer. Als Magda das erzählte, brach sie in die Knie und Tränen aus ihren Augen. Jon war die ganze Zeit über nur dagestanden wie ein geprügelter Hund. Jetzt kam plötzlich Leben in ihn. Er ging auf Mári zu. „Ohne dich wäre das nie passiert!" sagte er und Tränen rollten über sein Gesicht. „Ohne dich wäre Sina noch am Leben - als meine Frau!" Und plötzlich wusste Mári, weshalb sie an dem Ganzen schuld sein sollte. Sie hatte die Höhle entdeckt, und sie hatte den Priester bloßgestellt und dem Dorf gezeigt, dass man sich unter Tage ungestraft lieben konnte, auch wenn man nicht verheiratet war. Ohne Mári keine große Freiheit. Und ohne Freiheit keine Eifersucht und kein Tod. Schwindel erfasste das Mädchen, sie hatte das Gefühl, in einen Abgrund zu fallen. Gerade noch spürte sie die weichen Arme von Sara, die sie auffingen.

Die nächsten Tage ging Mári kaum aus dem Haus. Sie hatte ihre Eltern gebeten, ihr Arbeiten im Inneren des Hauses zuzuteilen, denn sie brachte es nicht übers Herz, unter Menschen zu gehen. Zu stark waren ihre Schuldgefühle. Sara, Landa, ihr Bruder Jo und ihre Eltern waren die einzigen, deren Gegenwart sie ertrug. Obwohl ihr Jo bisher nicht besonders nah gestanden hatte, war seine Gegenwart nun besonders tröstlich. Er verstand zwar, dass die Götter zwei Menschen bestraft hatten, die das dritte Gebot gebrochen hatten, aber die Rolle seiner Schwester in der ganzen Geschichte verstand er ganz und gar nicht. Er begegnete Mári mit der selben Unbefangenheit wie immer. Und so spielte sie nach getaner Arbeit mit ihm, baute Häuser aus Holzklötzen und vergaß dabei für kurze Zeit, welche Rolle sie in dieser Geschichte spielte.

Wenn sie hingegen Sara besuchte, war es ihr Vater Luis, der sie immer wieder an ihre angebliche Schuld erinnerte. Mári musste sich zunehmends zügeln, um seinen Anschuldigungen nicht mit Zorn zu begegnen. Am dritten Abend nach Eksons Fest schließlich beschloss sie, Luis einfach freundlich zu begrüßen und ohne sich auf ein weiteres Gespräch einzulassen zu Saras Zimmer hochzusteigen. Doch Luis machte es ihr nicht gerade einfach. „Es wundert mich ja schon, dass du dich überhaupt noch her traust!" waren seine Begrüßungsworte, die er, finster am schweren Eichentisch sitzend, in seinen Bart murmelte. Ana, seine Frau, die gerade am Fenster saß und an irgendetwas strickte, blickte leicht beschämt auf und sagte leise: „Hallo, Mari!" Mari holte tief Luft, schmetterte ein lautes, irgendwie falsch klingendes „Guten Abend!" in die Mitte des

Raumes und ging auf die Holzleiter zu, die ins Obergeschoss zu Saras und Michas Zimmer führte. Sie merkte, dass ihre Knie zitterten. Jeden Augenblick rechnete sie damit, von Luis zurückgepfiffen und des Hauses verwiesen zu werden. Als sie das Holz der Leiter in ihrer linken Hand spürte, fühlte sie Erleichterung. Luis hatte ihr nichts mehr an den Kopf geworfen. Sie beschloss, in Windeseile nach oben zu hechten und zu hoffen, dass sich alles wieder beruhigen würde. Als sie die Tür zu Saras Kammer aufdrückte, die nächste Erleichterung. Micha war nicht da. Sie mochte ihn zwar, wollte aber lieber mit Sara allein sein. Diese lag im Bett und sah müde aus.

„Geht es dir gut?" fragte Mári. „Ja," sagte Sara, „heute war das Laufen nur wieder etwas anstrengender. Aber das wird schon." Sara klopfte auf ihr Bett, eine Einladung, sich zu ihr zu setzen. „Ich habe Neuigkeiten," sagte sie, als sich Mári zu ihr gesetzt hatte. „Sába ist verschwunden." Mári traute ihren Ohren kaum. „Sába ist weg? Wirklich? Und wohin?"

„Ich habe es von meiner Mutter erfahren. Er ist wohl heute früh aus dem Dorf gewandert. Kris hat ihn gesehen. Anscheinend wollte er ihm nicht sagen, wohin er geht. Alles, was Kris aus ihm herausgebracht hat, ist, dass er vor Sonntag wieder zurück sein wird. Wegen des Opfers."

Ein ungutes Gefühl stieg in Mári auf. Was, wenn sich Sába verspätete? So sehr er auch im Dorf in Ungnade gefallen war – sie alle waren auf ihn angewiesen. Schließlich wusste niemand von ihnen, welche Worte genau gesprochen werden mussten, damit das Opfer von den Göttern angenommen wurde. Außerdem musste es auch ein Priester sein, der die Zeremonie vornahm. Aber wer weiß – vielleicht reichte es ja auch hier, wenn es für die Götter wie ein richtiges Opfer wirkte. Mári merkte, dass sie sich immer mehr von der Idee verabschiedete, die Götter könnten alles wissen.

„Dann hoffen wir mal, dass er am Sonntag wieder zurück ist," murmelte sie. „Ich hab irgendwie ein ungutes Gefühl," sagte Sara, und auf ihrer Stirn zeigte sich die Denkerfalte, die Mári so sehr liebte. Mári schaute sie besorgt und fasziniert zugleich an. „Warum?"

„Sába hat durch dich seine ganze Macht verloren. Keine Frau will mehr bei ihm liegen. Alles, was er noch darf, ist sonntags das Opfer darbringen. Ich habe Angst, dass er etwas plant, um seine Macht zurückzuerlangen. Und das schafft er nur, wenn er diejenige demütigt, die den Leuten ihre Furcht genommen hat." Máris Augen wurden groß. „Meinst du mich?" Sarah nickte leicht, so als verstünde sich das von selbst. „Seit Eksons Fest ist deine Beliebtheit im Dorf gesunken, das weißt du selbst. Einige geben dir die Schuld am Tod von Ayulf und Sina." Sara senkte ihren Blick. „Sogar mein Vater. Ich ertrage es nicht, wie er über dich spricht. Auch deshalb bin ich schon so früh in meiner Kammer." Sara gab sich einen Ruck und setzte sich auf. „Deshalb glaube ich, dass Sába etwas gegen dich im Schilde führt. Irgend etwas, um seine alte Macht zurückzuerlangen."

Mári nickte. „Du könntest recht haben. Aber was soll ... was kann ich denn tun? Ich weiß nicht einmal, was er plant!" Sara strich ihrer Freundin kurz aber liebevoll durchs Haar. „Ich will nur, dass du auf dich aufpasst. Es wäre das schlimmste für mich, wenn dir etwas passieren würde."

Auf sonderbare Weise weckte die drohende Gefahr in Mári neue Energien. So, als hätte ihr Körper beschlossen, sich der Gefahr zu stellen. Selbst wenn sie gar nicht recht wusste, worin diese Gefahr bestehen würde und ob es sie tatsächlich gab. So bot sie zur freudigen Überraschung ihrer Eltern an, allerlei anstehende Arbeiten in den Hangterrassen zwischen Dorf und Mühlbach zu übernehmen. Mári band Tomaten hoch, säte Karotten und Radieschen aus und erneuerte die Mäuerchen, die die Ziegen auf der unteren Weide einhegten. Auch wenn sich Mári voller Eifer den Arbeiten widmete – auf dem Weg zu den Terrassen ließ sie sich Zeit, ging bewusst weiter oben durchs Dorf, um einen besseren Blick auf das Tal zu bekommen.

Am Samstag Abend schließlich, als sie müde mit ihrem Korb auf dem Rücken von einem langen Tag in den Terrassen hinter Gerald und Arnulfs Hof empor stapfte, um den höher gelegenen Weg über die Allmende zu nehmen, erblicke sie weit unten im Tal des Ri, unweit der ersten Bäume des unteren

Waldes von Elpele, vier Menschen zwischen den dornigen Büschen. Sie waren noch weit entfernt und winzig, aber Mári konnte erkennen, dass zwei von ihnen auf Pferden saßen. Ein flaues Gefühl beschlich sie. Mári hatte Pferde bisher immer nur bei Rittern des Hohepriesters gesehen. Sie versuchte zu erkennen, ob Sába zu den vier Personen gehörte, aber sie waren einfach zu weit weg. Doch das würde sich ändern. Schon verschwanden die Pferde hinter den Bäumen, kurz tanzten zwei Oberkörper auf dem hellen Grün des Waldes. Bald danach waren alle vier verschwunden, und zwar in etwa auf der Höhe, wo der Weg hoch nach Elpele begann. Wenn man die Richtung bedachte, aus der sie kamen, war es gut möglich, dass sie in Pregatz losgereist waren. Das würde die Berittenen erklären. Hatte Sába tatsächlich den Hohepriester um Hilfe gebeten? Um Hilfe gegen sie? Das war gar nicht mehr nötig, dachte sie bitter. Doch dann fiel ihr ein, was ihr ihr Patin Landa heute morgen gesagt hatte, als sie ihr in den Terrassen begegnet war: sie hatte mit einigen Leuten gesprochen, mit Magda, mit Kris und Liv und Gerald und Arnulf und wer weiß mit wem noch, und alle hatten sie spätestens nach Landas vehementer Fürsprache eingesehen, dass Mári keine Schuld traf. Ihre Patin hatte Mári aufmunternd auf die Schulter geklopft und auch ihr nochmals ins Gewissen geredet: sie solle sich ja nicht einreden lassen, Verantwortung für den Tod von Sina und Ayulf zu tragen. Wenn, dann wäre sie selbst genauso schuld daran. Aber auch das wäre Blödsinn. Denn Mári und sie selbst hätten nur dazu beigetragen, eine Lüge aufzudecken. Das dumme und egoistische Verhalten von Jon, Ayulf und Sina hätte die tragischen Ereignisse in Gang gesetzt, nicht Mári. Mári hatte kurz nachgedacht, glücklich über die liebevolle Zuwendung ihrer Patin, dann ergänzte sie: „Und die Unerbittlichkeit der Götter. Die Götter tragen Schuld am Tod von Ayulf und Sina." Mári war, als zitterte Landa, und sie vermeinte einen Anflug von Furcht in ihren Zügen zu lesen. „So hat es noch niemand gesagt," raunte sie schließlich leise. „Aber ich kann dir nicht widersprechen."

Mári blickte hinunter in die Ebene des Ri, in der vor wenigen Augenblicken noch zwei Reiter und zwei Wanderer zu sehen gewesen waren. Sie dachte an die Worte ihrer Patin und an ihre eigenen Worte und an diese ungerechten Götter, die von allen verehrt wurden, und dann dachte sie an Sába und sein selbstzufriedenes Grinsen, mit dem er jeden Sonntag das Opfer anleitete und das vermutlich daher rührte, dass er sich jahrelang den Beischlaf mit den Frauen des Dorfes herbeigelogen hatte, und sie dachte an die Angst, die in den letzten Monaten ein bisschen schwächer geworden war in ihrem Dorf – und sie beschloss, den Kampf aufzunehmen.

Als Mári am nächsten Tag hinter Livs Backstube in den Opferplatz einschwenkte, waren die meisten Dorfbewohner schon da, auch Sara, die zwischen ihrer Mutter und ihrem düster dreinblickenden Vater stand und ihr verträumt zuwinkte. Der Wind spielte mit Saras Haaren, und die Sonne ließ sie in einem leuchtenden Rot erstrahlen, als wolle sie, dass sich dieser Anblick für immer in Máris Gedächtnis einbrenne. Für einen Augenblick vergaß Mári, wo sie war, wer sie war, wer die anderen waren. Alles, was zählte, war dieses wunderschöne wilde von Wind und Sonne umflutete Geschöpf, und Mári wusste in diesem Augenblick, dass alles richtig und gut war.

Zumindest bis der Priester kam. Der Anblick des Mannes holte Mári sofort auf die Erde zurück. Er trug zwar die schwarze Robe mit dem Zeichen der Götter, aber unter der Robe steckte nicht Sába, sondern ein älterer Mann mit schmalen Lippen, großen faltigen Tränensäcken und ohne Bart, der das schrumpelige Gesicht verdeckt hätte. Hinter dem Priester gingen zwei Ritter mit Schwert und Lederrüstung. Die Gesichter der Ritter waren fleischig und grob und sie wirkten, als hätten sie noch nie einen eigenständigen Gedanken gefasst. Von Sába keine Spur. Ein Raunen ging durch die Menge. „Ruhe!" dröhnte eine herrische, kräftige Stimme über den Platz, die irgendwie gar nicht zu dem eingeschrumpelten Mann passte. Totenstille über dem Platz. Mári sah förmlich, wie die großen Männer, wie selbst Gerald ein Stück kleiner wurde. Wie zum Trotz reckte sie sich und starrte den Priester herausfordernd an. Was war hier los?

„Ich bin hier auf Wunsch von Sába, eurem ehemaligen Priester." Wieder ein Raunen. Doch diesmal reichte schon eine Handbewegung, um die

Menge zur Ruhe zu bringen. Der Alte in der schwarzen Robe fuhr fort. „Er hat mir berichtet, dass in diesem Dorf falsche Lehren über die Götter um sich greifen." Er machte eine Pause und blickte langsam von Gesicht zu Gesicht, so, als prüfe er die Überzeugung eines jeden einzelnen. „Falsche Lehren," fuhr er lauter fort, „ die das Leben jedes Menschen hier in Elpele bedrohen." Mári konnte sehen, wie die Dorfbewohner zusammenzuckten. Selbst Landa wirkte nicht mehr so selbstbewusst wie sonst.

„Deshalb bin ich hier, deshalb werde ich diese neue Lehre ausrotten, und ich werde nicht ruhen und rasten, bis wieder Ruhe und Götterfurcht einkehren in dieses Dorf!"

Mári wurde fast schlecht, so wütend machte sie dieser Mann. Diese Dreistigkeit, diese Arroganz – er war noch schlimmer als Sába!

„Warum sagt uns das nicht Sába selbst?" hörte sie sich plötzlich sagen, mit ruhiger, weit tragender Stimme, und irgendwo in den Augenwinkeln vermeinte sie Saras bewundernden Blick zu spüren. Das gab ihr noch mehr Kraft. „Woher sollen wir denn wissen, das du kein Betrüger bist und dich Sába wirklich geschickt hat?"

„Weil ich es bestätige," kam die Antwort von ganz nahe. Mári fuhr herum. Sába stand keine zwei Menschenlängen von Mári entfernt. Er hatte sich in ganz normaler Alltagskleidung unters Volk gemischt. „Ich bestätige hiermit, dass fortan Tiraz euer neuer Priester sein wird, das hat der Hohepriester selbst so entschieden. Ich werde noch einige Wochen hier bleiben, um ihn einzuführen. Vertraut ihm bitte, wie ihr einst mir vertraut habt." Es schien, als wolle er noch etwas sagen, doch der alte Mann, Tiraz, fuhr schon fort. Mári war es, als schaue er direkt in ihre Augen, als er mit schneidender Stimme sprach: „Ich werde es nicht dulden, dass diese Lügen weiter verbreitet werden. Und ich werde es nicht dulden, dass weiterhin Unzucht getrieben wird in diesem Dorf!" Er spie das Wort „Unzucht" geradezu heraus. Mári hielt seinem bohrenden Blick stand. Sie wusste nicht, wieso, aber es war ihr irgendwie wichtig, ihren Blick gerade jetzt nicht zu senken.

„Deshalb wird der Eingang der Höhle," nun ließ Tiraz seinen Blick wieder über die versammelte Menge schweifen, „fortan für alle verschlossen sein. Bisher waren die Götter gnädig mit euch – ich werde, zu eurem Besten, weniger gnädig sein." Die letzten Worte hatten drohend geklungen, doch nun setzte der Priester ein Lächeln auf, das so falsch wirkte, dass sich Mári fragte, weshalb immer noch alle in demütiger Ehrfurcht zu dem Mann in der dunklen Robe aufschauten. „Nun lasst uns zur Opferzeremonie schreiten, zum Lob und zur Ehre der Götter."

Während der nun folgenden Zeremonie schämte sich Mári für ihr Dorf. Ja, auch sie opferte den Göttern, was blieb ihr auch anderes übrig? Aber dieses augenfällige Sich-Klein-Machen, dieses trippelnde gebeugte Huschen, mit denen die Leute ihr Opfer darbrachten! Es war zum Aus-der-Haut-Fahren! Fast als könne sie allein die Ehre des Dorfes retten, trug Mári ihren Kopf ganz besonders hoch, als sie als eine der letzten nach vorne trat, um eine der schrumpeligen Orangen, von denen vereinzelt noch welche an den Bäumen hingen, auf den Gabenstoß zu legen. Dabei fiel ihr auf, dass die beiden Ritter sie mit herausforderndem Grinsen anstarrten. Was hatten die beiden nur? Einer der beiden, er trug eine Narbe auf seiner linken Wange, die sich fast bis zum Auge hoch zog, flüsterte seinem Kumpanen etwas zu, worauf dieser in dreckiges Lachen ausbrach. Mári warf den beiden einen bösen Blick zu, beeilte sich aber, die Orange loszuwerden und wieder nach hinten zu treten. Sie ärgerte sich. Sie wollte sich nicht von solch unverschämten Kerlen verunsichern lassen, aber irgendwie war es ihnen doch gelungen. Was hatte das Narbengesicht wohl gesagt? Etwas Nettes war es ganz bestimmt nicht gewesen, das hatte sie gespürt. Sie beschloss, sich nach Möglichkeit von den beiden fernzuhalten.

Am nächsten Tag ging die Nachricht durchs Dorf, dass die beiden Ritter den unteren Eingang der Höhle umstellt hatten, um die Dorfbewohner am Betreten derselben zu hindern. Jon, der Werkzeugmacher, war von Tiraz beauftragt worden, ein Eisengitter zu schmieden, mit dem der Eingang verschlossen werden konnte. Mári fragte sich, wieso die Ritter den Eingang nicht einfach zuschütteten, doch kam ihr schnell der böse Gedanke, dass sie ja nicht wissen konnte, welche unterirdischen Aktivitäten der neue Priester plante. Vielleicht war es für Tiraz ganz praktisch, alleine über den Zugang zur Höhle zu verfügen. Beim Gedanken daran ballten sich ihre Fäuste. Mári beschloss, Jon einen Besuch abzustatten, obwohl er ihr nach Sinas Tod schlimme Vorwürfe gemacht hatte. Oder beschloss sie es gerade deshalb? Vielleicht war es an der Zeit, ihm seine Vorwürfe zurückzugeben, dachte Mári, als sie sich dazu bereit machte, aus dem Haus zu gehen.

„Wohin gehst du?" wollte ihre Mutter wissen, die mit einem Eimer Wasser vom Dorfbrunnen zurückkam. „Ich geh nochmal zu den Terrassen, die Ziegen hat heute noch niemand gemolken." Das war nicht gelogen, aber auch nicht die ganze Wahrheit. Denn sie verschwieg, dass sie auf dem Weg bei Jon vorbeischauen wollte. Ihre Mutter griff nach ihrem Arm, ließ ihn aber auch gleich wieder los. Sie blickte ihr ernst in die Augen. „Mári," sagte sie mit sanfter Stimme. „Ich mache mir Sorgen um dich."

„Das musst du nicht!" entgegnete Mári leichtfertig und wollte davonsausen, doch ihre Mutter griff nochmals nach ihrem Arm. „Mári," sagte sie noch ernster als zuvor, „hör mir zu: du solltest den Priester nicht so herausfordern. Niemand kommt gegen die Götter an, und auch ihrem Liebling werden sie nicht alles verzeihen!"

Mári schaute ihre Mutter mit einer Mischung aus Liebe und Mitleid an: „Tiraz und die Götter sind nicht dasselbe. Die Götter fordere ich nicht heraus." Noch nicht, sagte eine dunkle Stimme in ihrem Inneren, noch nicht, und Mári erschrak über sich selbst. Doch sie fuhr fort: „Aber zusammen mit Sába will uns Tiraz alle Freiheit nehmen. Wir sollen wieder ihre alten Lügen glauben, damit sie mit uns machen können, was sie wollen. Das kann ich nicht zulassen. Das sollten wir alle nicht zulassen, auch du nicht!"

„Ich glaube nicht, dass Sába hinter all dem steckt," sagte ihre Mutter und fuhr sich dabei wie abwesend durchs blonde Haar. Mári lachte bitter auf. „Außerdem," fuhr die Ältere fort, „hast du gesehen, was passiert, wenn die Leute zu viel Freiheit haben. Manche können nicht damit umgehen! Und dann passieren schreckliche Dinge. Mári, ich will nicht, dass dir etwas Schlimmes passiert! Das könnte ich nicht verwinden!"

Kurz strich ihr Mári über den Arm. „Ich pass auf mich auf, keine Sorge! Aber ich glaube, dass die Menschen lernen können, mit Freiheit umzugehen. Ihnen die Freiheit wegzunehmen, macht sie nur klein, ängstlich und unglücklich. Und Tiraz hat nicht das geringste Interesse daran, dass es uns besser geht, da bin ich mir sicher." Mári drückte noch einmal kurz die Hand ihrer Mutter und wandte sich ab, dem Dorfzentrum zu. Sie spürte ein seltsames Hochgefühl. Irgendwie hatte sie beim Sprechen selbst erst verstanden, worauf es ankam. Ja, Freiheit, das war es, niemand, der einem sagte, was richtig und falsch war. Selbst nachzudenken und selbst Entscheidungen zu treffen, das war nicht immer leicht, ja, das merkte sie jeden Tag, aber es war alles, worauf es ankam. Ein Leben lang nur das zu tun, was andere von einem erwarteten, nein, das war kein Leben!

Mári stürmte geradezu in Jons Werkstatt hinein. „Wieso machst du das?" schleuderte sie dem verdutzten Mann ins Gesicht. „Was?" antwortete er, und jetzt, da er erkannte, wer ihn so barsch herausforderte, verdüsterte sich sein Gesicht. Mári deutete auf das halb fertige Gitter, das auf seiner Werkbank lag. „Das geht dich einen Scheiß an!" sagte er und drehte ihr demonstrativ den Rücken zu. „Es geht mich sehrwohl etwas an!" erwiderte Mári mit fester Stimme. „Du arbeitest mit dem Mann zusammen, der unser Dorf unterjochen will. Du hilfst ihm dabei!"

Jon hob die Metallstrebe auf, an der er gerade arbeitete und zeigte drohend auf Mári. „Raus!" krächzte seine Stimme, dann schrie er es heraus, laut und geifernd, und er hob dabei die Stange: „Raus!" Entgeistert starrte ihn Mári an. Noch nie hatte sie jemand körperlich bedroht. Schließlich drehte sie sich um und ging nach draußen. Ihre Hochstimmung war einer tiefen Niedergeschlagenheit gewichen. Was nutzte ihr Kampf, wenn sie die einzige war, die kämpfte? Ja, Sara war auf ihrer Seite, aber sie musste erst einmal gesund werden, und sie wollte sie als allerletzte in Gefahr bringen. Und sonst? Selbst Landa hatte sich dem Willen des neuen Priesters gebeugt, das hatte sie gespürt. Was sollte sie bloß tun?

In Ermangelung einer anderen Eingebung folgte sie dem Weg hinaus aus dem Dorf, der hinunter zu den Terrassen führte. Sie ging langsam, schleppend, alles kam ihr auf einmal sinnlos vor. Was nützte es, eine Wahrheit zu erkennen, wenn man niemanden davon überzeugen konnte? Oder noch schlimmer – wenn man alle überzeugt hatte, diese sich jedoch aus Angst der Lüge beugten?

Plötzlich hörte Mári hinter sich Schritte, blickte sich um und gewahrte einen schwarzen flatternden Umhang. Tiraz! Offenbar trug er die Priesterrobe jetzt immer, nicht nur zum sonntäglichen Opfer, wie Sába es getan hatte. Er hatte ein Lächeln aufgesetzt, das wohl freundlich wirken sollte. Was wollte er nur von ihr?

„Hallo, Mári," sagte er, ohne zu zögern. Tiraz hatte sich offenbar gut informiert. Mári starrte ihn an, auf der Hut. Das Lächeln wurde breiter, ebenso wie die Bewegung seiner sich öffnenden Arme. Wie eine Fledermaus, dachte Mári. „Du brauchst keine Angst vor mir zu haben, Mári. Ich soll dir nur von Sába ausrichten, dass er dich sprechen möchte. Er wartet unten am Höhleneingang auf dich."

Mári runzelte die Stirn. „Sába?" krächzte sie ungläubig. „Was will der denn von mir?" Tiraz zuckte mit den Schultern. „Warum fragst du ihn nicht selbst?" Und mit einer einladenden Handbewegung deutete er nach rechts, dorthin, wo es zur Quelle und damit zur Höhle ging. Warum eigentlich nicht, dachte sich Mári. Es gab so einiges, was sie den ehemaligen Priester fragen wollte. Zum Beispiel, warum er die Dorfbevölkerung jahrelang belogen hatte. Oder weshalb er zu feige war, selbst um seine Stellung im Dorf zu kämpfen. Und wieso er diesen widerlichen Tiraz zur Hilfe gerufen hatte, um aus Elpele einen Friedhof der Freiheit zu machen.

Ohne Tiraz eines weiteren Blickes zu würdigen, schlug Mári den Weg zur Quelle ein. Schon von weitem sah sie die beiden Ritter herumlungern. Heute trugen sie Hose und Wams, keine Rüstung, doch ihre langen Schwerter hingen am Gürtel. Sába war nicht zu sehen. Mári zögerte. Was sollte das? Doch da hatte der Narbengesichtige sie schon entdeckt, kotzte ein vulgäres Grinsen heraus und winkte sie herbei. Vermutlich konnte er gar nicht anders grinsen. Mári ging langsam auf ihn zu. Wo war Sába nur?

„Da kommt ja die Kleine," begrüßte sie der andere Ritter schmierig.

„Sába wartet drinnen auf dich," sagte das Narbengesicht, „ich führ dich zu ihm."

„Wieso du?" fragte der andere drohend. Narbengesicht führte seine Hand zum Gürtel. Ein tierisches Knurren verstärkte die Drohung.

Mári verstand immer weniger, wie sich ein Priester mit solchen Gestalten umgeben konnte. „Ich geh alleine rein!" sagte sie leichtherzig, doch Narbengesicht wollte davon nichts hören. „Nichts da!" knurrte er sie an und warf nochmals einen drohenden Blick auf seinen Kollegen. „Pass auf, dass niemand hereinkommt." Dann drückte er die Sträucher beiseite, die den Höhleneingang verdeckten und verbeugte sich grinsend vor Mári: „Nach dir!" Mári fiel auf, dass fast die gesamte untere Reihe seiner Zähne fehlte. Fast tat er ihr leid. So ein Leben als Krieger war bestimmt nicht lustig. Und einen Partner fürs Leben konnte man vermutlich auch nicht finden. Außer der andere Ritter war mit ihm zusammen, das ginge vielleicht. Mári grinste in sich hinein. Schlecht würden sie gar nicht zusammenpassen, so grob und hässlich wie sie waren. Sie betrat den ersten Saal der Höhle, in dem immer noch einige mehr oder weniger zerwuselte Decken lagen. Jemand hatte eine Fackel in eine Felsritze gesteckt, die die Szenerie beleuchtete. Außer ihnen beiden war niemand da. Sie drehte sich zu dem Ritter um. Sein Lächeln wirkte plötzlich anders, lauernd irgendwie und trotzdem ein wenig unsicher. „Wo ist Sába?" Mári bemühte sich, ruhig, aber dennoch ein wenig streng zu wirken. Sie mochte das Gefühl nicht, an der Nase herum geführt zu werden.

Das Narbengesicht deutete nach hinten. „Noch ein paar Schritte, dann siehst du ihn!" Zögerlich ging Mári weiter. Plötzlich spürte sie einen Stoß und landete auf einer der ausgebreiteten Decken. Ein erschreckter Laut entfuhr ihr. Doch da packten sie zwei Männerhände an der Hüfte. Gleichzeitig spürte sie den massigen Körper des Mannes an ihrem Hintern. Ein ekelhaftes Schnaufen erfüllte die Höhle. „Wenn ich mit dir fertig bin, wirst du nicht mehr in der Lage sein, gegen die Götter aufzubegehren, das schwöre ich, du dreckiges Stück!" Höhnisches Lachen. Der Narbengesichtige fuhr fort: „Aber im Grunde hattest du recht: Die Götter sehen unter der Erde nicht!" Seine Hände brennen wie Feuer auf ihrem Körper.

Mári hatte plötzlich den Eindruck, dass das alles jemand anderem passierte, dass sie an der Höhlendecke klebte und herunterschaute auf dieses Mädchen. Sie sah von der Höhlendecke aus, wie das Narbengesicht seinen Gürtel löste und seine Hose herunterließ, sie sah, wie er sich mit der einen Hand selbst befriedigte und mit der anderen an der Leinenhose des Mädchens riss. Und dann fiel ihr auf, dass an dem Gürtel, den der Mann achtlos neben dem Mädchen auf den Boden gelegt hatte, noch ein Schwert hing und sie fragte sich, wieso das Mädchen nicht einfach das Schwert nahm und...

So einfach ist das gar nicht, antwortete das Mädchen, als es verzweifelt versuchte, dem Gewicht des Mannes zu entkommen, der auf ihr kniete und ihre

Hose schon ein Stück nach unten gezogen hatte und ekelhaft japsende Geräusche von sich gab. Es kam ihr vor wie eine Ewigkeit – der schmierige ekelhafte Mann, sein Schweißgeruch, sein tonnenschweres Gewicht, sein selbstzufriedenes Lachen. Doch dann – plötzlich – hatte sich das Mädchen befreit und das Schwert in der Hand, und einen Moment lang sah es den spöttischen Blick des Drecksacks, der immer noch sein Glied knetete und offensichtlich nicht ernst nahm, was er da sah. Und dann stieß das Mädchen zu – und Wut und Schmerz flossen aus den Augen des Mannes, und Mári hörte das Mädchen sprechen, und es kam ihr komisch vor, dass es ihre eigene Stimme war, die so ruhig klang und so kalt, als sie sagte: „Die Götter sehen unter der Erde nicht." Und dann sah Mári, wie das Mädchen rannte, fortrannte nach oben, denn das Mädchen kannte den oberen Höhlenausgang, und dort würde kein anderer Mann warten, der ihr wehtun konnte. Jedenfalls dachte sie das, als sie oben an der Höhlendecke schwebte, zwischen hängenden Steinen, und während das Fluchen und Schreien des verwundeten Mannes, der umgefallen war wie ein nasser Sack, langsam leiser wurde. Noch konnte sie ihn sehen, wie er sich wand vor Schmerzen, und sie sah auch noch, wie der andere Mann herbeistürzte und hektische Bewegungen machte und brüllte. Das Mädchen aber war schon um eine große Säule gebogen und konnte die beiden nicht mehr sehen. Aber auch Máris Augen durchdrangen die Dunkelheit immer schlechter. Sie hörte bald nur noch, wie das Mädchen sich nach vorn tastete, mit Füßen und Händen, immer weiter nach oben, wie es schließlich, weil es gar nichts mehr sehen konnte, in den Bach stieg und mit leise plätschernden Lauten gegen die sanfte Strömung nach oben watete. Das Wasser musste kalt sein, dachte Mári, und das Mädchen hatte nichts dabei außer ihren Schuhen und ihrer Hose und ihrem Hemd aus braunem Leinen. Doch – ihren Korb hatte sie noch auf dem Rücken. Wie der das alles überlebt hatte, war Mári ein Rätsel. Fieberhaft versuchte Mári zu erkennen, was in dem Korb lag. Nein, keine Flasche, die war zerbrochen, im selben Höhlensystem, als das Mädchen mit dem anderen Mädchen abgestürzt war. Mári spürte salzige Flüssigkeit im Gesicht. Weinte das Mädchen gar? Nicht weinen, weitergehen! rief sie dem Mädchen zu. Und das Mädchen ging weiter, gefühllos, als gäbe es den ganzen Rest des Lebens nichts anderes zu tun als durch diesen unterirdischen Fluss zu waten, in völliger Dunkelheit und zitternd vor Kälte.

Irgendwann – Mári kam es so vor, als wäre das Mädchen schon tagelang durch das Dunkel gewatet – fiel ihr ein, dass sie schon längst Sábas Liebeshöhle hätten erreichen sollen – oder war es jetzt Tiraz' Liebeshöhle? Hatte sich das Mädchen gar verlaufen? Nein, das konnte nicht sein, sie war ja immer dem Flussbett gefolgt. Einmal blieb das Mädchen stehen, damit Mári in die Dunkelheit hinein lauschen konnte. Nur das sanfte Glucksen des Wassers. Wenn sie verfolgt wurden, dann war der Verfolger weit zurückgeblieben. Weiter! Trotzdem weiter! rief Mári dem Mädchen zu. Und es ging weiter, pitsch, patsch, kein Gefühl mehr in den Beinen, keines im Kopf, keines im Herzen. Eine Ewigkeit im Dunkeln.

Ein heftiger Schmerz an der Stirn beendete das gefühllose Nichts. Das Mädchen hatte sich so heftig den Kopf angerannt, dass sogar Mári den Schmerz verspürte. Das Mädchen tastete den Fels ab. Hier drang der Bach aus dem Berg, doch war keine Handbreit mehr Platz zwischen dem massiven Felsen und der Wasseroberfläche. Hier ging es nicht mehr weiter. Da fiel Mári etwas ein. „Das muss der Ort sein, wo der Weg eingestürzt ist. Hier musst du klettern!" Mári deutete nach links, und irgendwie wusste sie, dass das Mädchen verstehen würde. Das Mädchen war unterkühlt und schwach, aber es konnte gut klettern, das hatte Mári schon oft miterlebt. „Du schaffst es!" schrie sie, „zieh dich hoch!" Und das Mädchen zog sich hoch, ignorierte den Schmerz in den Füßen, in den Händen, im Kopf. Tastete nach kleinen Ritzen im Fels, verkeilte sich, zog sich hoch, stemmte sich hoch in die Dunkelheit – und plötzlich war da nichts mehr, woran sie sich hochziehen konnte. Sie tastete um sich und erfühlte ein ebenes Plateau. Links brach es ab, aber rechts führte es weiter, schön gerade – das Mädchen hatte den Weg erreicht, der aus der Höhle führte!

Mári wusste nicht, wie lange das Mädchen wie leblos dagelegen hatte, nachdem es festgestellt hatte, dass es die Felswand im Dunkeln gemeistert hatte. „Wach auf!" rief sie ihr zu, „du musst ins Freie hinaus!" Das

Mädchen stemmte sich hoch, tastete sich an dem steinüberwucherten Geländer entlang, stolperte, fing sich wieder, tastete sich weiter – und plötzlich tauchte in der Ferne ein schwacher Schimmer auf. Das musste der Höhlenausgang sein! Während das Mädchen schon voller Eile dem Licht zustrebte, betrachtete Mári noch einmal die kaum erleuchtete, von geronnenem Stein überzogene Tafel, die einen Saal der Höhle darstellte und von sonderbaren Zeichen bedeckt war. Was hatte Sara dazu gesagt? Und war das Mädchen mit ihr hier gewesen oder sie selbst?

Als das Mädchen mit klammen Beinen aus der Höhle hinaustrat und ins volle Licht des Mondes blickte, der das Hochkar in sein bleiches Licht tauchte, fing Mári an zu zittern. Sie sah die Latschenkiefern und die Felsen und konnte sogar die Eisenklammern erkennen, über die sie mit Sara zum Höhleneingang heruntergestiegen war, um die Öffnung im Berg zu erkunden. Und in diesem Moment wurde auch ihrem Körper klar, was sie eigentlich immer gewusst hatte: dass es nur ein Mädchen gab, dem ein böser Mann Schreckliches antun wollte und dem sie sein Schwert in den Leib gestoßen hatte, um zu entkommen. Dieses Mädchen war sie, Mári, und sie stand hier, frierend, zitternd und alleine, und sie wusste nicht, ob der böse Mann noch lebte und auf Rache sann, und sie wusste nicht, ob ihre Eltern sie verurteilen würden oder Landa oder die anderen im Dorf, und vor allem wusste sie nicht, wo Sara war und wie sie zu ihr kommen konnte, ohne sich selbst oder gar sie in Gefahr zu bringen. Und Mári ließ sich auf einen kleinen Felsen plumpsen, der neben dem Höhleneingang aufragte, sah hoch zum bleichen Mond, dem alles herzlich egal zu sein schien, und sie begann zu weinen.

Als der Mond hinter den Rändern des Kares verschwand, fiel Mári auf, welch Vielzahl von Sternen es am Himmel gab. Sie hatte oft den Nachthimmel betrachtet, aber diesmal erfüllte sie der Anblick des über und über von funkelnden Sternen übersäten Himmels mit einer seltsamen Ruhe. Vielleicht war es auch die Erschöpfung des vergangenen Tages, das Versiegen der Tränen und das ihrer Kräfte, die nichts anderes mehr zuließen als stilles Innehalten, doch die Sterne hatten heute auch etwas Tröstliches. Mári wusste zwar nicht viel über die Sterne, aber sie fühlte, dass sie groß waren und gewaltig und unheimlich weit weg – und voller Geheimnis.

Und da Mári nicht ewig hier sitzen bleiben konnte, stand sie einfach auf, ging hinüber zu den Eisenklammern und schlug den Weg zurück ins Dorf ein.

Im Osten machte sich bald blutrotes Licht bemerkbar. Nach der langen dunklen Nacht kam es Mári vor, als gieße das Universum all ihre Schönheit über sie. Gipfel an Gipfel reihte sich in einer Kette, dem roten Licht zu, höher werdend, teils schneebedeckt, teils voller wunderlicher Felsformationen, zwischen Schatten und Licht, und um sie herum Wände aus rot leuchtendem Stein. Als sie zwischen den letzten Felsen hervortrat, erstreckte sich unter ihr der Hochwald voller Kork- und Steineichen, Föhren und Feigen und Erdbeerbäumen, und es war, als hätten die Vögel des Waldes nur darauf gewartet, dass sie hervortrete zwischen den Felsen. Denn nun sangen sie, zunächst zaghaft, dann immer mächtiger und fröhlicher, und nur für sie.

Mári spielte mit dem Gedanken, sogleich zu Saras Haus zu stürmen, doch sie beschloss, zuerst nach Hause zu gehen, zumal sie weiter oben im Dorf wohnte. Ihre Eltern hatten sich gewiss schon Sorgen gemacht, und sie freute sich darauf, sie beruhigen zu können. Gleich nach der Überquerung der Allmende kam sie auch schon zu Hause an, klopfte kurz und trat ein. Vater und Mutter saßen am großen Eichentisch, und Jo schnitzte, am Boden sitzend, an einem Stück Holz herum. „Mári!" Ihre Mutter sprang auf, Vater seufzte. Mári wunderte sich, leicht verschnupft. Warum seufzte er? Hatte er sich keine Sorgen gemacht?

„Wo bist du gewesen?" fragte Vater, und Mári war sich plötzlich nicht mehr sicher, ob sie alles erzählen wollte. Doch dann tat sie es, setzte sich an den Tisch und ließ ihren Worten freien Lauf. Es kostete sie große Überwindung, davon zu erzählen, dass der Narbengesichtige versucht hatte, ihr Gewalt anzutun, doch danach fühlte sie sich wie befreit. Und dennoch fehlte etwas. Mári wusste nicht, was es war, bis es ihr schließlich einfiel. Ja, sie hätte viel darum gegeben, wenn sie ihre Mutter einfach in den Arm nehmen hätte können. Doch das ging nicht, das verhinderten die Götter, in deren Namen ihr wehgetan werden sollte.

Kaum hatte sie berichtet, wie sie dem Ritter entkommen war, entschuldigte sich ihr Vater. „Ich muss noch die Ziegen melken," sagte er, blickte sie dabei aber nicht an. Mári stutzte. Hatte er gerade auch nicht die ganze Wahrheit gesagt, genau wie sie, die sie noch zu Jon ging, damals – gestern, als sie noch keinen Menschen auf dem Gewissen hatte? Außer Ayulf und Sina, sagte eine gehässige Stimme in ihrem Hinterkopf. Mári machte eine unwillige Kopfbewegung, so als könnte sie die Gewissensbisse verscheuchen. Es nutzte nichts, sie musste es wissen.

„Wie geht es dem Ritter, den ich verletzt habe?" fragte Mári ihre Mutter, mit der sie allein am Tisch saß. „Weißt du etwas darüber?" Die Mutter senkte den Blick, fast, als würde sie sich schämen. Wofür sollte sich Mutter schämen? Mári fühlte sich plötzlich unsicher. Was war hier los?

„Der Mann ist gestern gestorben," sagte sie schließlich, ohne Mári anzusehen. „Du hast ihm das Schwert mitten in den Bauch gestoßen." Mári war, als schüttete jemand siedendes Öl über sie. Sie hatte einen Menschen getötet. Sie hatte einen Menschen getötet. Sie hatte einen Menschen getötet. Aaaaah! Sie merkte erst, dass sie schrie, als sie Mutter nun doch ansah, mit einer Mischung aus Entsetzen und Mitleid.

„Mutter," stammelte Mári, „ich wollte das nicht. Aber... ich sah keine andere Möglichkeit. Hätte ich zulassen sollen, dass er mich vergewaltigt?" Eine Träne rollte über das Gesicht der Mutter. Kurz strich sie ihr über die Hand. „Nein, Liebes, das hättest du nicht. Das nicht!"

Schmerz überzog das Gesicht der Alten, wieder senkte sie ihren Blick. „Ach, ich weiß nicht, ob wir das Richtige tun." Mári verstand nicht. „Das Richtige? Was meinst du damit?"

Bevor Mutter antworten konnte, flog die Tür auf. Ein überlegenes Lächeln auf den schmalen Lippen, trat Tiraz über die Schwelle, eingehüllt in seinen Fledermausmantel. Mári drehte sich wieder zu ihrer Mutter um. Diese wagte ihr kaum in die Augen zu sehen. Mári schluckte. Das hatte sie am allerwenigsten erwartet, nicht von ihren Eltern. Sie hörte, wie rau ihre Stimme klang, als sie zu der Frau sagte, die ihr das Leben geschenkt hatte und die sie jetzt verriet: „Ihr habt nicht das Richtige getan, diesmal nicht." Ihre Mutter sackte in sich zusammen. Mári fühlte sich zerrissen, zwischen Mitleid mit diesem lieben, aber schwachen Geschöpf, Gekränktheit und Zorn. Ihre eigenen Eltern hatte sie an Tiraz ausgeliefert! Ausgerechnet an Tiraz! Máris Vater kam hinter dem Priester zur Tür herein. Er blickte seine Tochter an, einen Ausdruck bemühter Fürsorge im Gesicht. „Wir tun das nur für dich, Mári," bekräftigte er. „Der Priester wird wissen, was das Beste für dich ist." Máris Gesichtszüge entglitten ihr. Ihre Eltern dachten wirklich, etwas Gutes zu tun. Bevor Mári irgendetwas sagen konnte, wandte sich Tiraz an sie: „Mári, du wirst mit mir kommen. Ein göttliches Gericht wird entscheiden, was weiter mit dir geschehen soll."

„Und wie sieht so ein göttliches Gericht aus?" fragte Mári.

„Du hast jetzt keine Fragen zu stellen," antwortete Tiraz nicht unfreundlich, aber bestimmt. Er winkte durch die offene Tür nach draußen. Aber klar doch. Er war nicht alleine gekommen. Der zweite Ritter trat über die Schwelle, diesmal mit Lederrüstung und Schwert, trat an Mári heran, packte sie unsanft am Arm und zog sie hoch von der Bank. Sie schrie auf.

„Tu ihr nicht weh!" hauchte schwach ihr Vater. „Ihr braucht euch keine Sorgen zu machen," sagte Tiraz, während der Ritter Mári nach draußen schleifte, „wir kümmern uns schon um sie." Mári ließ es geschehen. Was sollte sie schon machen? An der Türschwelle drehte sie sich ein letztes Mal um. Der Blick ihrer Mutter flehte sie stumm an, ihr zu verzeihen. Ihr Vater blickte mild wie immer, als wäre er der harmloseste Mensch der Welt. Mári starrte die beiden nur ausdruckslos an und schüttelte den Kopf. „Tschüs, Jo," sagte sie schließlich, „ich hab dich lieb." Kaum war sie draußen, ließ sie der Ritter los. Er hatte sie schon fast zu lange berührt. Stattdessen spürte sie die Spitze des Schwertes zwischen ihren Schulterblättern. „Du wirst brav und langsam neben mir hergehen," sagte Tiraz mit süffisantem Grinsen.

„Schließlich wollen wir dich ja nicht verletzen, nicht wahr?" Mári setzte sich langsam in Bewegung, neben ihr Tiraz, hinter ihr der Ritter mit dem Schwert. Die Sonne schien. Vögel zwitscherten. Und plötzlich kam Mári alles so absurd vor, so ermüdend. Es war, als hätte die Sonne plötzlich alle Kraft verloren. Kurz vor dem Dorfplatz begegneten sie Liv und Kris. Mári versuchte zögerlich, Blickkontakt mit ihnen herzustellen. Vergeblich. Sowohl Liv als auch Kris wichen ihren Blicken aus, senkten aber demütig ihre Köpfe, als Tiraz an ihnen vorüberging. Die Schatten, die sich vor Máris innere Sonne schoben, wurden noch schwärzer.

Als sie den Opferplatz erreichten, sah Mári aus den Augenwinkeln, wie ein paar Gesichter an den Fenstern erschienen. Sie glaubte den Töpfer Bart zu sehen, und war das da hinten ein Gesicht hinter dem Fenster der Schusterin?

Tiraz ging um das Priesterhaus herum in den Garten. „Warte hier!" bedeutete Tiraz seinem Gehilfen. „Ich bin gleich zurück." Als sich der Priester in Richtung Hauseingang entfernte, spürte Mári, wie sich der Druck des Schwertes zwischen ihren Schulterblättern verstärkte. Mári versuchte ruhig zu bleiben, blickte sich um. Der Garten war schön angelegt, mit mehreren Feigen- und Maulbeerbäumen, aber auch einem Orangen- und einem Zitronenbaum. Zwischen den Bäumen grasten Ziegen. Ein paar Hühner pickten in der Nähe eines Schuppens, der an das Haus angelehnt und aus Holzbrettern zusammengezimmert war. Plötzlich spürte Mári einen Stoß an der rechten Schulter. Sie wirbelte herum. Nun war das Schwert auf ihren Hals gerichtet, und dahinter grinste das hässliche Gesicht des Ritters. Offenbar wollte er sich mit ihr unterhalten. Er schnaufte zweimal, dann sagte er: „Jetzt wirst du bezahlen, du dreckige Mörderin." Offenbar war dem Kerl der Tod seines Kumpanen doch nahe gegangen. Mári fühlte plötzlich eine sonderbare Ruhe. Sie sah sich um. Von Tiraz noch keine Spur. Vielleicht konnte sie die Rachegelüste des Ritters ausnutzen und etwas über ihr Schicksal in Erfahrung bringen. „Ich kann mir nicht vorstellen, dass mir Tiraz etwas zu Leide tut," sagte sie herausfordernd. „Immerhin bin ich der Liebling der Götter."

Das bullige Gesicht des Ritters näherte sich ihr. „Der Liebling der Götter! Dass ich nicht lache! Vielleicht das Lieblingsopfer der Götter, ja, das könnte ich mir vorstellen!" Höhnisches Gelächter. Mári kam bei diesen Worten ein fürchterlicher Verdacht, aber sie versuchte sich nichts anmerken zu lassen. „Tiraz wird es nicht wagen, mich zu opfern!" sagte sie so bestimmt wie möglich. Wieder lachte der Mann. „Das wird er sogar mit Freuden tun!" schleuderte er ihr ins Gesicht. „Und ich werde dabei zusehen!"

„Hat er dir das gesagt?" fragte Mári, aus der Deckung gehend. „Ja..." Der grobschlächtige Kerl hielt inne. Es schien, als besinne er sich auf etwas. „Jedenfalls glaube ich das," verbesserte er sich mit veränderter Stimme. Doch Mári hatte erfahren, was sie wissen wollte, auch wenn ihr die Antwort alles andere als gefiel. Tiraz hatte tatsächlich vor, sie den Göttern zu opfern. Bleib ruhig, sagte sie sich, denk nach! Du hast mindestens fünf Tage Zeit, das Opfer ist erst am nächsten Sonntag! Außerdem – was wusste dieser Kerl schon! Vielleicht wollte er ihr nur Angst einjagen! Und es gab immer noch die Dorfbevölkerung. Nie würden sie zulassen, dass Mári geopfert würde. Oder würden sie doch? Mári holte tief Luft. Das war nicht der richtige Weg. Sie durfte sich nicht selbst belügen, wenn sie überleben wollte. Der grobe Kerl wusste Bescheid. Er hatte ihr Tiraz' Plan verraten, ohne es zu wollen. Sie würde am Sonntag geopfert werden. Und niemand würde auch nur einen Finger rühren, um sie zu retten. Niemand – außer Sara. Hoffnung und Angst fluteten ihr Hirn gleichermaßen. Sie musste sich selbst befreien, bevor sich Sara in Gefahr begab!

Tiraz kam zurück, in der einen Hand eiserne Handschellen, in der anderen einen langen Schlüssel. Bevor Mári reagieren konnte, hatte er die Handschellen um ihr rechtes Handgelenk geschlagen und den kleinen darin steckenden Schlüssel abgezogen. Die eiserne grobgliedrige Kette, an der die Handschellen befestigt waren, warf er dem Ritter zu. Mit einem begierigen Grinsen riss er Mári so weit zu sich her, dass sie seinen fauligen Atem riechen konnte. Ohne weiter etwas zu sagen, ging Tiraz zum Schuppen und sperrte ihn auf. „Mach sie drinnen fest!" sagte er zu dem Ritter. „Sehr gerne!" dröhnte dieser und zog Mári hinter sich her. Der Schuppen bot gerade Platz für zwei Menschen. Gedämpftes Licht drang aus den Ritzen zwischen den hölzernen Wänden und dem gestampften Boden. An der rechten Wand waren Holzscheite aufgeschichtet und am hinteren Ende stand ein Spaltklotz mit vielen Kerben. Eine schwere Axt steckte darin. An der hinteren Wand hingen ein paar Sägen, Hammer und andere Werkzeuge, und auf einem Regal standen ein paar Holzschachteln. Der Ritter riss die Kette mit einem Ruck nach vorne, sodass Mári direkt vor dem Spaltklotz am Boden landete. Zum Glück bestand dieser hauptsächlich aus Sägespänen. Mári gab keinen Laut von sich, obwohl ihre Knie schmerzten. Der Kerl untersuchte die Schachteln, während Tiraz den Ausgang des Schuppens bewachte. Er ging wirklich auf Nummer sicher. Schließlich spürte Mári wieder ein grobes Ziehen am rechten Handgelenk. Der Ritter legte sein Ende der Kette über den Hackklotz, nahm einen Hammer von der Wand und schlug einen langen Nagel mit besonders breitem Kopf zwischen die Glieder der Kette, so, dass die Kette an den Holzklotz geheftet wurde. Doch er beließ es nicht bei einem Nagel, sondern trieb einen nach dem anderen durch Kette und Spaltklotz. Das würde niemand mehr aufkriegen, wahrscheinlich nicht einmal der Ritter selbst. Plötzlich schlug ihr der Kerl ohne Vorwarnung mit dem Handrücken mitten ins Gesicht. Der Schlag brannte wie Feuer. Mári wollte protestieren, doch sie hielt sich zurück. Sie wollte diesem Kerl nicht auch noch die Genugtuung geben, ihm zu zeigen, wie sehr er sie verletzt hatte.

Nun räumte der Ritter unter Tiraz' Anleitung alle Geräte aus dem Schuppen, überprüfte, ob er auch kein Werkzeug vergessen hatte, mit dem sich Mári an Kette oder Metallfessel zu schaffen machen könnte und ließ schließlich von außen die Tür ins Schloss fallen. Mári hörte, wie zweimal der Schlüssel umgedreht wurde und wie sich die Schritte der beiden Männer entfernten.

Das Mädchen schaute sich in ihrer neuen Behausung um. Durch die Ritzen der Holzwände drangen vereinzelt Lichtstrahlen in den Schuppen, der nun nichts mehr beherbergte außer Holzscheite, eine an einen riesigen Spaltklotz genagelte Kette, deren Ende mit einem Metallring Máris rechtes Handgelenk fixierte – und Mári selbst. Merkwürdig gedämpft drangen die Geräusche des Gartens an ihr Ohr. Hin und wieder der Ruf eines Vogels, das Blöken einer Ziege, das leise Gackern eines Huhns. Sonst nichts – nur Zeit, die verstrich, ohne dass Mári irgend eine Chance sah, wie sie sich befreien konnte. Jetzt, wo sie niemandem mehr etwas vorspielen musste, erfasste sie eine tiefe Niedergeschlagenheit. Ihre Eltern hatten sie an Tiraz verraten. Was sollte sie da vom Rest des Dorfes erwarten? Und so sehr sie auch nachdachte oder an der Kette zerrte oder versuchte, mit ihrer freien Hand an den Nägeln zu ziehen – es war sinnlos. Ihre einzige Hoffnung blieb Sara. Doch was konnte Sara schon tun? Sie wusste ja nicht einmal, wo sie eingesperrt war. Und Tiraz würde es ihr ganz gewiss nicht verraten.

Mári hatte sich der Bequemlichkeit wegen auf den Spaltblock gesetzt. So spürte sie zwar die Kette an ihrem Hintern, aber das war immer noch besser als am Boden zu kauern. Hin und wieder stand sie auf und reckte ihre Glieder, soweit es die Kette zuließ. Als das Licht aus den Ritzen nachließ, versuchte sie sich auf den Boden zu legen, was leidlich klappte. Lediglich ihr rechter Arm wurde leicht nach oben gezogen, was zunächst kaum, doch dann immer mehr störte. Außerdem war Mári durstig und hungrig, und sie musste pinkeln. Sie beschloss, einfach hinter den Spaltblock zu pinkeln, dort, wo sie nicht schlafen würde. Danach ging es ihr ein wenig besser, aber der Durst und die dunkle Verzweiflung blieben. Was hatte sie denn getan, um das zu verdienen? Sie kannte die Antwort. Sie hatte die Priesterschaft herausgefordert, die mächtigsten Männer, die es gab. Gab es eigentlich Priesterinnen? Mári wusste es nicht. Die einzigen drei Priester, von denen sie wusste, waren Sába, Tiraz und der Hohepriester von Pregatz, der auch ein Verbrecher sein musste, wenn er zuerst Sába und dann Tiraz nach Elpele schickte. Außerdem raubte er sie jedes Jahr einmal aus – auf jeden Fall ein Verbrecher.

Der Schlaf wollte und wollte nicht kommen. Doch dann – zarte Schritte, leicht und trotzdem ein wenig gehemmt, so, als beschränkten die noch nicht ganz ausgeheilten Folgen eines Unfalls die Gewandtheit des Gehens. Máris Herz hüpfte. „Sara?" Mári versuchte, so leise wie möglich zu flüstern.

„Bist du es, Mári?" kam es noch leiser zurück.

„Ja!" jubilierte die Angesprochene. „Ich bin im Schuppen, mit einer Kette gefesselt."

„Wir müssen schnell und leise sprechen," sagte Sara, und sie klang, als wüsste sie, was sie tat. „Ich möchte nur, dass du weißt: ich liebe dich, und ich werde alles tun, um dich zu befreien und bei dir sein zu können. Sag mir, wie ich dich befreien kann."

Mári fühlte Freude und Schmerz zugleich, unendliche Freude über die Liebe ihrer Freundin, der einzigen Freundin, die ihr blieb, und Schmerz darüber, dass sie keine Ahnung hatte, wie Sara sie befreien würde können.

Sie erzählte ihr in möglichst knappen Worten, was vorgefallen war, wie sie Sába zusammen mit Tiraz in die Höhle gelockt hatte, wie der Narbengesichtige über sie hergefallen war und wie sie sich gewehrt hatte. Wie sie ihn mit dem Schwert außer Gefecht gesetzt hatte und geflüchtet war. Und – zuallerletzt fehlten ihr fast die Worte – wie sie von den Menschen verraten worden war, die ihr das Leben geschenkt hatten.

„Und jetzt soll ich am Sonntag geopfert werden," schloss Mári ihren Bericht.

„Das gibt mir vier Tage Zeit, dich zu retten," sagte Sara ruhig. „Vertrau mir – und beschreib mir genau, wie es bei dir im Schuppen aussieht." Mári beschrieb es ihr.

„Noch etwas," sagte Sara. „Vielleicht werden wir nach deiner Befreiung nicht mehr miteinander sprechen können. Du musst fliehen, es gibt keine andere Möglichkeit. Die Leute im Dorf sind zu feige, sie werden dich Tiraz wieder ausliefern. Aber ich will dich nicht verlieren. Im Augenblick wäre ich auf der Flucht nur ein Hindernis. Doch sobald ich wieder ganz gesund bin, werde ich dir nachreisen. Ich hoffe, dass es in ein bis zwei Monden soweit sein wird."

„Aber wie sollen wir uns jemals treffen?" fragte Mári atemlos.

„Wir treffen uns an der Quelle des Flusses Ri," flüsterte Sara. „Folge ihm aufwärts, der Ri kommt aus dem Süden, aus der Pregatz entgegengesetzten Richtung. So weit in den Süden werden dich die Männer des Hohepriesters hoffentlich nicht verfolgen."

„Und du kommst nach?" Mári fühlte, wie ihr Herz schneller schlug.

„Sobald ich kann. Wir treffen uns an der Quelle des Ri."

„Sara?"

„Ja?"

„Ich liebe dich."

„Ich liebe dich auch. Ich werde dir morgen ein Päckchen mit Proviant bereitstellen. Ich werde es in den Terrassen verstecken, unter dem großen Mandelbaum auf der Terrasse meiner Eltern, im hohen Gras. Das ist sicherer als hier im Dorf."

„Danke. Warte. Noch eines," flüsterte Mári hastig. „Wie hast du mich gefunden?"

„Landa hat mir gesagt, dass du verhaftet..." Saras Satz brach plötzlich ab. Der Schlüssel wurde zweimal umgedreht. Dann flog die Tür auf. Mári erkannte die ungeschlachte Gestalt des Ritters. Er trug einen Eimer und stellte ihn neben sie auf den Boden. „Hier. Damit du nicht schon vor Sonntag verreckst." Mári hielt nicht nur wegen seines Geruchs den Atem an. Ein abschätziger Blick, mit dem er sie von oben bis unten musterte, dann drehte er sich um, ging hinaus, schlug die Tür zu und drehte wieder zweimal den Schlüssel um. Mári stieß ihren Atem aus. Dann wartete sie, bis die Schritte des Ritters verklungen waren. „Sara?" flüsterte sie schließlich. Keine Antwort. Sara musste früh genug das Weite gesucht haben. Den Göttern sei Dank. Oder vielmehr Sara selbst, dachte Mári trotzig. Sie hatten ja auch alle Fragen geklärt, dank der Hellsichtigkeit ihrer wunderbaren Freundin. Und dennoch, trotz der neu aufkeimenden Hoffnung, war es Mári, als hätte man gerade ihren Körper in zwei Teile geschnitten und die eine Hälfte für immer von ihr getrennt.

Weil sie sonst nichts tun konnte, erforschte Mári schließlich den Inhalt des Eimers. Es war Wasser.

Gierig trank sie wie ein Tier. Sie musste bei Kräften bleiben, wenn ihre Flucht gelingen sollte. Ihre Flucht – wie wollte das Sara nur bewerkstelligen? Es brauchte zwei Schlüssel, um sie zu befreien. Einen für die Tür – und einen für die Metallfessel. Oder gab es einen anderen, leichteren Weg? Rohe Gewalt vielleicht? Dafür bräuchte Sara jedenfalls Unterstützung. Doch wer sollte ihr helfen? Das ganze Dorf stank doch vor Angst. Da fiel ihr Landa ein. Ihre Patin hatte Sara davon berichtet, dass sie verhaftet worden war. Mári wusste zwar nicht, was Landa für sie riskieren würde, aber ihr lag sie offenbar immer noch am Herzen. Mári spürte Wärme in sich aufsteigen. Landa und Sara, es gab zwei Menschen, denen sie wichtig war. Und einer davon war das wundervollste Mädchen, das es gab auf der Welt.

Als Mári aufwachte, schmerzten ihre Glieder. Besonders ihr rechter Arm fühlte sich verdreht an, und das Eisen hatte ihre Haut aufgescheuert. Tageslicht drang durch die Ritzen der Holzbretter. Wie viele Nächte noch bis zu ihrem Tod? Mári zählte, und ihr schwindelte. Es musste Mittwoch sein. Noch vier Nächte, in denen sie nur hoffen konnte, dass Sara eine Idee hatte. Und es musste eine großartige Idee sein, denn ihr selbst schien die Lage ziemlich hoffnungslos zu sein.

Die Zeit verging elend langsam, und mit jedem Moment, der verstrich, schmerzten Máris Glieder mehr. Sie begann schließlich, Tiere nachzuahmen, so, wie es Kinder gern taten. Sie war nun alt genug, um zu wissen, dass diese Spiele der Kräftigung der jungen Muskulatur dienten. Und genau das brauchte sie, wollte sie nicht völlig verkümmern und sich bereit halten für die Flucht. So verwandelte sie sich nacheinander in einen Steinbock, in einen Adler, in einen Frosch, eine Schlange, einen Mistkäfer, einen Gecko und so weiter und so fort. Dann wieder saß sie einfach nur da und starrte vor sich hin. Was, wenn Sara scheiterte? Was, wenn der Sonntag kam und sie immer noch hier drinnen saß? Wie würde sie sich fühlen, wenn sie die Schritte ihrer Mörder würde nahen hören?

Sie versuchte diese Gedanken zu verdrängen, verwandelte sich in einen Frosch, einen Adler- ach, wenn sie sich nur wirklich in einen Adler verwandeln könnte! Was für ein Hochgefühl, vom Scheiterhaufen fliegend zu entkommen! Einen gellenden Schrei des Triumphs würde sie ausstoßen und noch eine Runde fliegen über der verdutzten aufgeregten Menge, und dann würde sie Tiraz mitten im Flug auf seine verdammte schwarze Robe kacken! Und vielleicht wäre für Sába auch noch was übrig...

Fast hätte sie gelacht bei dem Gedanken, aber nur fast. Zeit! Wie lang konnte sie einem vorkommen, wenn man fast keine mehr hatte!

Irgendwann, nach tausend Übungen, tausend verworfenen Gedanken, mit wundgelegenen Gliedern und voller ängstlicher Unrast – kam die Nacht, die zweite Nacht, die sie in ihrem Gefängnis verbrachte. Und gleichzeitig mit der Nacht kam die Hoffnung – und mit ihr die Schlaflosigkeit.

Dunkle Schemen. Blitzende Schwerter. Feuer, das alles versengte. Mári schreckte hoch. Sie musste doch eingeschlafen sein. Sie lauschte in die Dunkelheit. Irgend etwas war anders. Was war das für ein Geräusch? Schritte? Sie wagte es nicht, Saras Namen zu rufen. Mári fuhr herum. Dort, zwischen den Bretterwänden und dem Boden, wo eine Ahnung des Mondlichts durch den Spalt hereindrang, bewegte sich etwas. Was war das? Eine leichte, kleine Bewegung, schon war sie wieder zu Ende. Und dann – plötzlich kam ihr das Licht des Mondes richtig hell vor. Sie wagte es kaum zu glauben. Doch! Die Tür stand offen! Sie wollte schon losstürmen, doch die Schockwelle, die durch ihren gefesselten Arm ging, belehrte sie eines Besseren. Sie schaute sich um. Was war das für eine Bewegung gewesen, dort, an der Wand? Sie blickte um sich. Ihr Herz raste. Direkt vor der Wand, noch halb im Spalt hängend, lag ein Schlüssel. Irgend jemand musste ihn hereingeschoben haben. Mári machte sich lang – und konnte ihn gerade mit ihrer Linken erreichen. Mit zitternden Fingern steckte sie ihn in das eiserne Schloss, das ihre Handschellen fixierte. Er passte. Ein Ruck und sie war frei. Mári zwang sich zur Ruhe. Jetzt durfte sie keinen Fehler machen. Leise schlich sie zur Tür und spähte hinaus. Friedlich lag der Garten im Mondlicht da. Keine Spur von einem anderen Menschen. Wie hatte Sara das nur geschafft? Vorsichtig huschte Mári nach draußen und sah sich um. Im Priesterhaus brannte kein Licht. Mári beschloss, über den Garten zu fliehen. So war die Wahrscheinlichkeit am Geringsten, jemandem zu begegnen. Wobei – ihrer Retterin wäre sie liebend gerne begegnet. Doch der Garten lag still und einsam da. Von den Hühnern war nichts zu sehen, es musste wohl irgendwo einen Stall geben. Die Ziegen lagen verstreut unter den Obstbäumen.

Noch ein Blick zum Priesterhaus. Plötzlich bemerkte Mári den flackernden Widerschein einer Kerze im Obergeschoss. Vermutlich eine der Schlafkammern. War Tiraz aufgewacht? Oder Sába? Mári drückte sich gegen den Schuppen, als könne sie mit diesem verschmelzen. Sie hielt den Atem an. Hatte derjenige, der die Kerze angezündet hatte, etwas mitbekommen? Mári lauschte, hörte aber keine Geräusche aus dem Haus. Endlich! Das Licht ging aus. Mári atmete erleichtert auf und huschte los. Am Südende des Gartens, wo eine menschenhohe Mauer ihren Weg versperrte, drehte sie sich um. Alles war ruhig, nur eine Ziege hob verschlafen ihren Kopf. Die griffige Steinmauer war kein Problem für Mári. Zuerst warf sie ihre genagelten Schuhe über die Mauer, dann kletterte sie behende, jeden kleinen Vorsprung mit ihren kräftigen Zehen und Fingerkuppen nutzend, auf der einen Seite hinauf und auf der anderen hinunter. Sie hatte einen der Wege erreicht, die aus dem Dorf hinunter zu den Hangterrassen führten. Als Mári ihre Schuhe wieder angezogen hatte, schlug sie einen schnellen Schritt ein. Bald wichen die Mauern zu beiden Seiten des

Weges und machten ausgedehnten Wiesen Platz. Schließlich trat sie in den Wald ein, der zwischen Dorf und Hangterrassen lag. Sie glaubte eigentlich, dass ihr niemand folgte, dennoch erschrak sie immer wieder, wenn sich ein Tier des Waldes regte. Wie hatten die vergangenen Tage ihr Leben verändert! Elpele war immer der Ort gewesen, an dem sie sich sicher gefühlt hatte. Mári hatte Vertrauen gehabt zu den Erwachsenen des Dorfes, sie hatte sich geliebt und beschützt gefühlt – das war alles wie weggeblasen, wie das Leben einer anderen. Nun war Elpele der Ort, an dem sie um ihr Leben fürchten musste.

Der Mandelbaum auf Saras Terrasse warf düstere Schatten im Mondlicht. Links davon eine niedrige Mauer, die die Terrasse von der Geralds und Arnulfs abgrenzte. Auch den beiden hatte sie schon geholfen, dachte Mári bitter. Wie die beiden Männer wohl jetzt über sie dachten? Sie würde es nicht mehr erfahren. Ein Käuzchen rief schaurig in die Nacht. Ansonsten war alles ruhig. Mári gab sich einen Ruck und trat unter den Baum. Da lag, bedeckt von Streu, ein Korb mit Riemen, ganz ähnlich dem ihren. Darin fand sie ein großes Stück Speck, einen dicken Laib Brot, ein Seil, ein scharfes Messer, eine Decke aus Schafwolle – und eine Glasflasche mit Wasser! Mári schossen Tränen in die Augen. Eine Glasflasche! Die musste ein Vermögen gekostet haben! Sara hatte an alles gedacht, was wichtig war. Mári ließ ihre Finger über die Glasflasche gleiten. Diese Flasche hatten gestern noch Saras Finger berührt. Und sie, ihre wunderbare

Freundin und Retterin, sie durfte sie nicht berühren, das verhinderten die Götter. Aber dass sie nicht bei ihr sein durfte, sie nicht riechen, sie nicht sprechen durfte, das war das Werk von Menschen, von Menschen, die sich diesen Göttern mit Haut und Haar verschrieben hatten!

Mári blickte hoch in die Weiten des Himmels. Der Mond ging gerade hinter den Bergen unter, und die Sterne wirkten so strahlend und weit und erhaben, dass Máris Zorn sich in etwas Größeres verwandelte. Sie blickte hoch zu den funkelnden Punkten und fragte sich, ob es dort oben, fern und vielleicht unerreichbar, noch andere Erden gab mit anderen Menschen, und sie hoffte für diese, dass es dort keine Götter gab, die sie beschützten.

Anatok

Aufgeregt schüttelte Anatok sein braun-schwarz gestreiftes Fell, fuhr sich mit der linken Vorderpfote über die weißen Schnurrhaare, legte schließlich seinen kräftigen Schwanz so an seinen Körper an, dass er aus den Augenwinkeln sehen konnte, wie sich die Spitze spielerisch einrollte, und blickte gespannt hinaus in die endlosen Weiten des Weltraums. Jedenfalls hatte er diesen Eindruck, auch wenn er wusste, dass er in Wahrheit auf die Projektion von Bildern schaute, die die Bordkameras machten und in regelmäßigen Abständen aktualisierten. Die Rotation des Raumschiffs verunmöglichte einen direkten Blick auf den Weltraum; das Gefühl, in einem sich ewig drehenden Karussell durch den Raum zu eiern würde kein Aa'n lange aushalten. Die Statik der Bilder half hingegen enorm, die künstliche Schwerkraft als natürlich wahrzunehmen, auch wenn sie nur auf der Hauptebene des Schiffs eine konstante Stärke hatte. Doch noch nicht einmal das stimmte. In den letzten Dekade'en seit seinem Aufwachen aus der Stasis hatte sich das Schiff langsam, aber stetig schneller gedreht, bis es schließlich vor wenigen Diminuten die passende Drehung erreicht hatte, um die Schwerkraft auf Aa'nurk zu simulieren.

Anatok fühlte sich gut. Schon zuhause auf Yueliang hatte sie sich meist in Räumen mit künstlicher Schwerkraft aufgehalten; ihre Herde lebte in einer unterirdischen Stadt, die ihr immer lebendig vorgekommen war, so kunstvoll drehten sich die verschiedenen Trägerelemente – ein Wunderwerk der Technik. Das war auch nötig, denn Yueliang war ein toter Planet. Er war zu klein, um eine Atmosphäre zu halten, und so wäre auch die verminderte Schwerkraft auf Dauer schlecht für die Körper der aa'nschen Siedler gewesen.

Nun, nach der Stasis, hatte Anatok eine verminderte Schwerkraft die Rückkehr zum alten Wohlbefinden erleichtert. Jetzt war sie bereit für die Ankunft auf Aa'nurk, dem Heimatplaneten der Aa'n, den sie nun zum ersten Mal in ihrem Leben betreten würde. Sie versuchte ihn zu erkennen, aber er war wohl noch zu weit weg. Obwohl Anatok um die Dimensionen des Universums wusste, erstaunte sie dieser Blick. Sie war nun fast dreißig Jahre unterwegs, morgen sollte sie auf Aa'nurk eintreffen, und die Sonne der Aa'n wirkte immer noch fern. Was sie dabei am stärksten beeindruckte, war, dass sie die Sternbilder, wie sie sie von Yueliang her kannte, mühelos erkennen konnte. Man hatte sie ja auch auf Aa'nurk benannt, aber die Sterne, die ihre Vorfahren veranlasst hatten, fantastische Formen am Himmel zu entdecken, waren größtenteils so weit weg, dass es offenbar kaum einen Unterschied machte, ob man sie von Aa'nurk oder vom 12,3 Lichtjahre entfernten Planeten Yueliang aus betrachtete.

Anatok erkannte Maligu, die Meerbraut, und Goz, den Liebesvogel, die Herde der Alten und – natürlich

– das bekannteste aller Sternbilder, die Nuz. Fast schien es ihm, als könne er die Flügel des mystischen Insekts sehen, in allen Farben des Regenbogens sollten sie schimmern, die Flügel des schönsten Wesens am mythologischen Nachthimmel.

Anatok wusste, dass all diese Figuren Erfindungen des aa'nschen Geistes waren, doch das hieß nicht, dass sie keine Bedeutung hatten. Wie die Ahnen ihre Welt gesehen hatten, konnte dazu beitragen, zu verstehen, warum die Aa'n heute so lebten, wie sie lebten, warum sie in Herden lebten, warum sie Beschlüsse gemeinsam trafen, warum es keinen Hunger mehr gab und so gut wie keine Gewalt. Es war wichtig, das zu verstehen, und es war auch wichtig, zu verstehen, weshalb andere Spezies nicht so glücklich waren in ihrer Entwicklung. Nur so konnte man Strategien finden, wie ein glückliches Zusammenleben auch weiterhin möglich sein würde.

Anatok war gespannt auf seine neue Herde. Es würde keine Herde im eigentlichen Sinne sein, keine Herde, die aus Liebe und Zuneigung geboren wurde, sondern eine Herde zum Zwecke des gemeinsamen Erkenntnisgewinns. Anatok war es nicht leicht gefallen, ihre alte Herde zu verlassen, schließlich war sie ein Kind derselben, entstanden aus der Liebe vieler. Doch sie hatte schon länger gemerkt, dass sie an manchen Überzeugungen und Zielen der Herde zweifelte, dass sie etwas anderes wollte. Und so hatte sie gemeinsam mit den Alten beschlossen, dass ein Studium auf Aa'nurk ihr nächster Lebensabschnitt sein sollte. 29 Jahre, 15 Dekade'en und sieben Tage war es her, dass sie in das Raumschiff gestiegen war. Sie rechnete. Zusammen mit den knapp 43 Jahren, die sie damals gezählt hatte, ergab sich das stattliche Alter von 72 Jahren. Fast schon erwachsen, dachte Anatok und schmunzelte. Sie fragte sich, wie es sich wohl angefühlt haben mochte, vor Jahrtausenden, als man noch kein Mittel gefunden hatte, um die Lebenszeit der Aa'n so lange auszudehnen, dass die meisten das achthundertste und viele gar das tausendste Jahr erreichten. Damals hatte die natürliche Lebenszeit der Aa'n bei rund dreißig Jahren gelegen. Eine Zeit, so lange, wie sie sie bedenkenlos geopfert hatte, um ein Studium auf Aa'nurk beginnen zu können. Wie es wohl war, durch das Leben zu gehen, wenn man so wenig davon hatte? Fühlte man bei jedem Schritt, den man tat, dass das Leben ein kleines Stück mehr aus einem wich?

Anatok fand es schade, dass er es nicht nachempfinden konnte, wie sich ein Aa'n der Erdzeit gefühlt haben mochte. Doch er freute sich auf den Austausch mit seiner Studienherde. Dafür hatte er die lange Reise auf sich genommen. Bücher lesen konnte man auch auf Yueliang, aber den direkten Austausch mit anderen Aa'n konnte einfach nichts ersetzen. Mit Hilfe seiner Studienherde würde er zu einem tieferen Verständnis der Universalgeschichte finden, da war er sich sicher. Gerade für jemanden mit seiner Herkunft war es besonders wichtig, zu verstehen, wie sich die Kulturen auf verschiedenen

Planeten entwickelten, und welche Gemeinsamkeiten und Unterschiede es dabei gab.

Gebannt starrte Anatok auf die Fenster-Bildschirme. Er war froh, dass er die Sonne der Aa'n sehen konnte – das einzige Objekt am Himmel, das hell zwischen all den weit entfernten Sternen hervorstach. Diese Sonne, unter deren wohlwollenden Strahlen sich die Aa'n vor Jahrmillionen entwickelt hatten, war ein wenig kleiner und ein wenig lichtschwächer als jene, um die sich Yueliang drehte. Doch dafür war Aa'nurks Bahn um die Sonne auch etwas enger, so, dass der Planet sein Jahrmilliarden genau die richtige Menge an Energie bekam, damit sich bewahrend-intelligentes Leben bilden konnte. Auf Yueliang hingegen hatte sich auf Grund seiner Kleinheit – im Gegensatz zu seinem Geschwisterplaneten Diqiu – kein Leben gebildet.

Lange kauerte Anatok, die Schnuppernase an die Monitore gepresst, dorthin starrend, wo ein kleiner Punkt langsam größer wurde. Und dann – plötzlich, so schien es, gewann der Planet der Aa'n an Ausdehnung, sah nicht mehr aus wie ein Stern, sondern wie eine kleine Scheibe, nein, eine rasch größer werdende Scheibe. Ein Instruktionsaa'n erschien auf dem Bildschirm und tanzte mit ernstem Gesichtsausdruck die Botschaft: „Bitte anschnallen. Finale Bremssequenz eingeläutet." Anatok huschte in ihre Kuhle und drückte mit der rechten Vorderpfote auf den Anschnallknopf. Sofort legte sich ein Geflecht von Gurten mit sanftem Druck um ihren flauschigen Körper. Kurz darauf ging ein Ruck durch das Schiff. Die letzten Diminuten würden anstrengend werden. Doch Anatok wollte nichts vom Anflug verpassen. Angestrengt hob sie ihren länglichen behaarten Kopf und linste nach draußen. Ein erschrockener Pfiff entwich ihr. Wie nah wirkte jetzt die Kugel! Größer als die Sonne! Die linke Hälfte von Aa'nurk wurde hell von dieser beleuchtet, die rechte lag im Dunkeln. Sie konnte sogar schon den Riesenkontinent Aa'nan erkennen, ihre zukünftige Heimat! Mit jedem Augenblick, der verging, konnte sie mehr Details erkennen. Wenn der Bremsmechanismus nur nicht versagte! Anatok schwankte zwischen Angst und Vorfreude. Endlich sah sie zum ersten Mal, wie Aa'nurk in Echtzeit aussah! Sie wusste, dass der Kontinent Aa'nan die Form eines Aa'n hatte, jedenfalls tanzten das alle, und man konnte sich das tatsächlich vorstellen. Oben der Kopf mit der zugegebenermaßen etwas abgerundeten Schnauze, hinten der Schwanz und unten – auf der Südhalbkugel des Planeten – die beiden riesigen Halbinseln, die als Vorder- und Hinterläufe ins Meer hinein ragten. Anatok konnte immer mehr Details der Planetenoberfläche erkennen. Im Norden, am Rücken des planetaren Aa'n, die schneebedeckten Zankberge, südlich davon, im Bauch des Aa'n, die Große Takalá, die sich durch ihre wüstenhaften Gelbtöne auszeichnete. Am Rand der Großen Takalá, dort, wo die Wüste in Steppe überging, hatten sich vor Millionen Jahren die Aa'n entwickelt. Schon jetzt freute sich Anatok darauf, die dortigen Ausgrabungen zu besuchen – oder vielleicht sogar daran teilzunehmen. Westlich der Großen Takalá, im Kopf des Aa'n, befand sich das am dichtesten besiedelte Gebiet von Aa'nurk, La'ída genannt. Dort würde auch sein Raumschiff landen, am Weltraumbahnhof Mug'da, nahe der größten Stadt des Planeten. Über eine Million Aa'n nannten Mug'da ihre Heimat. Anatok versuchte, Hinweise auf die Großstadt zu erkennen. Ja, doch! Das dunkle Grün von La'ída wirkte im Südwesten heller, Hinweis auf eine intensive landwirtschaftliche Nutzung. Die Stadt selbst war freilich nicht zu erkennen, lag sie doch wie alle Siedlungen der Aa'n unter der Erde. In der Krisenzeit, vor sechstausend Jahren und davor, da hatte es auch viele Bauten an der Oberfläche gegeben. Doch zum Glück hatten die Vorfahren gerade noch rechtzeitig erkannt, dass eine Versiegelung der Biosphäre des Planeten katastrophale Folgen hatte. So waren die Aa'n zur traditionellen Siedlungsform zurückgekehrt, dem Erdloch, freilich mit allen Annehmlichkeiten der Weisheitszeit.

Langsam verschob sich mit der Drehung von Aa'nurk und dem Kurs des Schiffes der Lichtkegel, der den Planeten erhellte. Nach und nach wurde die Osthälfte von Aa'nurk beschienen, die Halbinsel Ka'ri wurde sichtbar. Dort, in den Hinterläufen, würde Anatok wohnen. Mittlerweile war das Raumschiff nahe genug, damit er die Landschaftsformen Ka'ris erkennen konnte. Ganz im Süden, als letzte Bastion, die ins Meer hinaus ragte, die Kongberge, nackt und felsig. Nördlich davon ein Gebiet, in dem sich dunkles Grün und dunkles Blau abwechselte – das musste das Land der tausend Seen sein! Westlich davon – das Hügelmeer. Hier wechselten sich dunkelgrün bewaldete Täler mit hellgrünen kahlen Hügeln und Bergen ab. Und nördlich davon: Kareia. Teils flach, teils hügelig, ein fruchtbares Land, das viele Aa'n seit Jahrtausenden ernährte. Hier, am Südwestrand Kareias, in Reichweite sowohl der Seen als auch der Hügel, lag Flas, eine der großen Universitätsstädte des Planeten. Nun, eigentlich gab es sehr viele große Universitätsstädte auf Aa'nurk, denn die Suche nach Erkenntnis war neben der Sorge und Liebe für die Herde wohl eine der sinnvollsten Tätigkeiten, mit denen man ein so langes Leben wie jenes der Aa'n füllen konnte. Auch Anatok ging davon aus, dass das Studium der Universalgeschichte nicht das einzige bleiben würde, dem er sich in den nächsten 800 Jahren widmen würde.

La'ída, Mug'da und auch die Vorderpfoten mit dem Kafigebirge verschwanden langsam hinter dem Horizont, das Blau des Ozeans dominierte zunehmend. Als gerade noch ein kleines Stück vom Schwanz des planetaren Aa'n erkennbar war und sonst die gesamte Kugel Aa'nurks vom Blau des Ozeans bedeckt war, kam Pa'nan ins Blickfeld, der zweite Kontinent Aa'nurks, viel kleiner als Aa'nan, er sah eher aus wie eine große Insel. Diesen Kontinent würde Anatok nicht betreten, denn er gehörte zur Gänze den anderen Spezies, mit denen sich die Aa'n den Planeten teilten. Auch Pa'nan wirkte gegliedert, hatte Gebirge mit weißen Flecken und Regionen tiefen, satten Grüns, aber irgendwie – so schien es Anatok – ging auch etwas Kaltes, Bedrohliches von dem Kontinent aus. Anatok schalt sich töricht, schließlich wusste er ganz genau, dass ihn von dort aus nichts bedrohen konnte. Der Kontinent war ein Naturreservat, vor Jahrtausenden eingerichtet, um unnötige und ökologisch belastende Schiffsverbindungen zu vermeiden und gleichzeitig der Flora und Fauna des Planeten eine ungestörte Entwicklung zu ermöglichen, fern vom Einfluss der Aa'n. Was sollte daran bedrohlich sein?

Während Pa'nan langsam seitwärts davonglitt und schon wieder die westlichen Ausläufer La'ídas zu sehen waren, fragte sich Anatok, wie adäquat die offenbar immer noch vorhandenen tierischen Instinkte der Aa'n vor den Gefahren der modernen Welt warnen konnten.

Kaum spürte Anatok den Boden Aa'nurks unter sich, blieb er stehen. Sein Körper war noch verwirrt vom starken Abbremsprozess, und sein Geist war es nicht weniger. Neben ihm kauerte ein Arzt, der ihn untersuchen wollte, doch Anatok hatte ihn sanft mit der Schnauze beiseite geschoben. Der Arzt hatte Verständnis. Dort war die Sonne. Er hatte sie beim Anflug betrachtet, er hatte tausende Bilder gesehen, und er hatte auch die Sonne Yueliangs gesehen. Aber niemals zuvor hatte er ihre Wärme gespürt. Er stand da und war einfach nur da, im Licht der

Nachmittagssonne, die freundlich sein Fell wärmte, und in jenem Augenblick gab es nichts anderes in seinem Universum. Später, als er diesen Augenblick einzuordnen versuchte, schien es ihm, als wäre er neu geboren worden, als hätte er zum ersten Mal begriffen, dass er ein Aa'n war, ein Kind dieser Sonne und ein Kind dieser Welt.

Das Erste, was Anatok von ihrer neuen Heimatstadt sah, war der unterirdische Bahnhof. Schwankend tapste sie zusammen mit fünf anderen Reisenden aus der Reisekabine, in der sie die Nacht verbracht hatte. Trotz der phänomenalen Geschwindigkeit von über tausendfünfhundert Stundenkiloanak dauerte es eben zwölf Stunden, wenn man fast den ganzen Kontinent überqueren wollte. Das intelligente Computersystem, das die Reisekabinen durch die Magnettunnels steuerte, hatte zwar auf die lange Dauer ihrer Reise Rücksicht genommen, aber vier Stopps hatten sie doch eingelegt, um Reisende ein- oder aussteigen zu lassen. Nun hockte Anatok auf dem Bahnsteig. Tanzende Aa'n auf Bildschirmen hießen sie und die anderen Reisenden willkommen, während die Richtungen zu den anderen Bahnsteigen klassisch auf Tafeln angeschrieben waren. Doch Anatok blieb wenig Zeit, sich zu orientieren. Ein grauhaariger Aa'n mit einem braunen Fleck an der Seite hoppelte freudig schwanzringelnd auf sie zu und schnupperte zur Begrüßung an ihrem rechten Ohr.

„Ich bin Professor Pernak," tanzte er schließlich würdevoll. „Ich freue mich sehr, dich im Namen der universalhistorischen Fakultät Flas begrüßen zu dürfen." Anatok erwiderte freudig die Begrüßung. Plötzlich kamen aus dem Dunkel des Bahnsteigs vier weitere Aa'n gehopst, die sich voller jugendlichen Ungestüms auf sie stürzten. Anatok konnte aus den Bewegungen zwei „Wir freuen uns!" herauslesen, ein „Willkommen!", ein oder zwei Vorstellungen mit Namen, die sie gleich wieder vergaß, aber von allen – und das war die Hauptsache – große Freude. Kein Zweifel, das war ihre zukünftige Herde! Anatok ringelte freudig ihren Schwanz. Sie erfuhr im weiteren Gespräch, dass die vier Studenten vor wenigen Diminuten angekommen waren und zusammen mit Professor Pernak entschieden hatten, auf sie zu warten.

Pernak begleitete ihre fünf Schützlinge, die sich tanzend unterhielten, zum nächsten Bahnsteig. Von dort ging sogleich eine Reisekabine in den Stadtteil Ingk. Dort – so erklärte die Professorin – lag der Bau, der extra für sie hergerichtet worden war. Anatok war überrascht. Sie war es nicht gewohnt, dass einfach für etwas gesorgt wurde. Zu Hause auf Yueliang hatten sie und ihre Herde für alles selbst sorgen müssen: für adäquate Einrichtung, für genügend Essen in den Gewächshäusern, für Kleidung und Unterhaltung. Lediglich Bücher und Informationen – alles, was von Aa'nurk mittels elektromagnetischer Wellen geschickt werden konnte, das wurde vom Heimatplaneten bereitgestellt. Kein Wunder – auf Yueliang gab es gerade mal 26 Einwohner. 8 Alte und 18 Kinder – nein, 17 waren es jetzt, und 25 insgesamt, dachte er und ein sonderbarer Schmerz erfüllte ihn. Diese Zeit war vorbei – endgültig. Wollte Anatok eine Nachricht schicken, würde er in 25 Jahren Antwort erhalten. Nein, der Faden zwischen seiner Geburtsherde und ihm war zerschnitten. Dies hier war sein neues Leben – seine neue Herde.

Von der Haltestelle Ingk begleitete sie die Professorin durch ein paar kunstvoll mit verschiedenfarbigen Steinen ausgelegte Gänge zu ihrem Bau. Anatok versuchte sich den Weg einzuprägen: zuerst am Bahnsteig rechts, dann links, die zweite Abzweigung rechts und dann die zweite links – oder war es die dritte? Zum Glück schien an den Steinwänden alles mögliche angeschrieben zu sein. Sie würden sich schon zurechtfinden.

Nach einigen Diminuten erreichten sie eine hölzerne Tür mit eisernen Beschlägen. In das Holz war eine Nuz geritzt. Schön sah sie aus, mit ihren gewaltigen Flügeln, deren unterschiedliche Farben durch Schraffierungen symbolisiert wurden. „Die Tür mit der Nuz," tanzte Anatok mehr zu sich selbst, um es sich besser einzuprägen. Pernak drückte die Klinke und trat ein. Anatok wusste zwar, was ein Schlüssel war – das hatte er von der Beobachtung der Bewohner Diqius gelernt. Es überraschte ihn aber keineswegs, dass die Tür unverschlossen war. Ja, sie hatte nicht einmal ein Schlüsselloch. Niemand wäre auf Aa'nurk auf die Idee gekommen, einen Bau unbefugterweise zu betreten. Wozu auch? Es hätte die Bewohner nur unnötig aufgeschreckt.

Anatok huschte hinter einem braunen Aa'n, von dem er sich erinnern konnte, dass er seinen Namen getanzt hatte, in dem ein „T" vorkam, in die geräumige Wohnhöhle. Was war das nur für ein Name gewesen? Sie waren direkt im Herdraum angekommen, einem mit quarzhaltigen Steinen ausgelegten Rund, von dem zusätzlich zur Eingangstüre fünf weitere Holztüren abgingen. Jede der Türen war mit einer Gravur verziert. Soweit Anatok es überblicken konnte, handelte es sich sämtlich um Abbildungen von Tieren und Pflanzen. Er freute sich darauf, die Lebewesen von Aa'nurk kennenzulernen, und zwar nicht nur aus der Ferne, wie es ihm auf Yueliang möglich gewesen war, sondern in direktem Kontakt. Er würde Bäume berühren können! Beim Gedanken daran wurde ihm schwindelig.

Professor Pernak bat die fünf Studenten, in der Gemeinschaftskuhle Platz zu nehmen, die sich zu ihrer Linken befand. Es gab ausreichend Decken und Kissen, und Anatok kauerte sich erwartungsvoll zwischen den braunen und einen sehr groß geratenen, gelblich-weißen Aa'n. Professor Pernak stand ihnen gegenüber. Er stellte sich auf seine Hinterbeine, so, wie es die Aa'n gerne taten, wenn sie die Aufmerksamkeit für eine Rede auf sich lenken wollten. Anatok sah gespannt zu, und Pernak begann zu tanzen: „Herzlich willkommen in eurem neuen Heim! Flisa!" Er blickte beim Tanz ihres Namens auf eine Aa'n mit weißem Fell, aber schwarzem Schwanz, der sich beim Anblick ihres Namens freudig ringelte. Anatok fand das gut, so bekam auch sie die Gelegenheit, ihre Studienherde kennenzulernen. „Elebe!" Pernak lächelte die große Gelb-Weiße neben sich an. „Anatok!" Sie fühlte die wohlwollend-neugierigen Blicke der anderen auf sich ruhen. Ja, das war ein guter Anfang.

„Tern!" Die Braune auf der anderen Seite. Anatok stieß sie freundschaftlich an. Sie erinnerte sich nun, den Namen schon gesehen zu haben. „Goglu!" Eine sehr hübsche Aa'n, schwarz mit einem verspielten weißen Fleck auf der Nase, der ihr etwas Verschmitztes gab.

„Ihr habt euch dazu entschlossen, ein Studium der Universalgeschichte zu beginnen. Ich als euer Studienvater freue mich sehr darüber. Ich werde für euch da sein und euch helfen, wenn ihr Zweifel habt oder Probleme oder Fragen, die ihr nicht alleine oder mit Hilfe eurer Herde beantworten könnt. Gleichzeitig bitte ich euch aber auch, euren Geist weiter zu öffnen. Wir Aa'n sind Herdentiere, seit Anfang an, es steckt uns im Blut. Das hat uns weit gebracht, denn es hat uns Solidarität, Zusammenhalt und Frieden gebracht. Aber die kleine Herde – die, die ihr in den nächsten Tagen bildet werdet, damit sie euch Sicherheit und Heimat gebe und Geborgenheit und auch Erkenntnis, ja – diese kleine

Herde reicht nicht aus, um Wissenschaftler zu werden. Öffnet euch, Teil einer größeren Herde, der weltumspannenden akademischen Herde zu werden. Nur wenn ihr euch mit den Gedanken anderer, auch fremder Aa'n, auseinandersetzt, werdet ihr immer weiter schreiten auf dem Pfad der Erkenntnis. Deshalb werdet ihr auch nicht nur meine Kurse besuchen, sondern auch die meiner Kolleginnen, und ihr werdet das zusammen mit vielen anderen Studenten der Universalgeschichte tun. Lasst euch Zeit! Taucht ein in das Bad – nein, die Thermen des Wissens! Ihr werdet selbst spüren, wenn ihr bereit seid für eure Abschlussarbeit, irgendwann, in vielen Jahren. Und ich werde euch als eure Studienmutter auf dem Weg dorthin begleiten."

Eine schöne Rede. Anatok mochte die gesetzten, würdevollen Bewegungen Pernaks ebenso wie die Worte, die sie darstellten. Genau das hatte sie sich erhofft: eine Gemeinschaft, die zusammen nach Erkenntnis strebte – ohne Gewissensbisse und ohne Albträume. Nur Freundschaft, Geborgenheit und Erkenntnis.

Pernak strich sich mit der linken Vorderpfote über ihren Schnurrbart und fuhr mit ihrem Tanz fort: „ Hier am Schirm – sie nickte zur Wand hin, an der in bequemer Höhe ein Bildschirm hing - „findet ihr die Kurse der universalhistorischen Fakultät. Ihr dürft alle Kurse belegen, die euch interessieren, doch bedenkt dabei bitte den Anstieg der Komplexität des Wissens. Bei jedem Kurs wird die Komplexität genannt, von K1 für Anfängerkurse bis zu K10 für äußerst komplexe Kurse, die ohne lange vorbereitende Erkenntnisketten nicht gewinnbringend sind. Ich empfehle euch, mit K1-Kursen zu beginnen. Ich möchte euch persönlich zu meinem K1-Kurs „Einführung in die Universalgeschichte" einladen. Es würde mich freuen, euch dort übermorgen zu sehen." Der Blick Pernaks richtete sich nun abermals auf Anatok. Die Professorin zog etwas aus ihrem Beutel und reichte es ihr. „Das wirst du brauchen. Meines Wissens gibt es auf deinem Ursprungsplaneten keine Universalbegleiter." Anatok verneigte sich zum Dank. Sie wusste, was es mit dem kleinen Gerät auf sich hatte, und sie schnallte es sich sogleich hinter die linke Vorderpfote. Es bestand aus einem kleinen Bildschirm und dem Band, das es an ihrem Vorderbein hielt. Natürlich auch aus einem potenten Minirechner, der nahezu unbegrenzte Speicherkapazität hatte und von dem man zu allen auf Aa'nurk zugänglichen Informationen zugreifen konnte. Pernak deutete auf das kleine Ding. „Dein Konto ist schon eingerichtet. Am ersten Tag jeder Dekade'e erscheinen 4000 neue Bezahleinheiten auf deinem Konto, wie bei jedem Aa'n auf Aa'nurk."

Anatok verneigte sich wieder. Pernak wies die Studenten noch auf die Bücherwand hin, die sich zwischen Bildschirm und Herd erstreckte und eine Vielzahl an universalhistorischer Literatur enthielt. Als sich Pernak mit freundlichen Worten verabschiedet hatte, stürzten sich die vier anderen auf Anatok, als hätten sie nur darauf gewartet, ausgerechnet sie mit ihren Fragen und Bemerkungen zu bestürmen.

„Du kommst also tatsächlich von einem anderen Planeten?" „Weißt du, es gibt nicht viele Aa'n, die nicht auf Aa'nurk geboren sind!" „Wie ist das so, wenn man ohne Universalbegleiter aufwächst?"

Anatok, gleichzeitig beschämt und erfreut, so im Zentrum der Aufmerksamkeit zu stehen, bemühte sich, die Neugier seiner neuen Herde zu befriedigen, ohne allzu sehr ins Detail zu gehen. Aber natürlich kam die Frage nach dem Namen des Planeten dann doch. Goglu stellte sie mit etwas übertrieben ausgeführten Bewegungen, und er sah Anatok dabei tief in die Augen. Einen Augenblick lang verlor sich der vom anderen Planeten in den braunen Augen des Schwarzhaarigen mit dem kleinen weißen Fleck auf der Nase, dann schüttelte er sich und tanzte: „Yueliang. So heißt mein Heimatplanet." Die anderen sahen ihn an, und Anatok konnte fast hören, wie es in ihren kleinen Gehirnen arbeitete. „Yueliang," tänzelte Goglu sinnend, und sein offener Blick wirkte ein wenig verschleiert, „ist das nicht der Geschwisterplanet von Diqiu?"

„Ja," bestätigte Anatok. „Die beiden umkreisen einander auf ihrem Weg um die Sonne, wobei – eigentlich umkreist Yueliang Diqiu, weil er deutlich kleiner ist. Er dreht Diqiu auch immer die selbe Seite zu."

Anatok sah, dass Flisa und Tern einen Blick wechselten, der ihm nicht gefiel. Schließlich fasste sich Tern ein Herz und fragte auf kryptische Art und Weise, aber so, dass alle wussten, was damit gemeint war: „Diqiu und Yueliang – das ist doch eines *dieser* Planetensysteme?" Das „dieser" betonte er mit einer ausladenden Bewegung, so, dass kein Zweifel blieb. Anatok merkte, wie ihm heiß wurde. Er wollte die gerade erst im Entstehen begriffene Zuneigung nicht verspielen. Deshalb entschied er sich, seiner neuen Herde sein Herz zu öffnen und zu erzählen, weshalb er seine Geburtsherde und Yueliang verlassen hatte. Während er tanzte, spürte er, wie sich bei seiner Zuseherschaft Abscheu und Mitgefühl einen stillen Kampf lieferten. Das Mitgefühl fühlte sich an wie süßer Honig, und der Honigduft wurde stärker. Als er geendet hatte, lagen sich alle in den Pfoten. Anatok weinte, zum ersten Mal, weinte um seine verlorene Unschuld und darüber, welche Entscheidungen er in so jungen Jahren hatte treffen müssen.

Seinen ersten Baum umarmte Anatok am selben Abend. Nachdem sie ihre Zimmer bezogen hatten – Anatok hatte jenes bekommen, das sich hinter der Tür mit einem eingravierten Sandstrauch befand – kletterten sie zusammen hoch an die Oberfläche. Eine kleine Falltür an der Decke des Herdraums ließ sich, wenn man sich auf die Hinterbeine stellte, leicht öffnen, und an der herabfallenden Strickleiter ging es dann nach oben. Nach dem kurzen Intermezzo am Raumhafen war dies nun das erste Mal, dass er auf der Oberfläche eines belebten Planeten stand. Düfte strömten auf ihn ein, Formen, Farben. Anatok badete in Schönheit.

Ein endlos scheinender Garten umgab die kleine Herde. Jeder Bau hatte seine Entsprechung an der Oberfläche: zig tausende miteinander durch Pfade verbundene Gärten bildeten das Oberflächengesicht der Stadt Flas. Nur im Osten, dort, wo sich das Zentrum der Stadt befand, waren einige wenige Bauwerke erkennbar. Steinerne Amphitheater erhoben sich gen Himmel. Anatok hatte sich in den Dekade'en zwischen seinem Aufwachen und seiner Landung schon mit der Geographie von Flas auseinandergesetzt, und so versuchte er sich nun zu orientieren. Ganz links, also im Norden der Stadt, stand ein besonders großes mit kunstvollen Säulen verziertes Gebäude: das musste das Theater sein. Rechts davon der große Außenhörsaal der Universität, dann das Musiktheater und schließlich noch einige Tribünen, die zu den Sport- und Spielstätten gehörten. Anatok wusste, dass jedes dieser Oberflächengebäude mit zahlreichen Innenräumen verbunden war, die man bei schlechtem Wetter nutzen konnte. Außerdem waren die Gärten an der Oberfläche immer auch Orte des sozialen Austauschs. Anatok sah, dass in den meisten Nachbargärten mehrere Aa'n zu Gange waren. Hier wurde gewässert, da gepflegt, dort geerntet – und ganz häufig schien es, als sitze oder liege man einfach beisammen, um Fellpflege zu betreiben, zu lesen oder sich tanzend zu unterhalten. Im Westen konnte

Anatok die Ausläufer des Hügelmeeres erkennen. Ein Berg wirkte besonders nah und war von einem markanten Felsen gekrönt. Das musste die Flasspitze sein. Anatok sah fasziniert zu, wie Wolken langsam über den Berg dahinzogen. Dann wandte er sich wieder seiner näheren Umgebung zu. Es gab so viel zu entdecken!

Der Garten, der nun der ihre war, bestand aus einem Beet, das schon mit verschiedenen Feldfrüchten bepflanzt war. Anatok erkannte eine Reihe Felswurz sowie die auffällig gezackten Blätter der Garbara. Ein Bei'gebaum, ein Sandstrauch sowie ein weiterer Baum, den Anatok nicht kannte, ergänzte den Bewuchs. Unter diesem Baum war eine Kuhle mit Sägespänen ausgelegt worden – offenbar der gemeinsame Ruheplatz.

„Oh, ein Lachbaum!" rief Goglu freudig und trat an den Baum heran. Er hatte harte kleine Blätter mit dornigen Zacken. Die Rinde war zerfurcht und von einem dunklen Grauschwarz. An einigen Stellen sah es aus, als wäre sie angebohrt worden.

„Das dachte ich mir, dass sie uns keinen Bau ohne Lachbaum geben!" erwiderte Elebe mit einer gehörigen Portion schelmischer Freude in den Bewegungen. Fasziniert näherte sich Anatok und legte eine Pfote auf die Rinde. Sie fühlte sich – so echt an! So, als ginge eine ganz eigene Kraft von diesem Lebewesen aus. Er hoppelte näher, roch an der süßlich duftenden Rinde. Und dann umarmte er den Baum, fühlte die Kraft, die zwischen ihnen strömte.

Anatok merkte voller Genugtuung, dass das niemand lächerlich fand.

„Das muss etwas ganz besonderes für dich sein," tanzte Goglu und blickte ihn wieder mit diesen sanften Augen an. „Leben, Bäume! Es muss sonderbar gewesen sein, das Ganze nur aus der Ferne zu beobachten." Anatok nickte. Ja, sonderbar war es wohl gewesen. Und schmerzhaft.

„Dieser Baum hat noch viel Besseres zu bieten als eine Umarmung!" tanzte Elebe lachend und trat an den Lachbaum heran. Er holte aus seinem haarigen Beutel ein geschraubtes Stück Metall mit einem Holzgriff heraus. Er setzte das Metall an die Ringe an und begann zu bohren. Bald perlte in schweren milchigen Tropfen Harz hervor. „Trink!" forderte er Anatok auf. Zögernd löste sie die Umarmung und kam sich dabei ein wenig schäbig vor. „Entschuldigung." tanzte sie zum Baum hin und fing dann zwei drei Tropfen des Harzes mit ihrer Zunge auf. „Das schmeckt gut!" meinte sie überrascht. „Süß und irgendwie wild – spannend!" Die anderen lächelten. „Trink nicht zu viel!" mahnte Flisa, die bisher sehr still gewesen war, „wenn man es nicht richtig gewohnt ist, verträgt man nicht so viel von der Lachmilch."

Nach und nach labten sich die fünf an der Milch des Lachbaumes, und fast unmerklich wurde die Stimmung immer gelöster. Dabei lernte Anatok seine Herde immer besser kennen. Er erfuhr, woher sie alle kamen, vergaß aber auch wieder viel. Er behielt nur so viel, dass sie alle aus unterschiedlichen Regionen Ka'ris kamen, eine aus dem Hügelland, eine aus dem Land der tausend Seen – ach ja, den Heimatort von Goglu, in deren braunen Augen er sich etwas verloren hatte, hatte sie sich gemerkt. Er hieß Zon'ga und lag am Weitesten im Norden. Dort herrschte deshalb ein wärmeres Klima, und Goglu behauptete, dass dort in den heißen Sommernächten viel länger mit Lachmilch gefeiert wurde als hier im Süden Ka'ris. Goglu schien auch mehr zu vertragen als die anderen. Anatok wusste später nicht mehr, wie oft sie den armen Lachbaum noch umarmt hatte. Aber auch Goglu und den anderen war sie näher gekommen. Die letzte Erinnerung an den Abend war die an ein wohliges warmes Fellknäuel, das aus fünf aneinandergeschmiegten Freunden bestand, und Baum und Wiese wiegten sich in einem sonderbar lustigen Takt dazu, der sie friedlich einschlummern ließ.

Anatok freute sich auf die erste Vorlesung mit Professor Pernak. Er hatte sich mit seiner gesamten Studienherde im Freiluft-Amphitheater „Gozo Al'tan" eingefunden, eines der kleineren Amphitheater östlich des großen Außenhörsaals und benannt nach einer der Gründermütter der universalhistorischen Wissenschaften.

Dort saßen nun um die vierzig Studenten und schauten gebannt auf die graumelierte Professorin, die anmutig unter der sanften Nachmittagssonne tanzte. Nach einleitenden Worten, die Anatok wie schon beim Kennenlernen des Professors das Gefühl gaben, genau den richtigen Weg eingeschlagen zu haben, leitete Pernak zu den Grundlagen der Universalhistorie über.

„Was ist der Unterschied zwischen Geschichte und Universalgeschichte?" tanzte Pernak in die Runde. Fast alle Nasen gingen nach oben. Pernak deutete auf Anatok und lächelte freundlich. Leicht verlegen erhob sich Anatok. Flisa und Tern, die links und rechts von ihm saßen, rutschten ein wenig zur Seite, damit er Platz für die Antwort hatte. „Die Geschichte beschäftigt sich mit der Entwicklung intelligenter Lebensformen auf einem Planeten, während sich die Universalgeschichte prinzipiell mit allen Planeten beschäftigt. Vor allem zieht sie Vergleiche zwischen den Entwicklungen unterschiedlicher Planeten und versucht auf diese Weise, generelle Prinzipien der Entwicklung intelligenten Lebens zu finden."

Pernak nickte zufrieden. „Ich sehe, ihr habt euch damit beschäftigt, worauf ihr euch einlasst. Sehr schön." Anatok freute sich über das Lob, auch wenn er sich sicher war, dass jeder der Anwesenden eine ähnliche Antwort gegeben hätte.

„Ich möchte heute mit einem klassischen Vergleich beginnen, und zwar mit dem der Geschichte der Aa'n und jener der K'Gur vom Planeten Skar. Von den K'Gur habt ihr vermutlich noch nicht gehört, und das hat einen Grund: die K'Gur gibt es nicht mehr." Gebannt starrte Anatok auf den Professor. Dieser fuhr nach einer würdevollen Bewegungspause fort:

„Das Erstaunliche ist: wenn man die Geschichte der Aa'n mit denen der K'Gur vergleicht, stellt man auf den ersten Blick viele Parallelen fest: beide Arten entwickelten sich über lange Zeit hinweg sehr langsam, benutzten zunächst einfache Steinwerkzeuge, brachten daraufhin das Feuer unter ihre Kontrolle, entwickelten Landwirtschaft, Arbeitsteilung und hierarchische Herrschaftsstrukturen, erlernten schließlich die Verarbeitung von Metallen, entwickelten die Schrift, entdeckten Prinzipien der Wissenschaft und erlebten schließlich durch die Freisetzung von in der Planetenkruste lagernden Energiereserven eine rasante industrielle Entwicklung, die Gesellschaft, Technologie und Wissenschaft in zuvor nie dagewesener Weise revolutionierte.

Bei aller Gemeinsamkeit gab es allerdings bedeutende Unterschiede: 1) Über den gesamten Zeitraum der Entwicklung hinweg lag die Zahl kriegerischer Auseinandersetzungen auf Skar viel höher als auf Aa'nurk – und 2) die beschriebene Entwicklung ging auf Skar viel schneller. So dauerte beispielsweise die Metallzeit auf Aa'nurk ganze 80.000 Jahre, während sie auf Skar gerade mal knapp 3.000 Jahre dauerte. Nun stellt sich die Frage: wo liegen die Gründe für diese Unterschiede? Zunächst wurde untersucht, ob zwischen Punkt 1) und Punkt 2) ein Zusammenhang besteht. Wir konnten tatsächlich nachweisen, dass die zahlreichen Kriege genauso wie die ökonomische Rivalität der verschiedenen K'gur'schen Reiche zu einer deutlich schnelleren Entwicklung von technischen Neuerungen führten als auf Aa'nurk. Kriege gab es auf Aa'nurk überhaupt nur in der Metallzeit – und auch die ökonomischen und gesellschaftlichen Rivalitäten wurden meist auf Verhandlungsbasis und zunehmend demokratisch gelöst. Die Krisenzeit, die alle intelligenten Kulturen irgendwann durchlaufen, führte bei den Aa'n schließlich zu einem ökosozialen Umbau der Wirtschafts- und Lebensweise, der in den letzten sechstausend Jahren, die die Aa'n selbstbewusst Weisheitszeit nennen, zu einer nachhaltigen positiven Entwicklung in allen Lebensbereichen geführt hat. Die K'Gur hingegen überlebten die Krisenzeit nicht, sondern zerstörten in einem ökonomischen und militärischen Wettrüsten und den daraus resultierenden Kriegen die Ökosphäre des Planeten Skar so nachhaltig, dass heute noch – dreißigtausend Jahre später – kein höheres Leben dort möglich ist. Die Archäologen, denen wir unsere Kenntnisse über Skar verdanken, konnten erst vor hundert Jahren ihre Grabungen aufnehmen, da wir vorher keine adäquate Schutzkleidung entwickelt hatten.

Es stellt sich die Frage, was die beiden Zivilisationen, die sich - oberflächlich betrachtet - zunächst genau gleich entwickelten, dazu gebracht hat, sich beim Aggressionsniveau und bei der Entwicklungsgeschwindigkeit so zu unterscheiden, dass eine Zivilisation die kritische Krisenzeit überstanden hat, während die andere sich und die gesamte Ökosphäre ihres Heimatplaneten in ein blutiges Inferno hinabgerissen hat."

Gebannt starrten die Studenten auf den tanzenden Professor. Keine irritierenden Gesten in den Rängen, kein verschämtes Schnäuzeln.

„Lange hat sich die universalgeschichtliche Forschung bei diesen fundamentalen Fragen auf die historische Entwicklung der Vergleichskulturen beschränkt, auf religiöse Unterschiede, auf Fragen der politischen Systeme, auch auf Fragen der wirtschaftlichen Nutzung – aber es gelang nie, eine widerspruchsfreie Aussage darüber zu treffen, was wirklich dazu führt, dass eine Zivilisation die Krisenzeit übersteht oder in dieser untergeht. Als man sich fast schon damit arrangiert hatte, dass es im Endeffekt doch vom zufälligen Verhalten gewisser Einzelpersonen an den Schalthebeln der potenziellen Zerstörungsmaschinen abhing, ob eine Zivilisation überlebte oder nicht, trat eine junge Agrarwissenschaftlerin auf den Plan, die als Zweitstudium Universalgeschichte studierte und diese für immer veränderte.

„Anil Gur'k" tanzte Goglu, die links von Flisa saß, vorlaut, setzte sich jedoch sogleich beschämt wieder hin. Pernak hielt etwas vorwurfsvoll in ihrem Tanz inne, fuhr jedoch mit einer nachsichtigen Bewegung fort: „In der Tat, Anil Gur'k, wahrscheinlich die einflussreichste Universalhistorikerin aller Zeiten. Sie entdeckte, dass der Einfluss der Ernährung auf die Entwicklung einer Zivilisation von entscheidender

Bedeutung ist. Angewandt auf unseren Vergleich bedeutet ihre Entdeckung, dass die K'Gur schlicht und einfach deshalb ausgestorben sind, weil sie Fleischfresser waren. Solange Fleischfresser sich nicht zu sehr vermehren und eingewoben sind in ein ökologisches Gleichgewicht, gibt es kein Problem. Im Gegenteil: sie bilden ein stabilisierendes Element für das jeweilige Ökosystem. Je höher aber der zivilisatorische Fortschritt, umso mehr Ressourcen werden verbraucht, und spätestens mit der Industrialisierung ist der ökologische Kollaps nicht mehr zu vermeiden. Reine Fleischfresser benötigen für ihre Ernährung bis zum 250-fachen der Fläche, die ein Pflanzenfresser benötigt. Sobald eine moderne Medizin die Lebenserwartung einer Fleischfresserzivilisation steigen lässt, führen die überspannten Nahrungsrivalitäten, die schon die gesamte Entwicklungsgeschichte hindurch zu einer höheren Kriegsbereitschaft geführt haben, zur Explosion. Meist zu atomaren Explosionen – oder noch Schlimmerem. Anil Gur'k hat den bis heute gültigen Satz geprägt: 'Die Nahrung bestimmt das Sein.' Aber damit ist die Erkenntnisreise noch nicht zu Ende. 700 Jahre nach Anil Gur'k entdeckte ein erfahrener Universalhistoriker, der genau drei Jahre vor Anil Gur'k geboren war, dass es eine weitere fundamentale Größe gibt, die die Überlebenswahrscheinlichkeit einer planetaren Zivilisation beeinflusst: das Geschlecht. Dom Bomil erkannte, dass Kulturen mit zwei Geschlechtern eine höhere Wahrscheinlichkeit haben, sich in der

Krisenzeit selbst zu zerstören. Das lässt sich empirisch nachweisen, genauso übrigens wie die Tatsache, dass Fleischfresserkulturen dieses Zeitalter normalerweise nicht überdauern. Keine Hexerei also, die Theorien von Anil Gur'k und Dom Bomil wissenschaftlich zu untermauern. Aber – man musste darauf kommen. Die richtigen Fragen stellen. Das ist und bleibt das große Verdienst dieser beiden Forscher."

Pernak deutete auf eine kleine weiß-braune Aa'n, die ihre Nase gereckt hatte. „Weshalb spielt das Geschlecht eine Rolle für das Überleben?" tanzte sie ernsthaft.

„Dazu gibt es mehrere Theorien," antwortete der Professor. „Die Gängigste ist, dass eine Art mit zwei Geschlechtern sich unweigerlich zu einer in sich gespaltenen Gesellschaft entwickelt, was wiederum die Häufigkeit von Konflikten und somit auch kriegerischen Auseinandersetzungen fördert. Die Zweiteilung ergreift die ganze Kultur, selbst die Sprache wird in geschlechtlich zwiegespaltenen Zivilisationen in männlich und weiblich, in rut und barn, in glokin und slakin eingeteilt, oder wie auch immer die Geschlechter heißen mögen. Dies fördert das Denken in Dichotomien: männlich-weiblich, gut-böse, Himmel-Hölle. Religiöser Fundamentalismus, moralische Rechthaberei und die Unfähigkeit, sich aus dichotomischen Kategorien zu lösen machen es nahezu unmöglich, kriegerische Konflikte zu vermeiden und friedliche Formen des Zusammenlebens zu entwickeln.

Anil Gur'k und Dom Bomil haben schließlich gemeinsam das Survivienzparadigma entwickelt. Dieses sagt die Wahrscheinlichkeit voraus, mit der eine planetare Zivilisation die Krisenzeit übersteht und zu einer nachhaltigen friedlichen Lebensweise findet. Es lässt sich mit einem einfachen Schema darstellen, auch Survivienzgitter genannt, das wie folgt aussieht. Pernak drückte auf seinen Universalbegleiter und ein Schema erschien neben ihm in der Luft, gut sichtbar trotz der hellen Lichtverhältnisse. Es zeigte eine quadratische Fläche mit den Extrempositionen in drei der vier Ecken: Vegetarische Ernährung im linken oberen Eck, rein fleischliche Ernährung sowie 2 Geschlechter im linken unteren Eck, und ein Geschlecht sowie viele Geschlechter im rechten unteren Eck. Vom linken oberen Eck zum rechten unteren Eck verlief eine gestrichelte Linie, die als Survivienzscheide gekennzeichnet war: in der dreieckigen Hälfte links unten prangte das Wort „Extinktion", während im Bereich rechts oben in leuchtenden Lettern „Survivienz" stand. Das Wort 'Aa'n' war im rechten oberen Eck eingezeichnet, jenes für 'K'Gur' im linken unteren.

„Nach diesem Schema zu urteilen", fuhr Pernak fort, „hatten die K'Gur – so tragisch das auch sein mag – keine Chance, die Krisenzeit zu überstehen. Sie befinden sich sowohl bei der Ernährung als auch bei der Geschlechtskategorie auf verlorenem Posten. Selbst die weisesten Politiker und die klügsten Köpfe hätten nichts daran ändern können, dass diese Zivilisation dem Untergang geweiht war. Dass die Aa'n hingegen überlebt haben, verwundert nun nicht mehr. Als sich vegetarisch ernährende Art mit nur einem Geschlecht standen unsere Sterne von Anfang an auf Überleben. Spannend wird es bei einer Kultur wie jener der Tazar aus dem Sternbild der Goz: da die Tazar 5.000 Lichtjahre von uns entfernt leben, beobachten wir sie mit eben solcher Verzögerung. In unserem Beobachtungshorizont haben sie die Krisenzeit noch nicht erreicht, sie sind erst bei der Buchzeit angelangt. Die Tazar kennen drei Geschlechter und essen zu 60% pflanzliche und zu 40% fleischliche Kost. Sie liegen also im Survivienzgitter gerade auf der Seite des Überlebens, allerdings so nahe an der Grenze zwischen Survivienz und Extinktion, dass es knapp werden wird. Ob die Tazar es schaffen oder nicht, werden wir beobachten können. Was wir heute aber schon mit Sicherheit sagen können: die Krisenzeit der Tazar wird ihren Namen verdienen."

Wieder ging die Nase des kleinen weiß-braunen Aa'n nach oben. „Welche Bedeutung hat denn die Einteilung in „zerstörerische und bewahrende Intelligenz?"

Eine leichte Unsicherheit in Pernaks Tanzschritten. „Mir ist bewusst, dass diese Einteilung in den letzten Jahrzehnten zunehmend in Kritik geraten ist, und manche Kritik daran hat durchaus Hand und Fuß. Aber jene Zivilisationen, die durch ihre geschlechtliche und ernährungsspezifische Prädisposition eine hohe Wahrscheinlichkeit zur Selbstvernichtung aufweisen, als zerstörerisch-intelligent zu bezeichnen, während man eine Zivilisation wie die unsere bewahrend-intelligent nennt, scheint mir immer noch eine durchaus zutreffende Beschreibung zu sein. Nicht zu vergessen, dass auf dieser Einteilung auch unsere planetare Außenpolitik basiert. Zerstörerisch-intelligente Zivilisationen gilt es besonders unter Beobachtung zu stellen. Sie könnten im unwahrscheinlichen Fall eines Überlebens der Krisenzeit zu einer Bedrohung auch Aa'nurks werden."

In der folgenden Nacht plagte Anatok zum ersten Mal seit seinem Aufwachen aus der Stasis ein Albtraum, von dem er gedacht hatte, ihn auf Yueliang gelassen zu haben. So wurde ihm am nächsten Morgen schmerzhaft bewusst, dass er zwar sein altes Leben hinter sich gelassen hatte, dieses ihn deshalb aber noch lange nicht losließ.

Quelle des Ri

Mári hastete durch den unteren Wald, Wut und Trauer im Herzen. Sie trug ihre genagelten Schuhe und ihr Gewand aus Leinen. Auf ihren Rücken hatte sie den Korb geschnallt, den ihr Sara hinterlassen hatte. Darin war alles, was sie zum Überleben benötigte, und dennoch fehlte das Wichtigste: Sara selbst. Aber auch die Geborgenheit des Dorfes. Würde sie jemals wieder die Gelegenheit haben, in ihre Heimat zurückzukehren? Ihre Eltern und ihren Bruder wiederzusehen? Ihre Patin Landa? Irgendjemanden, den sie kannte? Sie wusste es nicht. Sie wusste nur, dass ihr Dorf über Nacht zur tödlichen Bedrohung geworden war, einer Bedrohung, vor der sie fliehen musste. Doch es gab einen kleinen Hoffnungsschimmer: wenn Sara bald genas, wenn sie ihr nachreiste – und das würde sie! - dann würde alles gut werden. Gemeinsam würden sie sich irgendwo im Wald eine Hütte bauen und wilde Ziegen jagen oder sie würden in einem anderen Dorf um Aufnahme bitten oder einfach durch die Welt ziehen und herausfinden, wie die Menschen anderswo lebten, weit im Süden, dort, wo das Land an das unendliche große Wasser grenzte.

Bei diesem Gedanken fasste sie ein wenig Mut. Ja, Sara würde ihr nachreisen, und gemeinsam würden sie alles schaffen!

Mári merkte, dass der Weg nun deutlicher zu sehen war. Sie blickte auf. Der Himmel war noch dunkel. Doch die Bäume waren niedriger geworden, es waren eigentlich nur noch größere Büsche, die das Mondlicht kaum mehr dämpften. Mári hatte den Wald hinter sich gelassen, und vor ihr lag die weite Ebene des Flusses Ri. Bald waren die Büsche nur noch kniehoch. Der Weg verzweigte sich zu mehreren sich in der Ebene verlierenden Pfaden. Die meisten Spuren führten von hier aus nach Norden, Richtung Pregatz. Mári würde zunächst nach Westen gehen, um den Gebirgsstock, auf dem Elpele stand und der im Großen Bären gipfelte, zu umgehen. Dann würde sie dem großen Ri nach Süden flussaufwärts folgen. Bis zur Quelle, und dort würde sie auf Sara warten.

Noch stand sie auf einem kleinen Plateau, das sich wie ein vorwitziger Ausläufer des Gebirges in die Ebene hinausschob. Östlich von hier floss der Mühlbach in die Yl, die die Wasser aus den östlichen Bergen herbeitrug, um etwas weiter westlich, hinter dem Plateau selbst, in den Ri zu münden. Die Nordseite des Plateaus bildete zusammen mit einem weiteren Hügel eine Engstelle, durch die die Yl schluchtartig hindurchschoss. Mári war schon hier gewesen und hatte sich über die glatten Wände der Schlucht gewundert. Fast, als hätten Riesen einen Durchgang für den Fluss in den Felsen gehauen. Sie war dort mit ihrem Vater gewesen, als sie elf oder zwölf Winter gezählt hatte. Weiter nördlich war sie nie gewesen. Und würde sie vielleicht auch nie sein.

„Jedenfalls nicht mit deinem Vater," sagte eine Stimme in ihrem Inneren. „Nein, nicht mit meinem Vater," sagte sie plötzlich laut. Ihr Vater, ihr eigener Vater, hatte sie verraten. Mári spürte, dass das etwas war, das sie ihm nicht würde verzeihen können. Jedenfalls nicht einfach so, nicht, ohne dass etwas anderes passierte, das dazu führen würde, dass sie diesem Mann wieder würde vertrauen können. Sie konnte sich jedoch kaum vorstellen, was dies für ein Ereignis sein mochte. Sonderbar, dachte sie, so viele Jahre hindurch war sie sich sicher gewesen, dass sie mit jedem Problem zu ihrem Vater kommen konnte, dass er alles wieder gut machen würde, wenn etwas schief ging. So viele gemeinsame Erlebnisse, in denen sie sich aufgehoben gefühlt hatte und beschützt. Und dann – ein Ereignis, ein Verrat, und alles war anders.

Mári blickte nach Osten. Eine leichte helle Verfärbung kündigte nun doch vom nahenden Tag. Sie hatte keine Zeit zu verlieren. Vielleicht war ihre Flucht schon entdeckt worden. Sie musste möglichst viel Raum zwischen sich und ihre Verfolger bringen.

Hurtig folgte sie den Steigspuren nach Westen. Bald führten sie hinab in das Tal des Ri. Nach einiger Zeit hielt Mári auf einem etwa drei Menschenlängen hohen Felsen inne. Direkt unterhalb des Felsens begann die Ebene. Vereinzelt ließen sich kümmerliche Büsche ausmachen. Das Tal des Ri war völlig flach – abgesehen von einem länglichen vollkommen nackten Felsberg, der sich wie ein schlafendes Tier in der Mitte der Ebene erhob. Mári zögerte. Sie konnte nun auch weit entfernte Büsche wahrnehmen. Bald würde die Sonne aufgehen, und dann würde man sie von Elpele aus gut sehen können, wenn sie sich weiter in die Ebene vorwagte. Hätte sie doch im Wald bleiben sollen, um die nächste Nacht abzuwarten?

Sie blickte suchend um sich. Hier auf dem Felssporn wuchsen nur ein paar kleine Büsche, nichts, wo man sich hätte verstecken können. Doch etwas fiel ihr ins Auge. Hier – das sah aus wie ein kleines Stück Mauer. Was um alles in der Welt hätte man hier unten bauen sollen? Neugierig trat Mári näher. Tatsächlich! Zwei Reihen von übereinandergestapelten Steinen ragten aus dem Boden. Sie wirkten gewölbt, zwei Reihen links und rechts des zentralen Steins verschwand die Konstruktion wieder im Boden. Neugierig trat Mári näher. Noch nie hatte sie eine gewölbte Reihe von Steinen gesehen. Wozu war das gut? Ihr fiel auf, wie exakt die Steine gearbeitet waren. Dagegen wirkten die Steinfassaden Elpeles stümperhaft. Mári spürte zuerst die dunkle Fülle des Gedankens, bevor sie ihn fassen konnte. Nein, das konnte nicht sein! Oder doch – vielleicht? Vielleicht hatten das die Ahnen errichtet, die, die nach der Legende im Tal wohnten, lange vor der Gründung Elpeles, in der alten Zeit. War sie von den Göttern dazu ausersehen worden, die Spuren der Ahnen zu ergründen? Hatten sie sie deshalb verschont, damals, als neunjähriges Mädchen, als sie vergessen hatte, ihr Opfer darzubringen? Immerhin hatte sie schon die Tafel in der Höhle gefunden. War sie Teil des großen Plans der Götter?

Ein Bild stieg hoch in ihrem Inneren. Zwei rauchende Häufchen Asche und die bleichen Gesichter von Jon und Magda – und Mári wurde klar, dass sie alles lieber sein wollte als ein Liebling der Götter. Wenn sie etwas entdecken würde, dann weil sie es wollte, sie allein, Mári aus Elpele.

Das Mädchen sah sich die Mauer genau an. Auf der Seite, die in Richtung des Felssporns schaute, wuchs ein Ginsterstrauch. Mári tastete an den Zweigen entlang und erkannte, dass er recht weit unten wurzelte. Sie befühlte die Unterseite der Mauer. Auf der Seite des Strauchs legte sie einen kleinen Hohlraum frei. War das etwa ein Bogen aus Stein? Dann lag darunter vielleicht noch mehr, begraben unter jahrhundertealtem Staub. Mári merkte plötzlich, wie ihre Hand ins Leere fasste. Da war tatsächlich ein Hohlraum – ein richtig großer! Aufgeregt versuchte sie die Öffnung zu vergrößern. Tatsächlich – neben dem Ginster klaffte nun ein Loch im Boden, das so groß war, dass sie wohl durchpassen würde. Sie versuchte, im dämmrigen Morgenlicht zu erkennen, was da unten lag. Sie konnte die Umrisse eines Raumes wahrnehmen, und da war wohl auch etwas wie ein sandiger Boden. Genaueres war nicht zu erkennen. Mári grub weiter, halb auf dem Steinbogen hängend. Plötzlich gab ein ordentliches Stück Erde nach und polterte nach unten. Unruhig blickte Mári um sich. Sie hatte eigentlich keine Zeit zum Graben, sie musste nach einem Versteck suchen. Die Sonne war zwar noch hinter den Bärenköpfen verborgen, aber die massigen Bergrücken im Westen strahlten schon in einem warmen Blutorange. Bald würde man Mári von Elpele aus mit Leichtigkeit erkennen. Vielleicht nicht wirklich erkennen, wer sie war, dafür war sie doch zu weit weg, aber so viele Menschen streiften schließlich nicht durch dieses sonnenverbrannte Tal.

Doch wenn sie noch ein bisschen grub – vielleicht war das da unten auch genau das richtige Versteck für sie. Wieder polterte ein Stück Erde nach unten. Der Boden schien nun ein gutes Stück näher gekommen zu sein. Der Steinbogen war nun zu einem großen Teil freigelegt und Mári fragte sich, ob sie an den Steinen entlang wieder hochklettern konnte. Ohne sich ganz sicher zu sein, antwortete sie mit ja. Das Loch war nun etwa so breit wie sie lang war, der Hohlraum darunter schien aber noch deutlich größer zu sein. Mári nahm einen Stein und warf ihn hinab. Er landete mit einem dumpfen Ton auf dem Erdhügel, den Mári geschaffen hatte. Sie nahm noch einen großen Schluck aus der Wasserflasche, zog ihr Schuhe aus, legte Schuhe und Korb unter den Ginster und hüpfte nur leicht bekümmert in das Loch hinab. Es war tiefer als sie gedacht hatte, der Schock ging durch ihren ganzen Körper. Aber sie stand. Und lachte. Sie hatte es geschafft. Sie hatte ein Versteck für den Tag gefunden, das letzte, das sie benötigen würde. Denn in der kommenden Nacht würde sie sich so weit von

Elpele entfernen, dass sie niemand mehr finden würde.

Sie sah sich um – und erstarrte. Vor ihr, am Fuße des Erdhügels, die Füße von ein paar Klumpen Erde bedeckt, lag ein Mann. Seltsam verdreht sah er aus, und deutlich kleiner als ein normaler Mensch. Er war nackt, bis auf ein Tuch um die Hüften. Mári atmete flach. Sie wagte nicht, sich zu bewegen. Doch der Mann rührte sich auch nicht. War es ein Mann? Wohl eher ein bleicher Zwerg. Aber war das wirklich ein lebendiges Wesen? Im Dämmerlicht, das den Hohlraum diffus erleuchtete, fiel Mári auf, dass der Mann an einem Stück Holz hing – nein, an zwei Stückchen Holz. Wie nebenher hatten ihre Augen wahrgenommen, dass sie tatsächlich in einem Bauwerk stand, einem allerdings, das zu einem guten Teil verschüttet war. Der Boden bestand aus unebener sandiger Erde, die an den Wänden teils noch höher reichte. Aus der Erde ragten zwei dunkelrote Säulen, an den Wänden düstere Bilder mit Schlachtenszenen, teils zwischen Drachen und Menschen, teils zwischen dunkel und hell gezeichneten, teils geflügelten, teils verunstalteten Menschen. Mári beschlich das Gefühl, an einen schrecklichen Ort gelangt zu sein. So viele Bilder von Gewalt – dieses Bauwerk musste zu etwas abgrundtief Bösem gedient haben.

Nach einer schier endlos wirkenden Zeit beschloss Mári, dass sich der bleiche Zwerg schon bewegt hätte, wenn er wirklich gefährlich wäre. Sie gab sich einen Ruck und ging vorsichtig auf ihn zu. Zaghaft berührte sie seinen linken Fuß. Sie spürte kaltes Holz. Ein Mann aus Holz! Offenbar war er mit weißer Farbe bemalt worden. Der Zwerg war eine Skulptur. Aber was für ein Motiv! Die Berührung des Fußes hatte sie eine Unebenheit erkennen lassen. Etwas steckte in Fuß und Holz und verband die beiden. Sie brauchte einen Moment, um zu begreifen, was sie da sah. Hier lag eine Skulptur von einem Zwerg am Boden, der an Händen und Füßen an ein kreuzförmiges Stück Holz genagelt worden war!

Wer kam auf so eine kranke Idee?

Mári brauchte eine Weile, um ihren Widerwillen zu überwinden. Musste sie wirklich den ganzen Tag an diesem grauenhaften Ort verbringen? Missmutig setzte sie sich auf einen Haufen sandiger Erde und starrte den bleichen Zwerg an. Ihre Gedanken rasten. So schrecklich diese Skulptur wirkte – so hatte sie doch auch eine bedeutende Entdeckung gemacht. Auch wenn sich Mári keinen Reim darauf machen konnte, wozu dieser Ort gedient hatte: die Erbauer dieses Bauwerks verfügten über große Kunstfertigkeit. Doch sie entstammten auch einer Gesellschaft, die von einer unvorstellbaren Grausamkeit geprägt gewesen sein musste. Egal wie alt dieses Gebäude war – es hatten ihre Vorfahren erbaut. Nun konnte sie sich vorstellen, wie es zum Großen Krieg gekommen war. Sie alle waren Nachfahren eines gewalttätigen

Menschengeschlechts, eines Geschlechts, das unsägliches Leid über die Erde gebracht hatte.

*

Mári tat sich schwer damit, untätig herumzusitzen. Immerhin nutzte sie die Zeit, sich die unheimlichen Bilder genauer anzusehen. Doch die Symbolik dahinter blieb ihr fremd, und die Geschichten, die ihr zu den Bildern einfielen, waren zwar abenteuerlich, aber willkürlich, das spürte sie. Und was die Skulptur mit dem weißen Zwerg für eine tiefere Bedeutung hatte, wollte ihr auch nicht einleuchten. „Wenn es überhaupt eine Bedeutung gab," dachte sie entnervt. Vielleicht hatte es ihren Ahnen einfach nur gefallen, andere Menschen zu quälen. Womöglich war der weiße aus Holz genagelte Zwerg als Anleitung gedacht oder als Warnung, mit der Botschaft: „Sieh her, was ich mit dir machen werde, wenn du nicht gehorchst!"

Mári kam auf keine befriedigende Lösung, und je länger sie in dem Loch hockte, umso weniger hatte sie Lust, sich mit den düsteren Gestalten zu beschäftigen. Doch es nutzte nichts. Der Tag war lang und optische Reize gab es keine außer den Bildern der Gewalt. Irgendwann – Mári spielte schon mit dem Gedanken, ihr Versteck vorzeitig zu verlassen – fiel ihr etwas an dem kreuzartigen Holz auf, an dem der bleiche Zwerg hing. Sie kam näher – ja, an der Oberseite, dort, wo der Kopf des Zwergs leidvoll herabhing, war ein Zeichen! Aufgeregt ließ Mári ihre Finger über die Kerben laufen. Eindeutig! Und es gab nicht nur *ein* Zeichen, sondern vier! Es begann mit einem Zeichen, das sie kannte! Ein einzelner senkrechter Strich! Und sie wusste auch, woher sie das Zeichen kannte. Diesen Strich hatte sie auf der Tafel in der Höhle sogar mehrfach gesehen! Das vierte Zeichen war das selbe, auch ein senkrechter Strich. Das zweite bestand aus zwei senkrechten Strichen und einem Dritten, der diese schräg verband. Das dritte Zeichen hatte einen runden Kopf und zwei Beine. Fasziniert starrte Mári auf die Zeichen. Was um alles in der Welt mochte das bedeuten?

Doch auch hier kam sie nicht weiter. Zäh verging die Zeit, oder sie verging nicht, jedenfalls änderte sich nichts an dem gedämpften Licht, das von oben in ihr Versteck drang. Eigentlich konnte sie ja trotzdem einmal nachschauen, dachte sie, ein bisschen Übung im Klettern konnte schließlich auch nicht schaden. Schließlich machte sie sich, zitternd vor körperlichem Vergnügen, ans Werk. Der Bogen, an dem sie hochklettern musste, wies nur kleine Kerben auf. Aber Mári hatte Kraft in ihren Zehen und Fingerkuppen. Nach gar nicht so langer Zeit lugte sie hinter dem Ginster nach draußen. Die Luft schien rein zu sein, und die Sonne stand schon ziemlich tief. Mári blickte nach unten. Die Kletterei war anstrengend gewesen. Würde sie ein zweites Mal dazu die Kraft haben? Sie war sich nicht sicher, doch vor allem hatte sie keine Lust mehr, zurück in dieses gruselige Loch zu klettern. Plötzlich entschlossen, stemmte sie sich hinaus ins Freie. Ein Blick hoch nach Elpele. Es waren wirklich nur ein paar winzige Häuser zu sehen. Wer sollte sie von dort oben schon entdecken? Behende griff Mári nach ihrem Korb, warf ihn sich über den Rücken und machte sich auf den Weg in die Ebene hinab.

*

Mári umging den Felsberg, der das Tal in der Mitte teilte. Sie kam zunächst schnell voran, merkte aber bald, dass es sehr mühsam war, über den sandigen Boden zu laufen. Die Wärme der Luft war hingegen angenehm. Mári spürte, dass die Sonne die düsteren Schatten, die sich im Gewölbe des bleichen Zwerges um ihr Herz gelegt hatten, zumindest ein wenig zurückdrängte. Als Mári die südliche Kante des Felsens erreichte, ging die Sonne hinter den Bergen unter. Nochmals warf sie einen beunruhigten Blick zurück. Der Teil der kargen Ebene, den sie durchquert hatte, lag still da, nur ein paar letzte Vögel zwitscherten verträumt in den dürren Büschen. Als gäbe es kein anderes menschliches Wesen auf der ganzen Welt. Doch dann hob Mári ihren Blick. Dort oben, auf dem bewaldeten Berg, konnte sie Wiesen ausmachen und Häuser, ganz klein waren sie. Rechts davon wieder Wald, höher ansteigend, bis er in einen massiven Felsstock überging, rot erleuchtet von der im Tal schon untergegangenen Sonne. Die Bärenköpfe. Mári fühlte, wie eine Träne über ihr Gesicht lief. Dort oben war alles, was ihr etwas bedeutete. Liebe, Schönheit, Heimat – und Verrat. Mári gab sich einen Ruck. Sie würde sich alle Mühe geben, die Liebe in ihrem Herzen zu bewahren wie einen Schatz. Die Liebe zu Sara würde sie auf ihren Beinen halten, wenn sie nicht weiter konnte – denn es gab diesen einen Ort, den sie erreichen musste, den Ort, an dem sie ihre Geliebte wieder treffen würde: die Quelle des Ri. Entschlossen bog Mári um den Felsen, der hier etwa drei Menschenlängen aufragte. Ein sanftes Rauschen traf ihr Ohr. Da! Sie stürzte nach vorne, traute ihren Augen nicht. Sie stand vor einem Strom voll Wasser, der durch das Tal brauste, stetig, gewaltig, gurgelnd, Strudel gebärend und mit sich reißend wie eine Mutter, die ihren Kindern genau so viel Platz lässt wie sie zum Spielen benötigen, bevor sie sie wieder zur Arbeit ruft. Und wie von einer Mutter würde sich Mári von diesem Fluss leiten lassen, sie würde seinem Lauf folgen bis zur Quelle. Mári wandte sich nach links. Die Ebene war breit, auf absehbare Zeit war kein Hindernis zu erwarten, wenn sie dem Lauf des Ri folgte. Sie setzte sich in Bewegung.

Nach einiger Zeit verschwand das letzte Leuchten von den Bärenköpfen. Der Gebirgsstock dominierte immer noch die Ebene, war aber durch Máris Vorankommen etwas zurückgefallen. Gleichzeitig erschienen neue Berge in ihrem Blickfeld, schroffe, wilde Gestalten, die das Mädchen noch nie gesehen hatte und die aussahen, als hätte ein kosmischer Riese mit ihnen gewürfelt.

Schnell wurde es dunkel. Wenigstens die Sterne waren die gleichen geblieben, dachte Mári und war auf sonderbare Weise beruhigt. Sie mussten wirklich weit weg sein, wenn sie so gar keinen Unterschied feststellen konnte. Immerhin war sie schon so weit gelaufen, dass die Berge teils völlig anders aussahen als in Elpele – die Sterne aber, die sie mit einem samtenen Glanz überzogen, waren genau gleich! Mári kam sich plötzlich winzig klein vor, doch es war kein unangenehmes Gefühl. Das Universum musste riesengroß sein, so groß, dass sie es sich kaum vorstellen konnte. Wer weiß, was und wer alles darin wohnte! Vielleicht gab es irgendwo andere, bessere Menschen, die einander nicht quälten und erniedrigten – und verrieten!

Nach geraumer Zeit – der Mond stand schon am Himmel – beschloss Mári, lange genug gelaufen zu sein. Sie schlug ihr Nachtlager in einer sandigen Kuhle unweit des Flusses auf, aß etwas Speck mit Brot und füllte ihre leergetrunkene Glasflasche mit dem Wasser des Ri auf. Durstig würde sie nie sein müssen auf ihrer Reise, stellte sie befriedigt fest. Der Fluss würde für sie sorgen. Gesättigt und müde deckte sie sich mit der warmen Decke aus Schafwolle zu, die ihr Sara mitgegeben hatte. Nun hörte sie nur noch das Murmeln des Ri – und das Heulen der Wölfe in der Ferne. Mári seufzte. Sie wusste, dass Wölfe nur für das Vieh gefährlich waren, nicht für Menschen. Dennoch holte sie ihr Messer aus dem Tragekorb und legte es griffbereit neben sich. Sicher ist sicher, dachte sie und kam sich ein bisschen feige vor. Bald drifteten ihre Gedanken davon und tiefer Schlaf umfing sie.

Die Sonne kitzelte Mári in der Nase. Entsetzt blickte sie um sich. Hatte sie ihren Vorsprung verschlafen? Doch alles schien ruhig zu sein. Die Ebene war hier gut zu überblicken, und alles, was Mári sah, war ein einsamer Wolf, der von der anderen Seite des Ri zu ihr herüberschaute. Als sie ihn anblickte, trottete er in die entgegengesetzte Richtung davon.

Mári atmete erleichtert aus. Sie würde heute den ganzen Tag gehen können, so weit, dass sie niemand mehr finden würde, der nicht wusste, welche Richtung sie eingeschlagen hatte. Nach einer Katzenwäsche im Fluss und einem schnellen Frühstück setzte sie sich in Bewegung. Wenn sie durstig war, trank sie Flusswasser aus der Flasche und dachte dabei an Sara. Nach und nach veränderte sich die Landschaft. War das Tal des Ri anfangs eine weite flache Ebene gewesen, so rückten nun die Berge auf beiden Seiten näher an den Fluss heran. Der Talgrund war immer noch weit, doch gewannen die Berge, die schroff wirkten und seltsam verschroben, an Bedrohlichkeit. Seltsam, dachte Mári. Sie liebte doch die Berge – wieso kamen ihr diese bedrohlich vor? Oder waren es gar nicht die Berge, vor denen sie Angst hatte? Gab es – abgesehen von den Schergen des Tiraz – noch etwas anderes, das sie fürchten musste? Hatte sie etwas vergessen? Mári stapfte weiter durch das Geröll am Ufer des Flusses, ein ungutes Gefühl im Magen. Ja, irgend etwas hatte sie bestimmt vergessen. Doch was nur? Woran hatte sie nicht gedacht? Welche Gefahr drohte ihr?

Die Sonne stand schon tief am Himmel, da erreichte Mári ein Hindernis. Sie hatte immer mit einer Felsschlucht gerechnet, die sie durchklettern musste und sich auch ein bisschen darauf gefreut. Aber das hier – natürlich! Dass irgendwann ein Bach in den Ri münden würde – ein richtiger Bach, und nicht nur ein Rinnsal – das war im Grunde unausweichlich. Sie hatte nur nicht daran gedacht. Mári stand da und gaffte. Wie um alles in der Welt sollte sie nur diesen Bach überqueren? Er war gut und gerne fünf Menschenlängen breit, wenn nicht gar sechs oder sieben! Sie ließ ihren Blick wandern. So leicht würde sie sich nicht geschlagen geben. Ihr fiel auf, dass auf ihrer Seite eine Art Pfad bachaufwärts durch das Ufergras führte. Vielleicht gab es weiter drinnen eine Furt oder irgend eine andere Art von Übergang? Mári folgte dem Pfad. Die Felsberge links und rechts des Tales rückten immer näher und verdeckten die im Süden stehende Sonne. Sie befand sich nun eindeutig nicht mehr im Tal des Ri. Der Bodenbewuchs veränderte sich. Die kargen Sträucher, die in der Ebene gerade noch der Sonne trotzen konnten, bildeten hier den fast durchgehenden Unterboden eines lichten Waldes, dessen Bäume bei jedem Schritt höher zu werden schienen. Mári war für den Pfad dankbar, der ihr ein Fortkommen ermöglichte. Und er beruhigte sie dahingehend, dass diese Berge offenbar bewohnt waren. Warum beruhigte sie das, fragte sich Mári und wunderte sich über sich selbst. Und dann – plötzlich – war ihr, als rolle eine Lawine brennend kalten Eises über sie hinweg. Welcher Tag war heute? Freitag? Wie hatte sie das nur vergessen können? Sie brauchte Menschen, sie brauchte ein Dorf und vor allem einen Priester, an dessen Opferzeremonie sie am Sonntag teilnehmen konnte! Sonst – mit Schaudern dachte sie an Ayulf und Sina und verdrängte den Gedanken sogleich. Wie hatten sowohl sie als auch Sara eine so wichtige Sache vergessen können? Das Bild von Sara und ihr alleine in einer Hütte im Wald lebend – der Wind der Realität trug es unwiederbringlich davon. Oder war es der Wind der Götter? Sie hatten gar keine Wahl – sie mussten sich einer anderen Dorfgemeinschaft anschließen! Mári ballte die Fäuste, wohl auch, um die Sorge um Sara mit Zorn zu übermalen. Sie wollte sich gar nicht vorstellen, welche Gefahren auf Sara bei ihrer Reise zu den Quellen des Ri lauerten. Deshalb Zorn, unbändige Wut auf die verdammten Götter! Die Götter, die sie verschont hatten, damals, als neunjähriges Kind. Ob sie jemals erfahren würde, weshalb die Götter dieses eine Mal gnädig gewesen waren?

Na großartig! Jetzt war sie zornig auf sich selbst, weil sie sich törichten Hoffnungen hingab. Sie – der Liebling der Götter! Es war zum Totlachen!

Wie konnte sie Sara nur warnen? Bevor sie ihre Reise antrat, musste ihre Geliebte daran erinnert werden, dass sie jeden Sonntag an der Opferzeremonie teilnehmen musste! „Ich bin doch nicht blöd!" sah sie plötzlich das wundervolle Gesicht Saras lächelnd sagen, „mir ist das doch schon eingefallen, nur zu spät, um dich zu warnen!"

Ja, genau, so musste es sein. Sara war viel umsichtiger als sie selbst, beruhigte sich Mári, sie würde daran denken. Sie würde zu ihr kommen und sie in die Arme schließen, und sie würde ihr durchs Haar fahren und ihren Duft riechen.

Fast wäre Mári in den Pfosten der Holzbrücke hineingelaufen, die den Bach überspannte. Es war eine einfache, aber schöne Brücke, mit einem dicken Baumstamm als Boden und dünneren Holzverstrebungen auf beiden Seiten, die zum Festhalten dienten. Wenn sie dem Weg weiter folgte, musste sie irgendwann zu einem Dorf kommen!

Mit neuem Mut hangelte sich Mári über die Brücke. Der Weg bog dahinter nach rechts ab, führte auf der anderen Seite des Baches talauswärts. Mári schritt schnell aus. Wenn sie das Dorf heute nicht erreichte, hatte sie immer noch den ganzen morgigen Samstag und zur allergrößten Not noch die darauf folgende Nacht. Sie musste es einfach schaffen!

Schneller als erwartet erreichte sie die Mündung des Baches. Der Pfad war nun nicht mehr so gut zu erkennen, verlor sich immer wieder im Ufergeröll, aber es schien, als wäre der Großteil der Reisenden auch hier dem Ri weiter bergan gefolgt. Mári lief, bis ihre Beine schmerzten. Eine kurze Pause auf einem Stein am Ufer, hastig verschlungenes Brot mit Speck, eine geleerte Wasserflasche – und dann ging es weiter. Auch diesmal suchte sich Mári erst einen Unterschlupf, als es schon dunkel war. Sanftes Gluckern wiegte sie in den Schlaf. Ihr letzter Gedanke galt Sara.

Im Laufe des Samstags wurde das Tal des Ri immer enger, und auch der Bewuchs wurde dichter. Mári lief nun zwischen dem Fluss rechter Hand und einem niedrigen Wald linker Hand, der sich auf einer schrägen Ebene zu den nahen Bergen hochzog, fast, als hätte jemand versucht, den Talgrund nach unten zu drücken, es aber nur auf einer Seite geschafft. Vogelgezwitscher erfüllte die warme Mittagsluft. Der Wald bestand hauptsächlich aus Steineichen, aber es gab auch Feigen und Erdbeerbäume und vereinzelt ein paar Föhren. Mári fühlte sich an den oberen Wald bei Elpele erinnert. Sie genehmigte sich hier und da ein paar Früchte, die die Natur ihr bot. Wenn sie freie Sicht hatte, suchte sie die niedrigeren Bergkuppen nach Hinweisen auf ein Dorf ab. Und dann sah sie es. Jenseits der Schräge, den hohen Felsbergen vorgeschoben, erhob sich ein bewaldeter Berg, ähnlich dem, auf dem Elpele stand. Ein idealer Ort zum Wohnen, das spürte Mári sofort. Sie kniff die Augen zusammen, versuchte gegen das Licht etwas zu erkennen. Schließlich gelang es ihr, die Sonne mit der Hand so abzuschirmen, dass sie etwas sehen konnte. Und da war etwas auf dem Gipfel des Berges – ja, Häuser aus Stein! Mári jubilierte. Diesen Ort würde sie heute noch erreichen, da war sie sich sicher. Die einzige Frage war, wann sie den Fluss verlassen sollte. Vielleicht führte ja ein Weg durch den Wald? Die Spuren am Fluss hatten sich etwas von diesem entfernt und verliefen nun parallel zu demselben auf angenehmem Waldboden. Mári beschloss, dem Pfad noch einige Zeit zu folgen. Immer wieder erhaschte sie durch das lichte von den kleinen harten Steineichenblättern dominierte Dach des Waldes einen Blick auf das Dorf, das ihr Überleben sichern würde. Jedenfalls ging sie davon aus – sie musste davon ausgehen, wollte sie nicht verzweifeln. Und dann gab es noch diese kleine, zu normalen Zeiten fast unhörbar leise Stimme, die sie nicht mochte. Aber in Zeiten der Bedrängnis wurde sie stärker und raunte ihr zu wie ein verführerischer warmer Südwind: *Du bist der Liebling der Götter, die Auserwählte. Nichts kann dir geschehen!*

„Ich werde es selbst schaffen!" sagte sie plötzlich laut, und als wollten ihr die Menschen, die diesen Pfad geschaffen hatten, ein Zeichen geben, schwenkte der Weg nach links, fort vom Fluss und auf das Dorf zu.

Mári wurde in diesem Augenblick bewusst, wie sehr sie sich darauf freute, andere Menschen zu treffen. Schon im Bretterverschlag, in dem sie Tiraz gefangen gehalten hatte, war sie einsam gewesen, und nun war sie schon bald drei Tage unterwegs, ohne mit jemand anderem als sich selbst gesprochen zu haben. Doch – wen würde sie dort oben antreffen? Wie würde die

Dorfbevölkerung auf sie reagieren? Ein fünfzehn jähriges Mädchen allein auf Reisen – das war schon mehr als ungewöhnlich.

Der Bergsporn, auf dem der Ort stand, kam immer näher, so, dass die Wölbung des Berges den Ort nun verdeckte. Aber das machte nichts – Mári wusste, wo sie die Häuser gesehen hatte. Nun hatte der Pfad die schräge Ebene zu einem guten Teil durchquert. Der Wald war hier feucht und dicht. Mári stutzte. Irgend etwas war hier anders, und es lag nicht nur an der Feuchtigkeit. Sie betrachtete die knorrigen Bäume, die nach allen Seiten hin wucherten, aus tiefen Löchern ragten oder wie auf erhöhten Plattformen zu stehen schienen. Und dann fiel der Schleier von ihren Augen. Aufregung packte sie. Die Plattformen – das waren Überreste von Häusern! Hier überwucherte der Wald eine Siedlung! Mári fühlte ihr Herz rasen. Seit sie mit Sara die merkwürdigen Zeichen in der Höhle gefunden hatte, hatte sie der Gedanke nicht losgelassen, eines Tages die Geheimnisse der Alten zu entschlüsseln. Die Kammer des bleichen Zwergs hatte sie zwar gelehrt, dass die Vorfahren grausam gewesen sein mussten – aber von wirklichen Antworten war sie noch weit entfernt. Wer waren die Alten gewesen? Hatten sie die selbe Sprache gesprochen? Was hatte es mit den geheimnisvollen Zeichen auf sich? Warum hatten sie im Tal gelebt? Und – weshalb hatten sie ihre Städte verlassen? Gab es diesen großen Krieg aus den Mythen – und wenn ja, weshalb? Wie konnte man einen Krieg führen, der alles in einer Weise vernichtete, dass die Nachfahren der Überlebenden nichts mehr von der Alten Welt verstanden?

Blut pochte in Máris Schläfen. Hier war ihre Chance. Ein Blick zur Sonne. Sie stand noch hoch genug. Sie würde dieser Stadt ihr Geheimnis entreißen. Zuerst versuchte sie sich einen Überblick über die Ausdehnung des überwucherten Ruinenfeldes zu verschaffen. Das war schwieriger als gedacht. Wohl hatte sie ein paar Mauerreste identifiziert. Doch oft blieb sie im Unklaren darüber, ob es sich um Überreste von Gebäuden oder um natürliche Unebenheiten handelte. Der Wald hatte eine schier unendliche Zeit gehabt, seine Blätter auf die alten Mauern zu werfen und nach und nach die Menschenstadt zurückzuerobern. Dennoch – wenn sie den Raum, der diese sonderbaren Unebenheiten aufwies, mit jenem schrägen, aber sehr gleichmäßigen Waldboden verglich, durch den der Pfad zuvor geführt hatte, musste sie zum Schluss kommen, dass auf dem uneben-wilden Gelände die Stadt gestanden hatte. Und sie war groß gewesen – weit größer als Elpele. Nun, Elpele war ja auch keine Stadt, wies sich Mári selbst zurecht, und mit Pregatz, der einzigen Stadt, von der sie wusste, konnte Mári auch keinen Vergleich anstellen, weil sie noch nie dort gewesen war. Und wohl nicht so bald sein würde.

Eine große Stadt also. Hm. Mári blickte unschlüssig um sich. Hier hatten Menschen gelebt. Sie mussten etwas hinterlassen haben außer ein paar Mauern. Der bleiche Zwerg fiel ihr ein. Sie hatte schon eine ganze Kammer voller Dinge gefunden – unter der Erde! Ihr Herz hüpfte. Sie musste graben! Aber wie? Ihr Messer war dazu denkbar ungeeignet. Im schlimmsten Fall würde es abbrechen. Wenn sie nur eine Schaufel gehabt hätte! Aber auch dann – sie blickte skeptisch gen Himmel. Die Sonne war schon hinter den Bergen verschwunden. Eine angenehme Kühle breitete sich aus. Mári zögerte. Sie hasste es, einen gefassten Plan aufgeben zu müssen – zumindest wenn ihr Herz daran hing. 'Du gibst den Plan nicht auf,' hörte sie Saras beruhigende Stimme. 'Du sorgst dafür, dass es klappt. Im Dorf werden sie eine Schaufel haben.' „Du hast recht," erwiderte Mári ihrer Gesprächspartnerin, die ihr so real erschien, dass sie sich fast fragte, ob sie Sarah tatsächlich schon eingeholt hatte. „Ich komme wieder!" ließ Mári schließlich die Mauern wissen, und sie hatte das bizarre Gefühl, sie ein wenig einzuschüchtern.

Nach kurzer Suche hatte Mári den Pfad wiedergefunden und folgte ihm. Er führte weiter auf den Berg mit dem Dorf. Sie beschleunigte ihre Schritte. Wenn sie sich beeilte, konnte sie noch vor dem Dunkelwerden oben sein. Das wäre sicher kein Nachteil bei der Kontaktaufnahme. Nicht, dass sie noch die Hunde auf sie hetzten. Es ging nun steil bergan. Mári fiel in einen fordernden, aber gleichmäßigen Trott. Duftende Zistrosen säumten den Weg. Im Vorübergehen erntete Mári ein paar Feigen und verschlang sie genüsslich, ohne ihre Schritte wesentlich zu verlangsamen. Schließlich – sie sah schon die ersten mauerumgrenzten Felder durch die Äste der Eichen – ging noch einmal kurz die Sonne auf. Der Himmel, an dem der Feuerball stand, glühte blutrot.

Als Mári aus dem Wald trat, sahen sie zwei Gesichter verwundert an. Das eine gehörte zu einer braun-weiß gescheckten Ziege, das andere zu einer mittelalten Frau mit Pausbacken und braunen Zöpfen, die die Ziege gemolken hatte und nun innehielt. So häufig kam es wohl nicht vor, dass Unbekannte kurz vor Einbruch der Dunkelheit aus dem Wald traten.

„Guten Tag!" sagte Mári und setzte ihr freundlichstes Lächeln auf. Auch die Mundwinkel der Frau zeigten nun nach oben. Diese richtete sich auf und strich ihre Hände an ihrem Kittel trocken. „Nanu, wer kommt denn da?" fragte sie neugierig. Mári stellte sich vor. „Ich bin Lisa," sagte die Frau und streckte ihre Hand aus. Mári ergriff sie freudig. Das war ein guter Anfang. Lisa blickte an Mári vorbei zum Waldrand. „Bist du alleine? Woher kommst du?"

Mári stutzte nur kurz. Sie hatte sich eine Geschichte überlegt. „Ja, ich bin alleine. Meine Eltern kamen letztes Jahr in einer Mure ums Leben. Deshalb bin ich hier. Meine Eltern handelten mit Glasflaschen. Ich reise umher um zu sehen, ob es in den Dörfern hier Bedarf gibt. Und -" fügte sie listig hinzu, „ich bin neugierig. Ich finde es unheimlich spannend, andere Dörfer, andere Landschaften kennenzulernen. Zum Beispiel habe ich am Fuß eures Berges eine versunkene Stadt gefunden. Wusstest du davon?" Die Begeisterung musste Mári nicht spielen.

Lisa lachte. „Da ist aber jemand sehr abenteuerlustig. Jeder weiß hier von den Ruinen, ja. Aber es heißt, dass dort die Geister der Toten umgehen. Ich glaube ja nicht daran, aber man weiß ja nie."

„Und es hat noch niemand versucht, die Stadt auszugraben?"

„Auszugraben?" Die Frau zog amüsiert die Brauen hoch. „Wieso sollte man das tun?"

„Um Antworten zu finden." Mári fasste es nicht, wieso manche Leute so wenig wissen wollten.

„Antworten auf welche Frage?" Lisas Ausdruck ließ nun Mári schmunzeln. „Ganz viele Fragen. Zum Beispiel: was ist dort geschehen? Warum leben dort heute keine Menschen mehr? Wie haben diese Menschen gelebt, gedacht, gefühlt?" Mári spürte eine wohlige Wärme in sich aufsteigen. Kam das daher, dass sie sich klug fühlte im Vergleich zu Lisa? Oder daher, dass sie sich angenommen fühlte, akzeptiert von einer völlig Fremden? Schon wieder Fragen. Mári griff sich an den Kopf.

„Hm," meinte Lisa. „Ich weiß zwar nicht, wozu es gut sein soll, die Antwort auf solche Fragen zu kennen, aber meinetwegen kannst du dort unten so lange graben wie du willst. Aber zuerst willst du sicher etwas Warmes zu essen und einen Schlafplatz." Mári strahlte. „Das wäre wunderbar."

Lisa nahm Mári mit ins Haus. Es grenzte direkt an die Weide, auf der die Ziegen grasten. Als sie über die Schwelle trat, fühlte sie eine warme Welle der Geborgenheit. Das Haus ähnelte dem ihrer Eltern. Ein großer Ess- und Wohnraum mit einem prasselnden Feuer im Herd, ein schwerer Eichentisch, an dem die Kinder saßen. Holzleitern, die zu den Schlafkammern im Obergeschoss führten. Als Mári bewusst wurde, woher das warme Gefühl kam, war es wie weggeblasen. Es war falsch. Die Welt war falsch.

Doch niemand holte den Priester und seine Schergen. „Noch nicht!" warnte eine Stimme in ihrem Inneren. Als sie Lisas Familie kennenlernte, wurde diese Stimme leiser. Willem, Lisas Mann, begrüßte Mári mit warmer tiefer Stimme und aufrechtem Blick. Die drei Kinder, Jakob, Marja und Mia, nahmen sie in ruhiger Freundlichkeit in ihre Mitte. Und es gab Essen – liebevoll zubereitetes Essen.

Kaum hatte Mári die ersten Bissen Hammelfleisch hinuntergeschlungen, flog die Tür auf. Vor Schreck ließ Mári ihren Löffel fallen, der mit einem unangenehmen Laut in ihren Teller plumpste. Ein runzliges Gesicht, umrahmt von grauem langem Haar, lugte über die Schwelle. „Komm rein!" grunzte Willem. Wir haben noch genug zu essen. „Das ist Jana, unsere Geschichtenerzählerin," raunte Lisa Mári zu. Ja, das passte zu der alten Frau. Ihre kleinen Äuglein huschten unstet von einem zum anderen, so, als wäre sie auf der Suche nach einer neuen

Geschichte. Oder als würde sie in den Gesichtern des Publikums forschen, wie ihre Worte ankamen. Noch bevor Jana mit unsicheren Schritten den Tisch erreicht hatte, krähte Mia, das jüngste der Mädchen: „Erzähl uns die Geschichte von den fliegenden Mönchen!"

„Zuerst setze ich mich hin," brummte die Alte und ließ sich zwischen Mia und Jakob auf die Bank plumpsen. Die beiden rutschten so auseinander, dass genügend Abstand zwischen ihnen herrschte. „Dann esse ich was, und wenn ihr dann noch eine Geschichte hören wollt, dann überleg' ich mir vielleicht eine!"

Auch Jana bekam einen Teller mit Hammelfleisch und Kartoffeln. Geräuschvoll ließ sie es sich schmecken, und so aßen auch Mári und die anderen weiter, während sich die Kinder darum stritten, welche Geschichte Jana denn erzählen sollte.

Nach einem besonders geräuschvollen Rülpser wandte sich die Alte an Mári: „Bevor ich eine Geschichte erzähle, erzähl du uns deine. Wir kriegen nicht so oft Besuch von außerhalb."

Stockend erzählte Mári die Geschichte, die sie sich zurechtgelegt hatte. Als sie den Tod ihrer Eltern unter der Mure schilderte, fühlte sie, wie rau ihre Stimme klang. In gewisser Weise log sie nicht wirklich. Die Alte nickte ihr mitfühlend zu. Mári nutzte die Gelegenheit, etwas über die versunkene Stadt zu erfahren, und sie fragte danach.

„Es gibt eine Legende", sagte die Alte, „die Legende von den fliegenden Mönchen, die in jener Stadt ihren Anfang nimmt. Mía, meine Kleine, nervt ja schon den ganzen Abend damit." Irgend etwas veränderte sich an der Stimme und der Haltung der Alten, doch Mári konnte nicht genau sagen, was es war. Doch auf einmal war es, als gäbe es nur noch die Worte der alten Geschichtenerzählerin und das Feuer im Herd, das wie zur Begleitung der Geschichte knisterte.

„Vor langer langer Zeit," begann Jana, „lebten die Menschen nicht auf den Bergen wie heute, sondern unten im Tal. Dort, wo heute noch Ruinen unter den Bäumen liegen, unterhalb unseres Dorfes Mittaberg, lag damals die große Stadt Húr. Es war eine reiche Stadt, die Menschen lebten in Saus und Braus, und lange ging es ihnen gut. Aber die Menschen aus Húr begnügten sich nicht mit dem, was sie hatten, sie wollten immer mehr. Irgendwann begannen die Felder, denen sie zu viel abgepresst hatten, zu verdorren, und der Überfluss schwand. In jenen Tagen erschien eine Gruppe Fremder an den Toren der Stadt. Sie kamen von weit her und sprachen eine fremde Sprache. Aber es war klar, dass sie in Not waren, sie waren abgemagert und viele waren krank. Die Leute aus Húr hatten Angst vor den Fremden und verweigerten ihnen den Zutritt zur Stadt. Die Fremden bettelten und flehten, doch es half alles nichts. Sie mussten weiterziehen. Doch als es Nacht wurde, kamen sie zurück, mit hölzernen Knüppeln in den Händen. Sie überraschten die Bewohner der Stadt in ihren Betten, übten grausame Rache an ihnen und zerstörten in ihrer blinden Wut die ganze Stadt. Es war fürchterlich. Das Schreien der Kinder wurde nur vom machtvollen heißen Sturm der Flammen überdeckt, denen die Stadt schließlich zum Opfer fiel. Es gab aber eine kleine Gruppe von Menschen, die dem Blutbad entkommen konnten. Sie gehörten einem besonderen Orden an, der über Zauberkräfte verfügte. Mit diesen Kräften hatten sie sich eine fliegende Kutsche gebaut. Im allerletzten Moment hoben sie mit ihrer Kutsche vom Boden ab und flogen fort gen Süden. Sie müssen eine neue Heimat gefunden haben, denn manchmal, an besonders klaren Tagen, sieht man ihre Kutsche über das Himmelszelt fahren. Die Stadt Húr hingegen blieb seit jenem Tag verlassen, und Wald verschlang die Ruinen."

Das Feuer knisterte und ein Funke flog nach oben, verharrte einen Augenblick über ihren Köpfen, erlosch schließlich und sank in einer pendelnden Bewegung auf den Boden herab.

Mári wagte kaum zu atmen. Eine fliegende Kutsche! „Hast du die Kutsche schon einmal gesehen?" platzte sie schließlich heraus.

Jana wandte ihr langsam das Gesicht zu und schüttelte langsam ihr ergrautes Haar. „Was ich euch erzählt habe, ist sehr lange her. Es heißt, dass der Orden im Süden ein Kloster gebaut hat. Die Mönche sind wohl lange mit ihrer fliegenden Kutsche über Berge und Täler geflogen, um das Wissen der Alten aufzuspüren. Alles, was sie finden konnten, verwahrten sie in ihrem Kloster. Und da ihre Kutsche immer wieder am Himmel zu sehen war, nannten sie die Leute die fliegenden Mönche."

„Die fliegenden Mönche," murmelte Mári versonnen. „Aber wie sammelten sie das Wissen ein? Wie kann man überhaupt Wissen einsammeln? Man müsste dazu doch die Menschen einsammeln, die über das Wissen verfügen!"

Jana schenkte ihr einen Blick, den sie nicht deuten konnte. „Es gibt einen anderen Weg. Vielleicht solltest du dazu einmal einen Priester fragen."

„Einen Priester?" Dazu verspürte Mári keine gesteigerte Lust. Aber offenbar verfügten diese fliegenden Mönche über einen wie auch immer gearteten Schatz aus Wissen. Vielleicht wussten diese Mönche Antworten auf ihre Fragen, Antworten, die erklären konnten, weshalb die Alten nicht mehr im Tal wohnten, was es mit den sonderbaren Zeichen auf sich hatte, die sie hinterlassen hatten, wieso sie so grausam schienen – und wieso die Götter so unmenschlich und unverständlich zugleich waren. Wieso gab es sie überhaupt und woher waren sie gekommen? Waren sie wirklich schon immer da gewesen, wie Sába behauptet hatte, und wenn ja, wieso eigentlich?

„Erwarte dir nicht zu viel," sagte Jana sanft. Mári hatte das Gefühl, dass Jana erkannte, was ihre Worte in ihr ausgelöst hatten. „Alles, was ich erzählt habe, ist vor so langer Zeit geschehen, dass niemand mehr weiß, wann das gewesen ist. Sieh dir den Wald an, der die Ruinen von Húr überwuchert. Es ist, als wäre er schon immer da gewesen, so alt sind die Bäume, die dort wachsen. Die fliegende Kutsche fliegt schon lange nicht mehr. Selbst mein Urgroßvater, der älteste Geschichtenerzähler, den ich jemals kennenlernen durfte, hat sie nicht mehr gesehen. Ich würde nicht darauf wetten, dass es die fliegenden Mönche überhaupt noch gibt."

In jener Nacht träumte Mári, auf ihrem aus warmen Decken gebauten Lager in der Stube liegend, von einer fliegenden Kutsche, die sie bis hoch an den Rand des Himmels trug. Sie suchte dort etwas oder jemanden, aber als sie aufwachte, erinnerte sie sich nicht daran, was es gewesen war. Doch sie spürte etwas wie Verlust, eine ungestillte Sehnsucht oder eine Leere, deren Ursprung sie sich nicht erklären konnte.

*

Es war, als wollten die Götter die Menschen besonders hart prüfen. Alle Mittaberger standen um den steinernen Opferblock herum, bemüht, sich den Regen aus den Augen zu wischen, der wie ein Sturzbach aus dem düsteren Himmel fiel. Gerade so konnte Mári die Menge und den Priester ausmachen, die Häuser des Dorfes waren hinter dunklen Schleiern verborgen. Während der Priester die magischen Formeln murmelte, befiel Mári ein kalter

Schauer, der nicht allein von ihrer durchnässten Kleidung herrührte. Seit sie sich erinnern konnte, kam dieser Augenblick jeden Sonntag wieder, wie ein alter Bekannter, den man nicht mag, aber der einem so vertraut ist, dass man sich ein Leben ohne ihn nicht vorstellen kann. Es war das Gefühl, etwas versäumt zu haben, einen Fehler gemacht zu haben, einen tödlichen Fehler, der alles zunichte machte, was gut war. Sie blickte zuerst auf ihre Hände und dann zum Opfertisch. Dann atmete sie tief durch. Dort lag der schrumpelige Apfel, den ihr Lisa gegeben hatte. Sie hatte ihn pflichtgemäß geopfert. Geopfert, *bevor* der Priester den Gabenstoß entzündete. Erleichterung, Trotz und Hass zugleich ließen sie nach oben starren in den dunklen Himmel. Kaum konnte sie die Augen offen halten, so sehr peitschten die schnellen Wassertropfen ihr Gesicht. „Seid ihr nun zufrieden?" murmelte sie drohend, aber wohl wissend, dass keine Antwort folgen würde. Dabei wünschte sie sich nichts sehnlicher als eine Antwort. Selbst wenn es nur eine gewesen wäre, die ihren Verdacht bestätigte. Den ungeheuren Verdacht, den sie sich noch nicht getraut hatte auszusprechen: dass die Götter böse waren, dass sie sich am Leid der Menschen ergötzten, daran, dass sie in ständiger Angst lebten, daran, dass sie nicht zusammen kommen konnten wie sie es wollten, daran, dass sie da waren und straften und töteten, aber sonst stumm waren wie die Fische und auf keine von Máris Fragen antworteten.

Nun trat der Priester – Morlon hieß er, so hatte ihr Lisa gesagt - an den Gabenstoß und entzündete ihn. Erst nach einigem Bemühen ging dieser zaghaft in Flammen auf. Mári fiel auf, dass Morlon irgendwie Sába glich. Ja, und er glich auch Tiraz. Eigentlich sah er weder dem einen noch dem anderen ähnlich. Er war sehr jung, hatte weiche Gesichtszüge und blondes langes Haar. Aber irgend etwas erinnerte Mári an die beiden anderen Priester. War es vielleicht doch nur die gleiche dunkle Robe? Oder war es etwas anderes? Mári sann eine Weile darüber nach und fand schließlich eine Antwort, die ihrem Grimm entsprach: ja, das musste es sein. Es war die selbe kriecherische Art, die leicht gebückte Haltung, so, als würden die Priester die Last der gesamten Menschheit auf ihren Schultern tragen. Und es war dieser unnatürlich beherrschte Gesichtsausdruck, der einen einlud, mit aller Kraft hineinzutreten in dieses Gesicht. Mári wollte sich voller Ekel von dannen schleichen, doch ihr fiel ein, dass das wohl als ziemlich undankbar gedeutet werden könnte, vor allem von Lisa. Doch bevor sie etwas sagen konnte, war Lisa neben ihr und blickte ihr tief in die Augen. „Lass uns nach Hause gehen," sagte sie, und die Vibration in ihrer Stimme ließ Máris Widerstand schmelzen, „und dann erzählst du mir am Feuer, warum du so wütend bist."

*

Mári wusste nicht, was es war, das sie die Wahrheit erzählen ließ. Lag es an Lisas Blick, der eine Seite in ihr berührte, die sich nach Heimat sehnte, nach Geborgenheit und Familie? Oder sehnte sie sich nach jemandem, der ihr sagte, dass sie recht gehandelt hatte, dort in der Höhle, als sie dem Narbengesichtigen das Schwert in den Bauch gerammt hatte? Wollte sie, dass Lisa die Worte sprach, die ihre Mutter nicht hatte sprechen können? Dass sie gut war und nicht anders hatte handeln können? Wollte sie, dass Lisa sich empörte über die Herzlosigkeit ihrer Eltern? Oder wollte sie vielleicht Mitleid, auch deswegen, weil sie ihre Geliebte Sara nicht sehen konnte?

Während sie erzählte, schnell und schluchzend und nur innehaltend, um Atem zu holen, allein am Herdfeuer mit Lisa, berührte sie die sanfte Frau mehrfach an der Hand, kurz nur, um die Götter nicht aufzuschrecken, aber es reichte jedes Mal aus, um Mári neue Kraft zu geben, Kraft, ihre Geschichte zu vollenden. Als sie schließlich berichtet hatte, wie Sara ihr zur Flucht verholfen hatte und dass sie sich nach nichts anderem mehr sehnte, als ihre Geliebte an der Quelle des Ri zu treffen, hatte sie den Eindruck, eine Last abgeworfen zu haben. Noch einmal drückte Lisa ihre Hand. „Du wirst sehen, alles wird gut," sagte sie mit ihrer warmen Stimme. „Du wirst deine Geliebte wiedersehen!" Fast als wolle ihr das Wetter beipflichten, fiel plötzlich ein Sonnenstrahl durchs Stubenfenster. Mári lächelte. „Wie kann ich dir danken?" sagte sie.

„Du wolltest doch die Ruinen von Húr ausgraben," antwortete Lisa und ein verschmitztes Lächeln zog sich durch ihr Gesicht. „Wenn du etwas findest, erzähl mir doch davon."

*

Lisas Schaufel auf den Schultern, stieg Mári durch den noch feuchten Wald ins Tal hinab. Sie hatte ihren Korb mit allen Habseligkeiten mitgenommen. Lisa hatte ihre Vorräte aufgestockt. Sie würden bis nächsten Sonntag reichen. Dann, so war der Plan, würde Mári die Schaufel zurückbringen und Lisa davon berichten, was sie gefunden hatte. Lisas plötzliches Interesse an ihren Ausgrabungen freute Mári ganz besonders, hatte sie doch anfangs gar nicht verstanden, warum man so etwas machen wollte. Mári deutete diesen Sinneswandel als ein Zeichen dafür, dass sie sich für sie als Person interessierte, und diese Gewissheit erzeugte in Mári ein warmes Gefühl. Nicht zu vergleichen mit jenem, das sie verspürte, wenn sie an Sara dachte, aber dennoch ein schönes Gefühl.

Die Sonne hatte fast alle Wolken vertrieben, als Mári bei den überwucherten Ruinen von Húr ankam. Sie verließ den Pfad linker Hand und stapfte einige Schritte durch das unebene Wurzelwerk. Wo sollte sie anfangen? Und was suchte sie eigentlich? Sie wusste es selbst nicht so genau. Sollte sie nicht lieber ihre Reise zur Quelle des Ri fortsetzen? Nein, sagte ihre innere Stimme, die jener Saras glich. Sara musste erst noch vollständig heilen, sie würde ihr auf jeden Fall zuvor kommen. Besser, sie tat hier etwas Sinnvolles. Wenn sie etwas fand, das ihr mehr über die Alten beibrachte – wie wundervoll würde es sein, Sara davon zu erzählen! Und Sara konnte ihr gewiss dabei helfen, das Gefundene richtig zu deuten.

Unschlüssig kletterte Mári über von einer knorrigen Steineiche gespaltenes und von Moos überwuchertes Mauerwerk. Es sah fast so aus, als hätten Mauern einen viereckigen Raum umgeben, der etwa so groß wie eine Stube war. Hoch waren die Mauern nicht mehr, eher eine winzige, einen Schritt hohe Erhebung – aber ja, das konnte ein Zimmer gewesen sein! Máris Puls beschleunigte sich. Wie kam es, dass im Laufe der Jahrhunderte ganze Gebäude verfielen? Hatten die wütenden Fremden aus Lisas Geschichte die Häuser persönlich abgetragen? Oder gab es noch andere Kräfte, die das bewirken konnten? Sinnend betrachtete sie die Steineiche, die ihre Wurzeln durch das Mauerwerk schlang. Die Natur hatte gewaltige Kräfte, und wenn sie lange genug walteten, konnten sie da nicht auch eine Stadt zum Verschwinden bringen?

„Nicht ganz," schränkte Mári ein. „Ich werde die Überreste zum Vorschein bringen!" Beherzt stieß sie die Schaufel in das nasse Erdreich. Während sie Schaufel um Schaufel hinter sich schmiss, hoffte sie, dass das Schicksal gnädig sein und ihr einen weiteren bleichen Zwerg ersparen möge.

Doch bald merkte Mári, das sie sich zu früh Sorgen um die Art des Fundes gemacht hatte. Der Boden war hart und immer häufiger stieß sie auf Steine und Wurzeln. Es war äußerst mühsam, die großen Steine beiseite zu schaffen und um die Wurzeln herum zu graben. Bald spürte Mári ein Brennen auf ihren Händen. Wenn sie nicht aufpasste, würde sie Schwielen bekommen – und dann konnte sie langes Graben vergessen!

Mári beschloss, den Arbeitstag zu beenden. Es wurde ohnehin schon langsam düster im Wald. Sie beschloss, in dem Bereich, den sie „das Zimmer" nannte, ihr Nachtlager aufzuschlagen. Der Boden war zwar hart, aber abgesehen von der Stelle, wo sie vielleicht zwei Hand breit in den Boden gegraben hatte, von weichem Moos bedeckt. Mári hüllte sich in ihre Decke und aß etwas Speck mit Brot. Nun, da sie nicht mehr grub, hörte sie die Tiere des Waldes lauter. Vögel zwitscherten vereinzelt, hier und dort knackte es im Unterholz. Und dann war es still. Kein Vogel tschirpte mehr, Dunkelheit lag wie eine Decke über der Waldruinenstadt. Mári fröstelte, obwohl ihr die Luft warm erschien. Was wusste sie eigentlich über die wilden Tiere, die in den Wäldern lebten? Von Wölfen wusste sie, dass sie den Menschen mieden und nur für die Schafe und Ziegen gefährlich wurden. Aber wie sah es mit Bären aus? Sie hatte einmal eine Bärenfamilie gesehen, als sie auf den Felsen des Großen Bären herumgeklettert war. Bei der Erinnerung daran musste Mári lächeln. Nein, das war nicht gefährlich gewesen. Die Bären waren weit unten gewesen, auf der anderen Seite des Mühlbachtals, und sie hatten ausgesehen wie kleine braune Flecken.

Doch was, wenn Bären näher kamen und ihre Vorräte rochen? Mári schlang rasch ihre letzten Bissen hinunter, verstaute alle ihre Habseligkeiten außer ihrer Decke im Korb, nahm diesen auf die Schultern und hielt nach einem geeigneten Baum Ausschau. Als sie eine hoch aufragende Buche entdeckte, kletterte sie hurtig an ihren Ästen mehrere Menschenlängen hoch. Über einen kurzen, aber dicken Ast hängte sie mit Hilfe ihres Seils den Korb so auf, dass er frei in der Luft schwebte.

Zufrieden betrachtete sie wenig später ihr Werk von unten. Das sollte ihr ein Bär erst mal nachmachen! Sie kuschelte sich in ihre Decke und bettete sich auf das dicke weiche Moos. Sie stellte sich vor, wie es wäre, sich an Sara zu kuscheln, nicht nur kurz und flüchtig, sondern jede einzelne Nacht. Wärme ergoss sich über sie, Wärme und freudige Erregung. Doch sogleich folgte die kalte Dusche. Wenn sie nicht dauerhaft unter der Erde leben wollten, dann waren sie auf einen Priester angewiesen, der sie traute! Einen Priester, einen von der Sorte, die sie verfolgten und die ihr nach dem Leben trachteten!

Mári versuchte, wieder Saras Duft, Saras Lächeln, Saras lockende Wärme in sich hochzurufen, doch noch lange lag sie wach, hin- und hergerissen zwischen Bangen und Hoffen, Liebe und Hass.

*

Dass das Graben schwer war, bestätigte sich am nächsten Tag. Mári kam frustrierend langsam voran. Irgendwann versuchte sie es an einer anderen Stelle, doch kam sie bald reuevoll zurück, weil das Graben dort noch schwerer ging. Als die Schatten der Bäume länger wurden, machte sie eine lange Pause, in der sie voller Ermattung einschlief. Bei Einbruch der Dunkelheit stellte Mári fest, dass sie ein Loch ausgegraben hatte, das etwa eine Armlänge tief war. Sie betrachtete ihre Hände. Noch zeigte sich keine Blase. Sie würde weitergraben, dachte sie trotzig, während sie an ihrem Abendbrot kaute, und wenn sie am Ende der Woche nichts gefunden hatte, dann sollte es eben so sein. Mári wollte ihr Essen mit einem Schluck Wasser hinunterspülen, musste aber feststellen, dass die Flasche leer war. Sie würde sie morgen auffüllen müssen. Mári versuchte sich an den Weg vom Ufer des Ri bis nach Mittaberg zu erinnern. Gab es hier einen Bach? Ein leises Glucksen stieg in ihrer Erinnerung auf. Morgen würde sie sich auf die Suche begeben. In der Tat: nicht weit von ihrem „Zimmer" traf sie auf ein Bächlein, in dem sie ihre Flasche auffüllen und wo sie ihren Durst stillen konnte. Mit neuer Energie machte sie sich ans Werk. Jeden Tag ging sie einmal zum Bach, jeden Abend kletterte sie auf die Buche, um ihren Korb zu verstauen und jeden Morgen holte sie ihn für das

Frühstück wieder herunter. Und zwischen den hastig verschlungenen Mahlzeiten: Graben, graben, graben.

Irgendwann war das Loch so tief, dass sie hineinsteigen musste, um weiterzugraben. Damit sie aber nicht Gefahr lief, darin verschüttet zu werden, musste sie es in der Fläche vergrößern. Und so ging es weiter. Als der Morgen des Donnerstags graute, kam es Mári vor, als hätte sie nie etwas anderes gemacht.

Mittlerweile war das Loch so tief, dass sich ihr Blickfeld gerade auf Höhe des Waldbodens befand. Beherzt grub sie die Schaufel in den Boden – und spürte den weichen Klang hölzernen Widerstandes. Eigentlich hatte sie das Wurzelwerk schon hinter sich gelassen, dachte sie, doch es gab natürlich Bäume, die so tief wurzelten. Aufgeregt versuchte sie, das Holz freizulegen. Es war seltsam glatt und auch ein wenig zu biegsam. War das wirklich Holz? Mári staunte. Ihr Herz schlug schneller. Frenetisch schaufelte sie und schaufelte. Das war – das musste – eine Kiste sein! Sie wagte gar nicht, sich auszumalen, wie lange sie schon dort unten begraben lag – und vor allem, was sie beinhalten mochte!

Und dann, als sie schon gedacht hatte, das Graben würde nie enden – schaffte es Mári, die gesamte Kiste nach oben zu hieven. Sie war deutlich kleiner, als sie ursprünglich gedacht hatte – und leichter! Das war gewiss kein Holz! Mári staunte. Noch nie hatte sie solches Material gesehen! Sie stellte die Kiste auf den moosigen Waldboden und betrachtete sie genau. Sie maß vielleicht zwei Fuß in der Länge, einen in der Breite und gut einen Fuß in der Höhe. Ihr Farbe war von milchigem Grau, und wenn man auf den Deckel drückte, gab das Material ein wenig nach. Wie fern fühlte sie sich gerade den Ahnen, wenn diese sogar Stoffe hergestellt hatten, die sie nicht einmal kannte!

Mári brannte darauf, den Deckel zu haben, doch sie zögerte. Sie hatte nicht die leiseste Ahnung, was sie erwartete. Konnte ihr der Inhalt der Kiste gefährlich werden? Der Deckel schien nur auf die Kiste geklemmt zu sein, wahrscheinlich würde er sich leicht öffnen lassen. Nervös blickte sich Mári um. Beobachtete sie jemand? Da! Eine Bewegung! Was war das? Mári ließ sich auf den Boden fallen. Da kam jemand den Weg hoch, der vom Fluss Ri nach Mittaberg führte. Bald konnte sie die Person erkennen, obwohl sie diesmal keine schwarze Robe trug. Blonde lange Haare, ein federnder fast jugendlicher Schritt, weiche Gesichtszüge – es war ohne Zweifel der Priester aus Mittaberg, der mit einem Korb auf dem Rücken den Weg entlang ging. Mári drückte sich tief ins Moos. Wenn er nur die Ausgrabung nicht entdeckte – oder gar die Kiste! Sie spürte die Anspannung in ihrem ganzen Körper. Sie würde die Kiste verteidigen!

Doch der Priester ging vorüber, ohne sie zu bemerken. Bald war er nur noch eine kleine wippende Verdunkelung zwischen den fernen Bäumen. Mári atmete auf, sprang auf ihre Füße und widmete sich wieder der Kiste. Es war seltsam, wie leicht sich der Deckel heben ließ. Noch seltsamer war der Inhalt. Mári betrachtete ihn und beschloss nach genauerer Betrachtung, dass er aus drei verschiedenen Teilen bestand. Der eine Teil bestand aus vielen verschiedenen Teilen, er erinnerte an die Klötzchen, mit denen der kleine Jo immer gespielt hatte und von denen sie wusste, dass auch sie damit als Kind gespielt hatte. Doch diese Klötzchen bestanden nicht aus Holz, nein. Mári nahm eines der Klötzchen in die Hand. Ihr Vermutung bestätigte sich. Das war das selbe leichte Material, aus dem auch die Kiste selbst bestand. Nur dass diese Klötzchen nicht grau waren, sondern Farben hatten. Blau, rot, gelb, grün – alle Farben des Regenbogens. Der zweite Teil war ein unförmiges Kuscheltier – es wirkte seltsam verschroben, so, als hätte es über die Jahrhunderte hinweg seine Form verloren. Das Material des Kuscheltiers erinnerte an Fell, aber es war zu borstig für Fell – eigenartig. Hatte man Schweineborsten benutzt, um dieses Tier zu schaffen? Und was war es überhaupt? Ein Bär? Ein Hund? Mári konnte es nicht sagen. Nun wandte sich Mári dem dritten Objekt zu, jenem, das von Anfang an ihr Herz hatte höher schlagen lassen. Sie wagte kaum, es anzufassen. Es sah aus wie eine Platte, und auf dieser Platte waren Zeichen erkennbar, Zeichen, wie sie sie nun schon mehrfach gesehen hatte. Aber es war noch etwas anderes erkennbar: Bilder, Bilder, die so real wirkten als hätte sie der beste Maler der Welt gezeichnet! Und was für Bilder! Kugeln schwebten vor schwarzem Hintergrund, und irgendwie erfüllte sie dieser Anblick mit Ehrfurcht. Woran erinnerte sie diese Kugel nur? Sie griff nach der Platte und erschrak. Irgendwie hatte sich die Platte geöffnet. War das eine weitere Kiste? Nein, sie öffnete sich nur auf einer Seite und – beherbergte weitere Platten, die ganz dünn waren, dünn und biegsam. Wie Blätter eines Baumes, doch regelmäßig und auf einer Seite zusammengefügt, so, dass man sie nacheinander ansehen konnte. Fasziniert legte sie die Blätter nacheinander um. Hier gab es noch viel mehr Zeichen, unendlich viele Zeichen – und Bilder! Viele der Bilder erfüllten sie mit Befremden, weil sie nicht erkennen konnte, was das Dargestellte bedeutete. Aber gleichzeitig hatte sie eine Art Fieber erfasst. Das, was sie in Händen hielt – es enthielt Antworten auf ihre Fragen. Vielleicht nicht auf alle ihre Fragen – aber auf einige, da war sie sich sicher. Auf manchen der Bilder gab es seltsame längliche Gebilde, an deren einen Ende Feuer herauskam. Was konnte das sein? Das Feuer sah so aus, als würde es geradezu herausgeschossen aus dem Gebilde. Was war die Funktion dieser länglichen Dinge? Dann sah sie ein Bild von einem dieser länglichen Dinge, das ihr den Atem verschlug. Es schwebte oberhalb einer der Kugeln, man konnte sie nur halb sehen, aber es war eindeutig. Eine blaue Kugel mit dunkleren Inseln drauf. Das Zeichen der Götter fiel ihr ein. Eine Kugel, die die Erde symbolisierte. Und um sie herum – die Götter, die um die Erde herumflogen, um sie zu beschützen. Mári stockte der Atem. Wieso hatte sie sich nie gefragt, wie die Götter das machten? Wie flogen sie um die Erde herum? Hier lag der Beweis. Ein Bild eines Göttergefährts, von Feuer angetrieben, das um die Erde herumflog. Mári spürte, dass ihr übel wurde. Ein Bild der Götter! Wie war das möglich? Wie konnte ein Bild der Götter in einer Kiste liegen, die seit Jahrhunderten im Boden vergraben lag? Fieberhaft blätterte Mári weiter. Ein Mann in einem sonderbaren Anzug, er lächelt. Freundlich, aber mit einer gewissen Schwere im Blick, als würde er etwas Bedeutendes tun. Und das tat er wohl. Auf dem nächsten Bild geht er in eines der Göttergefährte hinein. Er geht hinein in das Göttergefährt, und wieder auf dem nächsten Bild hebt das Göttergefährt ab, über dem Boden, getragen von einem Feuerstrahl, der es nach oben drückt, dort, wo es nur die Götter gibt. Mári ließ die Bilderblätter sinken. Ein Mann – kein Gott! Ihre Vorfahren, die Menschen, die vor urdenklichen Zeiten lebten, hatten Gotteswagen gebaut, die von der Erde abheben konnten! Ihre Vorfahren – sie wagte es kaum zu denken – waren zu den Göttern geflogen! Was bedeutete das? Mári hatte das Gefühl, nicht klar denken zu können. Was bedeutete das für sie? Für die Götter? Für die Menschen, die zu den Göttern flogen? Waren das überhaupt Götter? Oder gar – Menschen? Flogen über ihnen Menschen in Göttergefährten? Mári spürte, wie sich alles um sie herum drehte. Sie krallte sich in das Moos. Es roch gut, nach Erde, nach Vertrautem. Irgend etwas musste doch so bleiben, wie es war. Erdig. Waldig.

Irgendwann hörte sie die Vögel wieder. Ihr Herzschlag beruhigte sich. Da, vor ihr, lagen die Bilderblätter. Vorsichtig nahm sie sie wieder in die Hand. Göttergefährte, die um die Erde herumflogen. Es musste die Erde sein. Und dann war da noch eine kleinere Kugel, weiß war sie und sah seltsam bekannt aus. Eines der Göttergefährte landet auf der kleinen Kugel. Nein! Das konnte nicht sein! Der Mond! Das war der Mond! Waren Menschen auf dem Mond gelandet? Mári wusste nicht, ob sie lachen oder schreien sollte. Die Menschen waren wie Götter gewesen. Sie hatten die Erde verlassen und waren auf dem Mond gelandet. Sie hatten Materialien erfunden, die sie nicht kannte. Sie hatten Zeichen erfunden, die sie nicht kannte. Zeichen, die unter jedem Bild standen. Sollten sie... ihr Atem stockte. Ein Zeichen ist ein Zeichen, weil es etwas zeigt. Wieso unter jedem Bild die Zeichen? War das eine Art Erklärung? Konnten diese Zeichen Bedeutung transportieren? Gar Sprache? War es das, was die alte Geschichtenerzählerin Jana gemeint hatte? 'Wie kann man Wissen einsammeln?' hatte sie gefragt, und Jana hatte geantwortet: 'Es gibt einen Weg. Frag die Priester.'

War das der Weg? Sammelten die Zeichen der Alten Wissen? Es würde zu all dem passen, was sie konnten. Hatten ihre Vorfahren die Götter getroffen? Oder waren sie selbst zu Göttern geworden? Zu Göttern, die sie nicht verstand, weil sie zu weit entwickelt waren, zu klug für sie?

Mári wusste nicht, wie sie sich fühlte. Scham, Zorn, Begeisterung – alles schwappte in ihr herum wie in einer Suppe, in die man alle Reste geschmissen hatte, egal, ob sie zusammenpassten. Nach einer gewissen Zeit fasste sie einen Entschluss. Jana hatte davon gesprochen, dass die Priester etwas über das Bewahren von Wissen wussten. Sie würde Morlon fragen und ihm die Bilderblätter zeigen. Vielleicht würde er die Zeichen verstehen. Die Bilderblätter passten gerade so in ihren Korb. Sie zögerte, und stopfte dann schnell die Kiste mit dem restlichen Inhalt zurück in das Loch, das sie gegraben hatte. Sie schüttete es nicht mehr zu. Dann hastete sie zum Weg, der nach Mittaberg führte, schlug ihn ein. Doch nach ein paar Schritten verlangsamte sie ihren Lauf. Eine kleine warnende Stimme, Sáras Stimme. Bleib stehen, denk nach, sagte sie sanft. Mári blieb stehen. Sie hatte in ihrer Aufregung gar nicht darüber nachgedacht, was Morlon hier im Wald getrieben hatte. Das war doch sonderbar, Morlon mit einem Tragekorb, der hier auf dem Weg an ihr vorbeigegangen war. Vier Tage, nachdem sie ihre Geschichte Lisa erzählt hatte. Morlon hatte nicht so gewirkt, als hätte er nur einen kleinen Spaziergang gemacht. Er hatte müde ausgesehen, wie jemand, der einen langen Weg hinter sich hat. Mári spürte einen Stich im Herzen. Morlon war ein kräftiger junger Mann. Wenn er am Montag losgegangen war und sich beeilt hatte, konnte er es gut bis Elpele geschafft haben, bis Elpele und zurück. Lisa! Was hast du getan! Beruhige dich, Mári, du weißt nicht, ob dich

Lisa verraten hat, es kann gut sein, dass es einen anderen Grund für Morlons Ausflug gab. Ja, das kann gut sein, sehr gut... Nur welchen? Mári lehnte sich erschöpft an eine Kiefer. Der harzige Geruch tat ihr wohl. Sie war so müde! Sie wollte schreien und weinen und sich an Saras Busen vergraben, bei ihr wusste sie, dass sie sie nicht verraten würde.

Mári bemerkte, dass etwas fehlte. Die Vögel hatten aufgehört zu zwitschern. Das Licht hatte aufgehört zu leuchten. Die Nacht war da. Und keine Sara, keine Liebe, nur Verrat, abermals Verrat. Aber ein Rätsel, rätselhafte Vorfahren, schreckliche Götter, und die Hoffnung, herauszufinden, wie alles zusammenhing. Aber allein würde sie es nicht schaffen. Plötzlich wusste Mári, was sie zu tun hatte. Sie hatte alles, was sie brauchte. Proviant, einen Korb mit dem nötigsten – und die Bilderblätter. Nur eine fehlte noch: Sara. Und wo würde sie sie treffen? An der Quelle des Ri. Also musste sie dort hin. Besser früher als später. Und dort würde sie warten. Warten auf ihre große Liebe.

*

Kaum in der Lage, einen klaren Gedanken zu fassen, kämpfte sich Mári zurück zum Fluss. Um sich in der Dunkelheit nicht zu verlaufen, folgte sie dem Pfad, den auch Morlon genommen hatte. Als sie das Ufer des Ri erreichte, spürte sie, dass sie am Ende ihrer Kräfte war. Sie musste sich ein Nachtlager suchen.

Doch sie durfte nicht am Weg bleiben. Wenn Morlon sie an Tiraz verraten hatte, dann würden bald Verfolger hinter ihr her sein. Sie ging einige hundert Menschenlängen am Fluss entlang nach oben und kämpfte sich dann wieder in den Wald. Zwischen einer Gruppe aus jungen Föhren, die sie ganz gut vor Blicken – zumal in der Nacht – schützen würden, ließ sie sich auf den grasigen Waldboden nieder, legte das Messer neben sich, deckte sich zu – und schlief augenblicklich ein.

Sie schreckte hoch, griff nach dem Messer und stellte fest, dass es nur die Vögel waren, die den neuen Tag begrüßten. Freitag! Ja, es war Freitag, sie war auf der Flucht – und wieder hatte sie zwei Tage, um ein neues Dorf zu finden, bevor die Götter sie pulverisieren würden. Ein sonderbares Glucksen entfuhr ihr. Ob die Götter wohl über sie lachten? Doch trotz allen Überdrusses – was blieb ihr anderes übrig, als weiterzumachen? Irgendwo würde sie ein Dorf finden, und diesmal würde sie nicht so blöde sein, dem erstbesten freundlichen Gesicht ihre Lebensgeschichte zu erzählen! Nach einem hastigen Frühstück stapfte Mári zurück zum Fluss und folgte ihm. Alles war friedlich und sinnlos zugleich – und bei jedem Schritt hatte sie das Gefühl, dass ihre Lebenszeit verrann. Wenn sie heute kein Dorf fand und morgen nicht … na ja, dann musste sie sich zumindest keine Gedanken mehr machen, nicht über die Natur der Götter – und auch nicht über jene der Menschen.

Hin und wieder gaben die Bäume einen Blick über die umliegenden Höhenzüge frei, doch war kein Dorf zu sehen. Nur Bergwälder – und weiter oben, kahle Wiesen und nackter Fels. In der Nacht träumte sie von den Blitzen der Götter, die sie aus ihren Göttergefährten auf die Erde schickten. Die Götter sahen aus wie Menschen, mit einem grausamen Zug um die Lippen. Und sie lächelten, während sie sie einäscherten.

Am nächsten Tag, Mári fühlte sich wie gerädert, gelangte sie nach kurzer Zeit an eine Flusskreuzung. Sie erinnerte sich daran, dass sie das letzte Mal eine Brücke gerettet hatte und suchte den Boden nach Wegspuren ab. Doch schien es hier kaum Reisende zu geben, jedenfalls konnte sie keine Spuren entdecken. Gedankenverloren blickte sie aufs Wasser. Irgend etwas war sonderbar an diesem Ort. Mächtige Felspfeiler begrenzten den Ort des Zusammenflusses der beiden Flüsse. Hm... welcher der beiden Flussarme war eigentlich größer? Einer kam von rechts und einer von links, es war überhaupt nicht klar, welcher Fluss hier in welchen mündete. Langsam dämmerte es ihr. Verdammt! Welcher war der Ri? Hier flossen zwei gleich große Bäche ineinander, vereinigten sich zum Ri. Welchem sollte sie nur bis zur Quelle folgen? Mári brach in bitteres Lachen aus. Hier endete wohl ihre Reise. Wie dumm waren sie gewesen! Die Quelle des Ri. Es klang nach einem guten Plan. Aber hier scheiterte er. Es gab nur eine Möglichkeit: sie musste hier bleiben. Sara würde hier vorbeikommen. Wenn sie nicht zuvor Tiraz fand. Oder Sába. Oder beide zusammen. Wieder ließ Mári ihren verzweifelten Blick über die Hänge schweifen. Kein Haus in Sicht, kein Hinweis auf ein lebendiges Wesen. Mári ließ sich auf einen großen Stein am Ufer fallen. Die Wasser der beiden Flüsse verwirbelten sich, bildeten kleine Strudel, gluckerten kraftvoll an ihr vorbei. Vögel sangen. Kleine Wolken zogen über den Himmel. Kiefernduft lag in der Luft. Es war ein schöner Ort zum Sterben. Mári spürte, dass ihr die Kraft ausging. Vielleicht hatten die Götter ja ein Einsehen. So wie schon einmal. Oder auch nicht. Irgend etwas würde passieren. Es lag nicht mehr in ihrer Hand. Mári packte Brot und Speck aus. Sie würde es sich noch einmal schmecken lassen. Jetzt und heute Abend und morgen. Und dann – sie würde es ja sehen.

Nach dem Essen döste sie ein bisschen auf dem Stein, doch dann brannte die Sonne heftig auf ihr Gesicht und es kribbelte in ihren Beinen. Verdammt, irgendwie war doch noch lange hin bis morgen. Sie konnte ja noch ein wenig weiterziehen, am Ufer des linken Flussarms entlang. Vielleicht entdeckte sie ja doch noch ein Dorf. Sie stand auf und machte sich auf den Weg. Ihr Körper fühlte sich gut an. Und tatsächlich – kaum hatte sie die erste Biegung des Flusses hinter sich gebracht, sah sie links von sich, oberhalb eines felsdurchsetzten Hanges, ein Dorf. Fast war sie enttäuscht, ein Teil von ihr hätte gerne die Götter herausgefordert, konnte kaum glauben, dass sie ihr etwas antun würden. Doch sie fügte sich in ihre Rettung. Erst am Sonntag Morgen, nach einer weiteren Nacht im Wald, wagte sie sich ins Dorf. Ihren Korb ließ sie an der Flussmündung zurück, versteckte ihn zwischen zwei großen Felsblöcken. Sie kletterte den felsigen Steig nach oben, federnd, beschwingt, ohne Furcht. Was hatte sie schon zu verlieren? Das Dorf sah kaum anders aus als Mittaberg. Doch als die Leute sie ansprachen, war sie erstaunt. Sie verstand sie nicht. Wie konnte das sein? War sie schon so weit gekommen? Sie war doch gerade mal eine Tagesreise von Mittaberg entfernt. Sie deutete eine Opfergeste an, sie hatte extra ein paar Feigen gepflückt, die sie präsentierte. Die Leute nickten und deuteten ihr, mitzukommen. Sie waren freundlich, hielten aber respektvoll Abstand. Auch den Priester verstand sie nicht, aber die Zeremonie war genau die selbe. Vielleicht ist es gar nicht so schlecht, dass ich die Leute nicht verstehe, dachte Mári, während sie dem Singsang des Priesters lauschte. Dann bin ich nicht in Gefahr mich zu verplappern. Irgendwie gefiel ihr diese Sprache. Sie hatte etwas Rauhes, Heimatgebendes, vielleicht ja auch nur deshalb, weil sie nicht verstand, was der Priester für einen Schwachsinn von sich gab. Denn Schwachsinn musste es sein, wenn er das selbe sagte wie Sába an jedem Sonntag. Ein leises Lächeln huschte über ihre Lippen. Sába. Jetzt vermisste sie schon den. Den, der sie verraten hatte. Der sie in die Höhle gelockt hatte, in der sie der Narbengesichtige überfallen hatte. Nein, Sába sollte sie nicht vermissen. Von ihm und Tiraz würde sie sich fernhalten. Jeden Sonntag hier her kommen, in dieses

Dorf, von dem sie den Namen nicht wusste, und sonst auf Sara warten, auf ihre wundervolle Sara. Nach der Zeremonie nickte Mári in die Runde und machte sich aus dem Staub. Sie wusste, dass ihr neugierige Blicke folgten, aber niemand hielt sie auf.

Sie folgte dem mäandrierenden Fluss zurück zur Kreuzung. Hier würde sie die nächsten Tage warten. Als sie um den Pfeiler bog, der die Grenze des Zusammenflusses markierte, sah sie drei Männer auf Pferden am Ufer stehen. Einen Herzschlag zu lange starrte sie sie an. Erst als sich ihre Blicke trafen, erkannte sie die Gesichtszüge von Tiraz. Der Priester hatte sie gefunden.

Die Nuz

Es war das erste Mal, dass Anatok ein Theaterstück sah. Es war ein studentisches Theater, doch Anatok war nur Zuschauer. Das erste Stück und gleich darin auftreten – das schien ihr doch zu viel Neues auf einmal zu sein. Vor allem, da sie das Gefühl hatte, das Stück hätte auf eine Weise etwas mit ihr zu tun, die sie noch nicht zur Gänze verstand. Sie hatte jedoch von Anfang an gespürt, dass sie *Das Lied der Nuz* unbedingt sehen musste. Vielleicht lag es nur daran, dass das Symbol einer Nuz in die Tür ihres Baus geschnitzt war, vielleicht auch daran, dass das Sternbild der Nuz ihr Lieblingssternbild war – jedenfalls freute sie sich, als sie in der Zuschauerkuhle lag und zur Bühne blickte. Die Vorstellung fand im großen Theater statt, einem der wenigen Bauten der Stadt Flas, die ins Freie ragten und daher eine dominante Stellung einnahmen. Die Zuschauerkuhlen waren in die ringförmigen Zuschauerränge eingelassen, die von der Bühne weg aufstiegen, sodass man von jedem Ring aus eine gute Sicht nach unten auf die Bühne hatte. Eine gute Sicht war entscheidend – wie sonst sollte man den Text des Stückes verstehen?

Neben Anatok lag Flisa. Auch sie hatte es vorgezogen, zuzusehen. Anatok wunderte das nicht, denn Flisa war schweigsam und drängte sich ungern in den Vordergrund. Verspielt schnupperte Anatok an ihrem weißen, von ein paar schwarzen Punkten durchsetzten Fell. Flisa versetzte ihm zunächst einen halb gelangweilten, halb liebevollen Hieb mit der Vorderpfote, ging aber schnell dazu über, ihn hinter den buschigen Ohren zu kraulen. So verging die Wartezeit im Nu. Die Ränge waren gut gefüllt, wenige Plätze waren frei geblieben. Dann gingen die Lichter an. Das Bühnenbild bestand aus einer Projektion einer lieblichen Landschaft, ein Bächlein gluckerte zwischen lichten Bäumen hindurch. Lautsprecher sorgten dafür, dass das Gluckern überall zu hören war. Ein gelblich-weißer Aa'n streifte versonnen durchs Gras, schnupperte nach links und rechts. Elebe! Anatok hatte gewusst, dass ihr Auftritt bald kommen würde, aber gleich am Anfang! Aufgeregt grub er seine Pfote in Flisas Fell, den Blick gebannt auf die Bühne gerichtet. Das Gluckern des Baches wurde lauter, bedrohlicher. Doch Elebe hüpfte weiter, schnupperte an ein paar gelben Blumen und hoppelte hin zu einem Busch, an dem man große blaue Beeren sah. Anatok kannte die Früchte nicht, aber an Elebes Reaktion sah man, dass sie wohl lecker sein mussten. Mittlerweile war das Tosen des Baches ohrenbetäubend. Plötzlich stürzte hinter dem Busch etwas Schwarzes heraus, Brüllen zerriss die Luft, und – Anatok stockte der Atem – das schwarze Wesen, das man nun als zähnefletschendes Ungetüm wahrnahm, stürzte sich auf Elebe, die verzweifelt zu flüchten suchte. Doch es nutzte nichts. Vor den Augen der Zuschauer zerriss das Raubtier

Elebe und einverleibte sich den Aa'n in Windeseile unter laut schmatzenden Geräuschen. Anatok wusste, dass Realität und Projektion nahtlos ineinander übergingen, ohne dass es der Zuschauer merkte. Elebe war wahrscheinlich schon seitlich abgegangen, während ihr Abbild immer noch genüsslich verspeist wurde. Dennoch schockierte ihn der Auftritt. So blutrünstig hatte er sich das Stück nicht vorgestellt.

Nun eilten andere Aa'n herbei, Tern unter ihnen, und versuchten das, was von Elebe übrig war, zu retten. Doch sie kamen zu spät. Bei ihrem Anblick packte das Untier die Überreste Elebes, sprang mit einem großen Satz über den Bach und verschwand hinter den Bäumen. Großes Wehklagen. Die drei herbeigeeilten Aa'n betanzten traurig Elebes oder vielmehr Talas Tod – sie hieß in diesem Stück Tala – und besprachen sich, was sie angesichts der anhaltenden Bedrohung durch die Raba'k tun konnten. Anatok erinnerte sich: die Raba'k waren eine Raubkatzenart, die vor Jahrmillionen auf Aa'nurk gelebt hatte und gegen die sich die Aa'n der Erdzeit erbittert zur Wehr setzen mussten. Verschiedene Vorschläge wurden verworfen, bis Terns Charakter auf die Idee kam, ein Tier zu finden, das noch gefährlicher wäre als die Raba'k und das bereit wäre, ihnen zu helfen. Die drei Aa'n begaben sich auf eine gefährliche Reise. Zweimal fanden sie noch schrecklichere Raubtiere, die jedoch nur darauf aus waren, weitere Aa'n zu verspeisen und nicht daran dachten, ihnen zu helfen. Auch Tern musste daran glauben, sie wurde von einem riesigen Vogel mit scharfen Krallen zerfetzt. Ein Aa'n blieb schließlich übrig – er hieß Salb, und er wandte sich schließlich in seiner Verzweiflung an die Nuz. Er hatte wohl gelernt, dass Raubtiere vielleicht doch keine geeigneten Verbündeten waren. Die Nuz wurde von Goglu verkörpert. Sie sah hinreißend aus. Anatok wusste nicht, wie das mit der Projektion funktionierte. Es handelte sich eindeutig um eine Nuz, ein riesiges, mit bunten schillernden Flügeln bestücktes Insekt mit schlankem bläulich schimmerndem Körper. Doch man erkannte in den Zügen des Insekts eindeutig Goglu. Es war verwirrend und fantastisch zugleich. Goglus Tanz sah merkwürdig aus, schließlich sah sie einer Aa'n nicht wirklich ähnlich. Dennoch konnte man den Tanz verstehen. Anatok wusste im Nachhinein selbst nicht, wie ihm das gelungen war. Die Nuz schlug dem Aa'n vor, einen Pakt einzugehen. Wenn der Aa'n bereit sein würde, die verlorene Musik der Nuz wiederzufinden, würde sie ihm helfen. Der Aa'n musste in der Folge alle möglichen Abenteuer bestehen, um die verlorene Musik der Nuz wiederzufinden. Zunächst wusste der Aa'n gar nicht, was es damit auf sich hatte, doch dann fand er heraus, dass es sich bei der Musik um das Geräusch gegeneinander reibender Halme handelte, und zwar von Halmen einer ganz bestimmten Getreideart, deren Blüten den Nuz als Nahrung dienten. Die Nuz half schließlich den Aa'n, von denen plötzlich ganz viele da waren und vertrieb den plötzlich kleinmütigen Raba'k durch gezielte Treffer mit ihren wunderschönen Flügeln. Die Nuz lebte fortan in Symbiose mit den Aa'n, die die Getreideart fortan für die Ernährung ihrer selbst und der Nuz kultivierten und dafür von ihr beschützt wurden.

Als das Stück endete, erhoben sich die Zuschauer aus ihren Kuhlen und hüpften eine gefühlte Ewigkeit ihre Begeisterung heraus. Anatok freute sich, den Schauspielern zu zeigen, dass es ihr gefallen hatte. Es musste von der Bühne aus ein toller Anblick sein, mehr als tausend Aa'n, die zum Zeichen ihrer Anerkennung auf und ab hüpften. Anatok beschloss, in Zukunft öfter ins Theater zu gehen. Nicht nur, dass es eine zauberhafte Welt war, die sich da auf der Bühne aufgetan hatte, sie inspirierte ihn auch, Fragen zu stellen. An jenem Abend, als die Herde nach ausufernder Würdigung der Leistung der teilnehmenden Schauspieler in ihrer Gemeinschaftskuhle lag, löste sich Anatok und tanzte die Frage, wieso denn die Nuz so eine wichtige Rolle in der Mythologie der Aa'n einnahmen, wenn es sie doch gar nicht gegeben hatte. Tern antwortete anmutig: „Ich habe gelesen, dass das nicht mehr ganz sicher ist. In der großen Takalá haben Archäologen vor zwei Jahren etwas gefunden, das ein Teil eines antiken Nuz-Flügels sein könnte."

Tatsächlich? „Die Nuz gab es vielleicht wirklich?" Anatok bewegte sich ganz hektisch vor Begeisterung. „Freu dich nicht zu früh," meinte Tern. „Die meisten Wissenschaftler gehen davon aus, dass es sich um den Teil eines großen Schmetterlings handelt, nur einige wenige machten aus dem Fund eine Nuz. Das Fundstück ist wohl gerade mal ein paar Millianak lang."

„Vielleicht werden wir das ja herausfinden," warf Goglu ein, „Pernak bietet ein Ausgrabungsseminar in der Takalá an. Es geht zwar um die Ausgrabung von Aa'n-Behausungen der Erdzeit – aber wer weiß, was wir da alles finden könnten!" Aufregung erfasste die Gruppe. Sie scharten sich um den Bildschirm und riefen die Informationsseiten der Universität auf. Tatsächlich – schon in drei Dekade'en würde das Seminar starten, und man konnte sich noch bis übermorgen anmelden. Die Mitglieder der Herde blickten sich abwechselnd an – und trugen sich dann sämtlich in die Anmeldeliste ein.

Vier Tage vor Beginn des Ausgrabungsseminars – alle Mitglieder von Anatoks Studienherde waren zugelassen worden – fand noch einmal eine Sitzung von Pernaks *Einführung in die Universalgeschichte* statt. Da es regnete, fand die Veranstaltung nicht im Freiluft-Amphitheater *Gozo Al'tan* statt sondern in dessen unterirdischer Entsprechung, dem Studiensaal 1. Diesmal stand das Thema *Der Umgang mit survivienzexzeptionellen Gesellschaften* auf dem Programm. Anatok war nervös. Er wusste, dass das Thema der heutigen Sitzung viel mit seinem Leben zu tun hatte. Würden ihn Pernaks Worte belasten oder freisprechen? Diese Frage ging ihm nicht aus dem Kopf, als er schweigend neben Tern in der

Reisekabine kauerte, die sie von Ingk zur Universität brachte. „Was ist los?" fragte Goglu, der ihm gegenüber hockte. „Hat es etwas mit dem Thema der heutigen Sitzung zu tun?" Mitgefühl in Goglus lebenslustigen Zügen. „Ja," antwortete Anatok einsilbig. Sogleich spürte er Terns warmen Körper näherrücken. Die Zuwendung seiner Herde war wundervoll, aber sie steigerte fast noch sein schlechtes Gewissen. „Was du damals auf Yueliang getan hast," sagte Goglu beschwörend und blickte ihm tief in die Augen, „war das einzig richtige. Du warst ein Kind, du konntest nicht früher nein sagen. Aber du hast die richtige Konsequenz gezogen: du bist ausgestiegen und hier hergekommen, zu uns." Goglu strich mit seiner linken Pfote über Anatoks Backenbart. „Und wir wissen, dass du ein guter Aa'n bist, voller Mut und voller Mitgefühl."

„Danke," war alles, was Anatok herausbrachte. Was wohl Professor Pernak zum Thema sagen würde? Die ältere Generation der Aa'n stand eher für die traditionelle planetare Außenpolitik, genauso wie seine alte Herde auf Yueliang. Anatok war gespannt. Vielleicht würde er ein paar Erkenntnisse gewinnen, die ihn ruhiger schlafen lassen würden. Dennoch – er zweifelte daran. Wie viele Mal hatte er den dreieckigen Knopf nicht gedrückt, wie viele Male kein Leben gerettet! Er wusste nicht, ob er jemals seinen Frieden damit machen würde.

Pernak war schon da, als sie in den Studiensaal strömten. Sie begrüßte die Studenten mit einem freundlichen Nicken. Goglu und Tern nahmen Anatok in die Mitte und kauerten sich auf die mittleren Ränge des unterirdischen Amphitheaters. Anatok nahm ihr Schreibzeug aus ihrem Beutel. Neben ihrem Notizheft handelte es sich um einen traditionellen Schreiblöffel mit blauer Spitze, der gut in der Pfote lag. Das Schreiben mit traditionellem Schreibgerät ging immer noch schneller als jenes mit dem Rechner. Es gab einfach zu viele Schriftzeichen, als dass man sie genau so schnell in einem elektronischen Ordner hätte finden können wie im Hirn einer gebildeten Aa'n. Schließlich basierten sämtliche Schriftzeichen auf den tänzerischen Ausdrucksformen der Sprache, die – stilisiert und vereinfacht – jeweils ein Wort symbolisierten. Anatok hatte es von Anfang an so gehalten, nur wenig aufzuschreiben. Sämtliche Überlegungen Pernaks konnte sie auch in dessen zahlreichen Publikationen nachlesen. Es half jedoch, Stichworte festzuhalten, die einen an die gedankliche Struktur des Vortrags erinnerten.

„Liebe Studentinnen," fing Pernak an zu tanzen, „es freut mich, euch heute wieder so zahlreich begrüßen zu dürfen. Wir widmen uns heute einem Thema, das so umstritten ist wie kaum eines in der universalhistorischen Forschung: den survivienzexzeptionellen Gesellschaften. Wir haben in der Einführungsveranstaltung unserer Reihe die Prinzipien kennengelernt, die Anil Gur'k und Dom Bomil entwickelt haben und die erklären, weshalb manche Gesellschaften die Krisenzeit überdauern und andere nicht. Obwohl es eine überwältigende Evidenz dafür gibt, dass Karnivorentum und Geschlechtsdualität die Wahrscheinlichkeit extrem erhöht, dass eine Gesellschaft sich in der Krisenzeit selbst auslöscht und umgekehrt vegetarischen und mono- beziehungsweise plurigeschlechtlichen Gesellschaften eine überwältigend hohe Überlebenswahrscheinlichkeit innewohnt, gibt es Ausnahmen." Ein bedeutungsvoller Blick in die Runde. „Diese Ausnahmen sind extrem selten. Nach einer statistischen Auswertung schert gerade mal eine von tausend Zivilisationen aus dem Survivienzparadigma aus, spricht überlebt trotz einer klar errechneten Überlebensunwahrscheinlichkeit oder geht unter, obwohl es sich um eine vegetarische Kultur mit zum Beispiel sieben Geschlechtern handelt. Wir wollen uns im ersten Teil der Vorlesung mit den Ursachen dieses Ausscherens beschäftigen, um im zweiten Teil zum noch umstritteneren Umgang mit solch survivienzexzeptionellen Kulturen zu kommen.

Zunächst möchte ich feststellen, dass es einen Graubereich im Survivienzparadigma gibt, spricht Zivilisationen mit Mischkost und drei Geschlechtern – oder Zivilisationen mit zwei Geschlechtern und vegetarischer Ernährung, bei denen keine eindeutige Aussage über die Überlebenswahrscheinlichkeit möglich ist. Diese möchte ich in den folgenden Überlegungen ausnehmen. Eine survivienzexzeptionelle Zivilisation ist per definitionem eine, welche klare Annahmen über die

Überlebenswahrscheinlichkeit ermöglicht, diese aber in der Praxis widerlegt. Wie schon erwähnt, trifft das auf etwa eine von tausend untersuchten Zivilisationen zu. Wenden wir uns zunächst den Zivilisationen zu, die trotz hoher Überlebenswahrscheinlichkeit die Krisenzeit nicht überstehen. Für diese hat sich der Begriff kontraevidenzextinkte Gesellschaft oder Zivilisation durchgesetzt. Das Gegenstück wäre die kontraevidenzsurviviente Zivilisation. Erstere sind wissenschaftlich und politisch das kleinere Problem. Politisch stellen sie kein Problem dar, da sie ja – wie der Name schon sagt – gegen jede Evidenz extinkt, also ausgestorben sind. Das mag schade sein, ein Verlust für das Universum, aber ab dem Zeitpunkt des Aussterbens ist diese Art von Zivilisation nur mehr von akademischem Interesse. Dennoch können wir von diesen trotz bester Voraussetzungen ausgestorbenen Kulturen vieles lernen, nämlich, wie man es nicht machen sollte. Oder – dass manche Zivilisationen einfach Pech hatten. Das klassische Beispiel einer kontraevidenzextinkten Zivilisation wäre jenes der Misché vom nur 35 Lichtjahre entfernten Planeten Agak. Die Misché hatten alle Voraussetzungen für ein erfolgreiches Erreichen der Weisheitszeit. Sie sahen uns Aa'n gar nicht unähnlich, bewegten sich auf vier Beinen fort, ernährten sich vegetarisch und hatten ein einziges Geschlecht. Auch die Geschichte verlief über weite Strecken ähnlich wie jene der Aa'n, es war eine langsame Entwicklung hin zu mehr Komplexität und mehr Wissen. Der Knackpunkt liegt natürlich in der Krisenzeit. Auch bei den Misché führte die Industrialisierung und die damit einhergehenden Fortschrittsprozesse zu einer Belastung des planetaren Klimas, sprich zu einer zivilisationsbedingten Klimaerwärmung durch die Verbrennung von fossilen Energieträgern. Als das Phänomen klar erkennbar war, steuerte die Gesellschaft der Misché gegen und schlug alle notwendigen Schritte ein, um zu einer nachhaltigen, CO_2-neutralen Wirtschaftsform zu kommen. Leider war es schon zu spät. Der Planet Agak umkreist eine alte Sonne, deren Strahlen immer heißer werden. Ohne die mischébedingte Erwärmung wäre das Ende der Misché vermutlich erst in einigen Millionen Jahren gekommen. Früh genug, aber der Aufschub hätte gereicht, ihre Zivilisation zu bewahren. So hatten sie Pech. Die vergleichsweise moderate Erwärmung ließ einen zentralen Kipppunkt des planetaren Klimas hinter sich, der zu der Kettenreaktion führte, die eigentlich erst zwei bis drei Millionen Jahre später hätte passieren müssen: Methan und CO_2 gaste in immer größeren Mengen aus riesigen Depots in der planetaren Kruste aus und erwärmte Agak so sehr, dass vor etwa 200.000 Jahren schließlich alles höhere Leben ausstarb. Heute leben auf Agak nur noch hitzeresistente Mikroben. Auf Palavá führten die Bewohner, Valläner genannt, ihr Ende in noch klarerer Weise selbst herbei. Auch sie hatten beste Voraussetzungen, 42 verschiedene Geschlechter und vegetarische Ernährung. Doch in der Krisenzeit entwickelten zwei verfeindete Wissenschaftler die Atombombe. Weil niemand in der friedlichen Gesellschaft der Valläner eine solche Monstrosität für möglich hielt, gab es keine Kontrolle ihres Tuns. Die Wissenschaftler erpressten die Valläner, ihnen immer neues radioaktives Material zum Bau immer größerer Bomben zu geben. Am Ende führte ein primitiver Konkurrenzkampf der beiden verrückten Wissenschaftler dazu, dass sie im Zorn aufeinander tatsächlich die ersten Bomben warfen. Und einmal begonnen, kannten sie kein Ende mehr. Der Stolz zweier Egozentriker hat eine Welt vernichtet. Was lernen wir daraus?"

Pernaks Blick schweifte wieder über das Rund der Studentinnen. Terns Nase ging nach oben. Pernak nickte erfreut. „Dass Wissenschaft eine gewisse Kontrolle braucht," tanzte die braune Studentin. „Ja," Pernak zögerte seine Bewegungen etwas hinaus, „aber ich würde nicht von der Wissenschaft als Ganzes sprechen. Diese muss frei bleiben, egal, was kommt."

Eine weiße Aa'n platzte heraus: „Vielleicht, dass die technische Umsetzung von Wissenschaft kontrolliert werden muss."

Pernak ignorierte, dass sich die Studentin nicht gemeldet hatte, und antwortete freudig: „Genau so ist es. Was gebaut, konstruiert, gegebenenfalls zerstört wird, geht uns alle an. Die wissenschaftliche Erkenntnis ist frei, aber die Konstruktion unterliegt staatlicher Kontrolle. Bei uns auf Aa'nurk kümmert sich die sogenannte staatliche Kontrollbehörde darum. Im Streitfall kann so ein Fall auch vor dem Planetaren Parlament landen. Fahren wir fort."

Anatok sah, dass Pernak schon ein wenig schwitzte. So eine Vorlesung war eine anstrengende Sache. Kein Wunder, dass viele Wissenschaftler ab ihrem 600. Lebensjahr ihre Lehrtätigkeit einschränkten oder ganz aufgaben.

„Bei etwas über dreitausend bisher bekannten Zivilisationen kennen wir mit den Misché und den Vallänern zwei kontraevidenzextinkte Zivilisationen. Es gibt bisher nur ein einziges bekanntes Beipiel einer kontraevidenzsurvivienten Zivilisation. Aber dieses Beispiel ist so erschreckend, dass es, als es bekannt wurde, auch unsere Zivilisation, die der Aa'n, nachhaltig veränderte. Wir wissen seit knapp dreitausend Jahren von der Blutspur, die die Zivilisation der Nngha in unserem Teil der Galaxis hinterlassen hat. Die Nngha entwickelten sich auf einem 450 Lichtjahre entfernten Planten namens Ngong. Mit zwei Geschlechtern und einer rein fleischbasierten Ernährung waren sie prädestiniert für ein frühes Aussterben. Trotz zahlreicher grausamster Kriege geschah das jedoch nicht. Die Nngha erreichten die Krisenzeit ca. 300.000 Jahre vor unserer Zeit. Die gängigste Erklärung für ihr Überleben lautet, dass die Schnelligkeit der technischen Entwicklung es ihnen ermöglichte, einen neuen Planeten zu kolonisieren, bevor sie sich selbst vernichteten. Das Problem dabei war: diese Dynamik musste aufrechterhalten werden. Hätten die Nngha irgendwann innegehalten in ihrem Eroberungsdrang, die unaufhaltsame Selbstzerstörung wäre auf Grund der begrenzten Ressourcen erfolgt. So jedoch unterwarfen die Nngha Planetensystem um Planetensystem, ernährten sich unterschiedslos von den Unterworfenen, egal ob sie intelligent waren oder nicht, versklavten sie auf Fleischfarmen und verbreiteten ihre despotische Kultur im Universum. Nichts an ihnen war feinsinnig oder kultiviert, alles auf Macht und Verzehr ausgerichtet. Wir verdanken es einer Koalition aus bewahrend-intelligenten Zivilisationen, die sie unter vielen Opfern schließlich bezwangen. Die Nngha gibt es heute noch, aber sie wurden in die Erdzeit bzw. die Jagdzeit, wie es auf Ngong heißt, zurückversetzt, und die heute noch existente siegreiche Koalition wacht darüber, dass so etwas nie wieder vorkommen kann.

Anatok spürte, wie der Saal den Atem anhielt. Goglu reckte ihre Nase und fragte: „Wie tut sie das?"

„Ein Satellitensystem überwacht den Planeten und zerstört automatisch jegliche Hervorbringung, die die Nngha auf eine höhere Zivilisationsstufe heben könnte. Die Nngha leben in keinen Häusern, sie haben keine Werkzeuge, sie leben wie die Tiere, die sie besser geblieben wären."

Ein Raunen ging durch den Saal. „Aber das ist schrecklich!" ereiferte sich eine bläulich-schwarze Aa'n. „Das sind intelligente Lebewesen. Wie kann man so mit ihnen umspringen?"

Pernaks Blick war sehr ernst, seine Tanzschritte scharf und pointiert. „Es ist die einzige Möglichkeit. Wenn man den Nngha eine zweite Chance geben würde, würden sie wieder nur Tod und Verderben über das Universum bringen. Sie werden sich nicht ändern. Nichts wird etwas daran ändern, wer sie sind."

Schweigen im Saal, unzufrieden, unwillig, aber keiner wusste, was er darauf sagen sollte. Außer Anatok. Er musste es wissen. „In welchem Zusammenhang steht das Schicksal der Nngha mit jenem der Zivilisationen, die wir bewachen?"

Pernak maß ihn mit einem mitfühlenden Blick. „Das Vorgehen der Koalition war gewissermaßen Vorbild für uns, aber wir haben uns für einen sanfteren Weg entschieden. Ich habe vorhin gesagt, dass es nur ein Beispiel gibt für eine kontraevidenzsurviviente Zivilisation. Das ist auch richtig so, aber es gibt eine kleine Hand voll Zivilisationen in unserer kosmischen Nachbarschaft, von denen wir fürchten, sie könnten einen ähnlichen Weg einschlagen wie damals die Nngha. Die genauen Details der Einschätzung erspare ich euch, aber es liegt einerseits an einer enormen Widerstandskraft dieser Spezies Katastrophen gegenüber, andererseits an einem schnellen Entwicklungspotenzial sowie auch an Planeten in der kosmischen Nachbarschaft, die sich für einen Kolonisierung eignen und geschützt werden müssen. Wir als Aa'n sehen es als unsere Pflicht an, diese vier Planeten zu bewachen und dafür zu sorgen, dass sie sich über ein gewisses Niveau hinaus nicht entwickeln. Alle diese Planeten haben in der Krisenzeit einen verheerenden Krieg erlebt, der ihre Zivilisation an den Rand des Zusammenbruchs gebracht hat. Wir haben die Zeit danach genutzt, um jeweils eine Kontrollstation auf benachbarten Himmelskörpern einzurichten, die von einer Herde Aa'n bedient wird und mittels Satelliten den Planet überwacht - und wenn nötig auch eingreift."

„Wie heißen die vier Planeten?" fragte ein pechschwarzer Aa'n.

„Alnor, Papadu, Schnork und Diqiu", antwortete Pernak, und Anatok hatte das Gefühl, als beobachte Pernak ihn genau, während er den Namen des Planeten tanzte, den er von Yueliang aus überwachen sollte. „Auf allen vier Planeten gibt es natürlich hunderte, wenn nicht tausende verschiedene Sprachen. Aldor, Papadu, Schnork und Diqiu sind – wie allgemein üblich – die Bezeichnungen in der jeweils verbreitetsten Sprache. Ich weiß," fuhr Pernak fort, „dass das Vorgehen der Kontrollstationen widersprüchlich gesehen wird. Gerade jüngere Aa'n verbinden damit häufig ein ungerechtes Vorgehen und wenden sich gegen die Eindämmung der Entwicklungsmöglichkeiten dieser Zivilisationen, die wir als Aa'n zu verantworten haben. Ich sage nicht, dass es schön ist, was wir dort tun. Im Namen der Aa'n werden intelligente Individuen getötet, etwas, das wir einem Aa'n niemals antun würden."

Aufgebrachte Tanzgesten zogen sich durch den Raum. „Aber lassen Sie mich erklären," fuhr Pernak mit würdevollen Bewegungen fort. „wir verhindern so weit größeres Leid. Leid, das sich diese Zivilisationen über Jahrtausende selbst angetan haben. Keine der Maßnahmen, die wir zur Eindämmung treffen, steht im Widerspruch zu den Kulturen der jeweiligen Planeten. Auf Alnor war es seit Urzeiten üblich, das Erstgeborene den Göttern zu opfern. Wir haben diese Tradition wiederbelebt. Wer sich weigert, sein erstes Kind zu opfern, wird getötet. Von der Hand der Götter, so glauben es die Bewohner des Planeten. In Wirklichkeit von einem starken Laserstrahl eines der Satelliten. Auf Diqiu haben wir mehrere Gebote direkt aus den dortigen Religionen abgeleitet. Dabei bestrafen wir nicht einmal alle Übertretungen. Lügen und Stehlen ist kaum zu überwachen, aber die anderen Gebote führen bei Nichtbeachtung eben zum Tod. Niemand wird gezwungen, die Gesetze zu missachten. Auf diese Weise ist für die dortigen Bewohner, die Rén, ein glückliches Leben möglich. Wir müssen nicht ihre Häuser zerstören, wir müssen ihnen nicht alle Möglichkeiten zu Entwicklung nehmen. Es reicht, sie in Angst vor den Göttern zu versetzen, denn genau diese Angst bremst ihre Entwicklung so weit, dass sie es nie schaffen werden, ihren Planeten zu verlassen und damit zur Gefahr für andere Zivilisationen zu werden. Aber um diese Angst zu erzeugen, muss die Drohung einer drastischen Maßnahme da sein, und sie muss auch umgesetzt werden, wenn die Gesetze missachtet werden."

Anatok fühlte Hitze in sich aufwallen. Ihre Nase schnellte nach oben, ohne dass sie sich dessen zunächst bewusst war. „Sie mögen recht haben, Professor," tanzte sie mit klaren Bewegungen, „sie mögen recht haben, wenn man sich das große Ganze ansieht. Aber sehen Sie sich unsere Maßnahmen im Kleinen an. Da gibt es jemanden, sagen wir, ein Kind, das aus Unwissenheit oder Verträumtheit eines der Gesetze missachtet, es umarmt seine Mutter zu lange, nicht wissend, dass das Überwachungssystem dann denkt, dass es ein Gebot übertreten hat, nicht wissend, dass wir es einfach nicht besser hinkriegen, wahre Übertretungen des Gebots „Du sollst nicht Unzucht treiben" zu ahnden, weil wir fast alles einer fatalen Technik überlassen – dieses Kind wird getötet, versengt von einem vermeintlich göttlichen Strahl. Und – oh ja, ich geben Ihnen recht. Es wirkt. Das erzeugt Angst. Aber wie – das frage ich Sie – wie ist ihre moralische Rechtfertigung dafür, dieses Kind getötet zu haben?" Anatok kauerte sich wieder auf seinen Platz, sah mit klaren Augen zu Professor Pernak.

Pernak ließ sich Zeit, schien nachzudenken. „Danke für deinen Beitrag, Anatok. Du machst hier eine interessante Unterscheidung zwischen der Moral im Großen und jener im Kleinen. Das habe ich so noch nicht gehört. Aber ich erkenne, dass diese Unterscheidung eine gewisse Berechtigung hat.

Dennoch möchte ich euch einen Gedanken mit nach Hause geben. Was würde passieren, wenn wir die Eindämmung dieser vier Planeten aufgeben würden? Ja, vielleicht würde sich Diqiu selbst vernichten, Diqiu oder Papadu oder Schnork oder gar alle vier – aber wäre das besser? Wir helfen den Bewohnern dieser Planeten durch unsere zugegeben grausame Methode, ihre Kultur und auch ihr Leben als Art zu bewahren. Und nun stellt euch vor, dass sich nur eine dieser Kulturen nicht selbst zerstört, dass sie sich aggressiv nach außen wendet und Blut und Tod über die Galaxis bringt. Wollen wir das wirklich riskieren? Wollen wir all das Leid in Kauf nehmen, nur, um uns nicht die Pfoten schmutzig zu machen?"

Anatok wollte nach der Vorlesung nicht nach Hause. Sie war aufgewühlt. Die kühle unerbittliche Logik Pernaks leuchtete ihr ein, ähnlich hatte auch Arst, einer ihrer wichtigsten Eltern auf Yueliang, argumentiert. Doch gerade mit Arst hatte sie sich, als ihr die moralische Zwickmühle, in der sie sich befand, klar wurde, überworfen. Arst, der sie gesäugt hatte, Arst, der ihr mit seiner ruhigen, liebevollen Art so vieles beigebracht hatte. Pernak erinnerte sie schmerzhaft an ihn. „Wollen wir noch in eine Trinkhöhle gehen?" fragte Anatok nach allen Seiten hin, als ihre Studienherde aus dem Studiensaal in die unterirdischen Gänge strömte. Es war der jungen Aa'n in jenem Augenblick egal, ob Goglu, Flisa, Elebe und Tern wirklich Lust auf eine Trinkhöhle hatten oder sich ihr nur aus Mitgefühl anschlossen. Auf jeden Fall bemühten sie sich, freudig zuzustimmen, besonders die lebenslustige Goglu. Nun, bei Goglu konnte sich Anatok nicht wirklich vorstellen, dass sie so ein Angebot jemals ablehnen würde. Da es in der Nähe der Universität mehrere Trinkhöhlen gab, brauchten sie gar keine Reisekabine. In den ersten Wochen, die sie in Flas verbrachten, hatten sie schon ein paar Trinkhöhlen ausfindig gemacht. Sie unterschieden sich in Dekor, Größe und Art der Bedienung bzw. des Publikums, aber eine richtig ungemütliche war ihnen noch nicht untergekommen. Anatok schlug vor, in den *Tanzstudenten* zu gehen. Der Name war Programm: wenn man im besten Sinne streitlustige Kommilitonen finden wollte, war der *Tanzstudent* der richtige Ort. Die Trinkhöhle war mit Marmorsteinen ausgelegt, die verschiedene philosophische Zitate zierten. So konnte man, wenn man in einer der Kuhlen lag und nicht mehr recht wusste, zu welchem Thema man tanzen sollte, immer kontroverse Zitate finden, die zum Nachdenken und Tanzen anregten. Sanftes rötliches Licht tauchte die Höhle in ein gemütliches Licht. Anatok trat an die Bar und bestellte mit knappen Tanzschritten eine große Schale Raís Aklum. Es handelte sich – wie bei jedem Rauschgetränk, um eine Weiterverarbeitung der Lachmilch. Anatok wusste nur, dass Bei'gesaft beigefügt wurde, die anderen Zutaten waren ihm unbekannt. Doch der Name war Programm: Raís Aklum war eine Philosophin gewesen, die in der Buchzeit, vor etwa fünfzigtausend Jahren, gelebt hatte. Anatok hatte nur kurze Auszüge ihres Werkes gelesen, aber im Wesentlichen war es immer darum gegangen, den Rausch als Lebenssinn zu feiern. Anatok erklärte sich diese Fixierung auf den Rausch damit, dass es unheimlich frustrierend für jemanden wie Aklum gewesen sein musste, über einen wachen äußerst komplex denkenden Geist zu verfügen und gleichzeitig zu wissen, dass man gerade mal 30 oder 40 Jahre zu leben haben würde. Was lag näher, als diese wenigen Augenblicke so intensiv wie möglich erfahren zu wollen? Anatok fand, dass Aklums Sprache eine urtümliche Kraft innewohnte, die vom Schmerz der zeitlichen Begrenztheit zeugte. „Nun denn," tanzte Anatok vergnügt und verschüttete dabei fast den Inhalt der Schale, die er zu der von seiner Herde gewählten Kuhle trug, „auf Raís Aklum, eine zu früh geborene Aa'n." Fünf Mäuler schlabberten an dem köstlichen Trank, und Anatok spürte sanfte Schnurrhaare und weiche Backenbärte. Ein wenig Geborgenheit kehrte zurück. Doch Pernaks Vorlesung ließ ihn nicht los. Er löste sich schließlich aus der Gruppe. Vier Augenpaare richteten sich auf ihn. „Was haltet ihr von Pernaks Ausführungen über die vier Planeten?" tanzte Anatok. Tern schälte sich aus der Gruppe heraus und antwortete: „Ich finde, Pernak hat richtig erkannt, dass es sich um ein philosophisches Problem handelt. In großen Dimensionen gedacht, hat er recht. In kleinen Dimensionen jedoch ist die planetare Außenpolitik Aa'nurks ein Verbrechen. Logisch wäre die Abwägung: was zählt mehr, die große, allgemeine Sicht oder jene im Kleinen, Speziellen?"

„Und was meinst du," setzte Anatok nach, „was zählt mehr?" Tern blickte fragend in die Luft und peitschte mit ihrem Schwanz den Boden, was soviel hieß wie: „Ich habe keine Ahnung."

Flisa, der kleine zurückhaltende, sprang auf. „Ich glaube, dass die große Dimension sich aus der Summe der kleinen Dimensionen zusammensetzt. So bringt man diese beiden Sichtweisen zusammen. Wenn also das Eindämmen der vier Planeten insgesamt gesehen mehr Leid vermeidet als es zufügt, dann ist es richtig, so zu handeln. Denn alles Leid spielt sich in der kleinen Dimension ab, ist aber mitunter eine Folge der großen Entscheidungen. Egal, ob wir etwas tun oder etwas unterlassen."

Plötzlich drängte sich ein Aa'n in die Runde, den Anatok noch nie gesehen hatte. Er hatte eine bläulich- graue Farbe. „Verzeiht mir meine Einmischung," tanzte er elegant, aber bestimmt, „ich habe euch zugesehen und würde gerne etwas zu eurer Diskussion beitragen." Anatok und Flisa machten ihm Platz, so, dass ihn alle sehen konnten. „Gerne," tanzte Anatok.

„Ich war vorhin auch in der Vorlesung, von der ihr sprecht. Und ich glaube, dass sowohl Pernak als auch ihr eine Sache bei eurer Argumentation vergesst. Bei der moralischen Rechtfertigung der Eindämmungspolitik wird immer eine Sache vergessen: sie beruht auf Hypothesen. Wir wollen mit unserem Eingreifen verhindern, dass andere Planeten und nicht zuletzt wir selbst mit Krieg und

Zerstörung überzogen werden. Mit dieser Annahme rechtfertigen wir das reale Töten von intelligentem Leben. Ja, man wird einwenden, von zerstörerisch-intelligentem Leben. Das haben wir uns schön eingerichtet, diese Unterscheidung zwischen zerstörerisch-intelligentem und bewahrend-intelligentem Leben. So klingt es schon viel weniger schlimm, wenn wir bewusstes, intelligentes Leben zerstören. Und alles nur auf Grund der Annahme, dass diejenigen, die wir töten, uns töten könnten. Könnten. Nicht werden. Es ist eine Annahme für die Zukunft, von der wir nicht mit Sicherheit wissen können, ob sie eintritt."

Aufgeregtes Zappeln in der Kuhle. Anatok lauschte fasziniert. Die Argumentation des blaugrauen Aa'n hatte etwas. „Wir haben" fuhr der Kommilitone fort, „mit dem Survivienzparadigma ein System geschaffen, das unser Töten rechtfertigt. Mit schönen, wohlgeschliffenen, akademisch klingenden Worten. In Wirklichkeit," der Schnurrbart des Blaugrauen zuckte, „in Wirklichkeit sind *wir* die Monster."

Eine wilde Diskussion entspann sich, Goglu und Tern fanden den Begriff „Monster" zu einseitig, ungerechtfertigt. Doch der Blaugraue, er stellte sich als Anohil vor, verteidigte seine Position auf so bestechende Weise, dass irgendwann keinem mehr Argumente einfielen. Ein einziges Mal noch versuchte es Elebe: „Du siehst, auf einer moralischen Ebene können wir dir nichts mehr entgegnen. Aber dennoch bleibt doch die ganz realpolitische Frage:

Was passiert, wenn sich einer der vier Planeten zum Schrecken des Universums entwickelt? Was machen wir dann?"

Anohil entgegnete mit eleganten Schritten: „Dann reagieren wir. Wir werden einen Weg finden, wenn das eintritt. Und zuvor werden wir alles tun, um neue Zivilisationen willkommen zu heißen, ihnen den Weg des Miteinanders und des Friedens aufzuzeigen. So minimieren wir die Wahrscheinlichkeit, dass es zu einer gewaltsamen Expansion kommt, nicht mit Unterdrückung und Angst."

Fasziniert hatte Anatok Anohils Tanz zugesehen. Anohil hatte keinen Augenblick gezögert, und sie tanzte mit einer Ruhe, die von einer absoluten Selbstsicherheit zeugte, ohne dass die blaugraue Aa'n arrogant gewirkt hätte.

Nachdenkliche Stille. Anatok spürte, wie der Raís Aklum seine Wirkung tat. Er fühlte sich aufgekratzt, voller Tatendrang und dennoch auch leicht benebelt. „Du hast recht, Anohil," tanzte er plötzlich ohne nachzudenken. „Doch wie sollen wir das erreichen? Die große Mehrheit des Planetaren Rates unterstützt die Politik der Eindämmung."

„Wir müssen die Aufmerksamkeit auf das Problem lenken. Wenn wir das schaffen, wird der neue Planetare Rat anders entscheiden. Ihr wisst, dass in fünfzehn Dekade'en gewählt wird." Wieder kein Zögern. Anohil wusste genau, was sie tat. Und sie machte einen Vorschlag, der zunächst abenteuerlich klang, gefährlich gar, aber je länger der Abend dauerte und je mehr Raís Aklum durch ihre Kehlen rann, umso vernünftiger wirkte er.

Sie ließen sich Zeit, schließlich war es für ihr Vorhaben besser, wenn nur mehr wenige Aa'n unterwegs waren. Wo sollten sie ihre Aktion durchführen? Sie entschieden sich für einen Gang, der von der Universität zum Theater führte und tagsüber viel begangen war. Als sie den *Tanzstudenten* verließen, lag nur noch eine kleine, sehr müde aussehende Gruppe junger Aa'n in einer der Kuhlen. Nach wenigen Diminuten erreichte Anatoks Herde zusammen mit Anohil einen Abschnitt des Ganges, an dem mehrere Anak lang weder Behausungen noch Geschäfte oder Werkstätten lagen. Die letzte Tür hatte zu einem nun geschlossenen Farbengeschäft geführt, und die nächste Tür, die sich dunkel im spärlich beleuchteten Gang abzeichnete, war auf jeden Fall auch geschlossen. Anohil blickte sich um. Es war niemand zu sehen. Sie nickte hin zu den von weißen Kalkplatten bedeckten Wänden. „Hier ist es gut." Anohil beförderte aus ihrem Beutel eine Hand voll Thermostiften, deren Spitze sich bei Druck kurz verflüssigte und die sich hervorragend für die Beschriftung größere Flächen eigneten. Kurz kam Anatok der Gedanke, Anohil könnte die ganze Aktion schon geplant haben, bevor sie überhaupt in den *Tanzstudenten* eingetreten waren, doch dann überkam ihn die Lust, etwas zu verändern, und mögliche Kritik an Anohil schob er einfach beiseite.

Kein Tod, um Tod zu verhindern! schrieb Anatok mit Konzentration an die Wand. Er bemühte sich, möglichst gut erkennbare Zeichen zu setzen, was ihm halbwegs glückte. Erst nach Beendigung seines Werks begutachtete er die Sprüche der anderen. Sie hatten sich zwar gemeinsam einige ausgedacht, aber letztlich der Wahl jeder einzelnen überlassen, wofür sie sich entscheiden würden. *Nieder mit der Eindämmungspolitik!* schrieb Tern gerade mit wunderschöner Schrift zu Ende, während Elebe noch mit seinem Satz *Freiheit für die vier Planeten!* kämpfte. Flisa hatte gerade mal *Wir* geschrieben und schien unschlüssig zu sein, wie es weitergehen sollte, während Goglu sein fertiges *Jedes intelligente Leben hat ein Lebensrecht!* begutachtete. Anohil hatte seine Zeichen am größten gemalt. *Wir sind die Monster!* stand da, die beiden Zeichen für „Wir" und „Monster" prangten anklagend und riesig auf Augenhöhe an der Wand. Anatok überkam ein sonderbares Gefühl. War nicht er durch seine Schuld zum Monster geworden? Hatte er überhaupt ein Recht, diese Forderungen zu stellen? Hatte er nicht auf ewig sein Recht verwirkt, sich auch nur zum Thema Moral zu äußern? Nein, antwortete er sich selbst, er hatte die Pflicht, etwas zu tun, Wiedergutmachung zu leisten für die begangenen Verbrechen. Verbrechen, die er nur begangen hatte, weil man ihm beigebracht hatte, dass es richtig war, so zu handeln. Er erinnerte sich daran, wie es gewesen war, das erste Mal, als er in der Beobachtungsstation gesessen hatte. Beobachtungsstation, nicht Täterstation, so hieß es unschuldig. Er saß da und beobachtete den Planeten, und alle paar Augenblicke leuchtete ein Signal auf dem Kontrollpult auf, das ihm anzeigte, dass jemand auf dem Planeten Diqiu eines der Gebote der Götter übertreten hatte. Zehn Herzschläge hatte er dann jeweils Zeit, mit Hilfe der Satellitenbilder zu prüfen, ob es sich wirklich um eine Übertretung handelte. Wenn es sich um falschen Alarm handelte, konnte Anatok die Bestrafung abbrechen, indem er auf einen blauen dreieckigen Knopf drückte. Dann überlebte der Täter. Wenn er den Knopf nicht drückte, wurde die Bestrafung vollstreckt. Automatisch. Eigentlich rettete er ja nur Leben, hatte er sich damals beruhigt, denn Arst hatte ihm das gesagt, Arst, den er geliebt hatte wie man die Aa'n liebt, die einem das Leben schenken. „Es ist ganz wichtig, dass du korrekt arbeitest," hatte ihm Arst eingebläut, „keinesfalls darf ein Übertreten der drei Gebote ungesühnt bleiben." Schon damals hatte Anatok gewusst, dass nur drei der fünf Gebote bei Missachtung bestraft wurden: *1. Du sollst den Tag der Götter ehren. 2. Du sollst nicht töten. 3. Du sollst keine Unzucht treiben.* Anatok hatte es faszinierend gefunden, in welchen Kategorien die Rén dachten. Unzucht! Er hatte lange gebraucht, um zu verstehen, was das überhaupt bedeutete. Aber er akzeptierte die Andersartigkeit, und er akzeptierte die Notwendigkeit, diese gefährliche, zerstörerisch-intelligente Zivilisation einzudämmen, einzudämmen mit den ihr eigenen Moralvorstellungen. Doch warum nur war es so schwer gewesen, den dreieckigen Knopf nicht zu drücken, als er das Rén-Paar gesehen hatte, das offensichtlichen geschlechtlichen Körperkontakt hatte und laut Kontrollpult nicht verheiratet war? Wieso war eine heiße Welle der Scham durch seinen Körper gerollt, als er auf den Monitoren mit ansah, wie das göttliche Licht die beiden nackten Körper pulverisierte? Es war ihm damals nicht bewusst gewesen, wieso ihm so unwohl war bei der Arbeit, die ihm die Herde zugedacht hatte, und er hatte sein Unwohlsein hinuntergeschluckt, hatte sich daran gewöhnt, den Knopf auch wirklich nur dann zu drücken, wenn der Computer die Satellitenbilder fehlerhaft interpretiert hatte. Und er hatte sich damit beruhigt, dass er Leben rettete und nicht zerstörte. Aber er hatte gelitten. Albträume quälten ihn, immer wieder sah er die nackten Gesichter dieser eigenartigen Wesen vor sich, dieser affenähnlichen Wesen, die hässlich waren wie die Nacht, aber in denen eindeutig Intelligenz wohnte und Empfindung, Angst und Schmerz. Schmerz, den er ihnen zufügte.

Anatok sah, dass Flisa ihren Satz beendet hatte. *Wir klagen an!* stand da in großen Lettern. Anatok zuckte zusammen. Würde er jemals wirklich dazugehören zu seiner Studienherde? Sie hatten ihm alle versichert, ihn zu verstehen, ihn gar zu bewundern dafür, dass er ausgebrochen war und seine Ursprungsherde verlassen hatte. Aber konnten sie ihn überhaupt verstehen? Bildete das, was er getan hatte oder vielmehr nicht getan hatte, bildete das nicht einen unüberwindlichen Graben, einen Graben, der die Zivilisation von der Barbarei trennte?

Anatok blieb nicht viel Zeit, sein Grübeln zu vertiefen. „Lauft!" tanzte plötzlich Anohil, doch kaum hatte er ein paar Schritte getan, versperrten ihm mehrere Aa'n den Weg. Sie trugen ein Zeichen auf der Stirn, von dem er schon einmal gehört hatte. Es zeigte das Symbol für Kontrolle, nackt und schnörkellos saß es da und wirkte dadurch noch einschüchternder. Die staatliche Kontrollbehörde! Anatok blickte um sich. Von beiden Richtungen waren sie gekommen und hatten sie in die Zange genommen. Es waren bestimmt zwanzig Aa'n, die alle das dunkle Zeichen trugen. Es sah aus wie ein gebrochener Pfeil, dachte Anatok und fühlte sich mutlos. Wie hatte die Kontrollbehörde so schnell von ihrer Aktion erfahren?

Einer der Aa'n stellte sich als Dadak, Sicherheitsbeauftragter der Kontrollbehörde für das Zentrum von Flas, vor und trug ihnen mit höflichen Tanzschritten vor, dass sie Gemeinschaftseigentum beschädigt hätten. Gemäß Paragraph 253 des Gesetzes zur Sicherung von Gemeinschaftseigentum bestünde ihre Strafe in der Wiedergutmachung, sprich der Entfernung der Beschädigung. Wenn sie also freundlichst die Strafe entgegennehmen würden und die Schrift entfernen würden?

Anohil reagierte als erster. „Ich zweifle an, dass es sich um eine Beschädigung handelt. Vielmehr sollen Passanten durch unsere Texte zum Nachdenken bewegt werden."

Dadak erwiderte: „Gesetzlich ist das nicht von der Gemeinschaft abgesegnete Beschreiben von kommunalen Wänden eine Sachbeschädigung, ungeachtet des möglicherweise wertvollen Gehalts des Textes. Nachzulesen in Paragraph 20 des Gesetzes zur Sicherung von Gemeinschaftseigentum."

Einer der Sicherheitssaa'n hielt ihnen einen Eimer mit Putzlotion hin. „Wir haben der Einfachheit halber schon Reinigungsmittel mitgebracht." Sowohl Anohil als auch Anatoks Herde fügten sich ins Unvermeidliche. Die Putzlotion erwies sich sogar als recht effektiv, sodass sie es trotz ihres benebelten Zustandes recht schnell schafften, die Wände wieder in ihren Ursprungszustand zurückzuversetzen. Dadak wünschte ihnen noch einen schönen Abend und eine gute Heimkehr. Anohil verabschiedete sich etwas zerknirscht. Als sie schließlich bei ihrer Gemeinschaftshöhle ankamen und die Tür mit der Nuz öffneten, kicherte Goglu übermütig. „Das war doch ein lustiger Abend," tanzte sie stolpernd in die Höhle hinein. Elebe gab ihr schwankend recht, doch Anatok blieb still. Er hatte das Gefühl, dass alles sinnlos gewesen war, dass sie sich blenden hatten lassen von der Zuversicht Anohils. Er, Anatok, hatte das Richtige getan, nachdem er lange das Falsche getan hatte. Und nun war er auf einem Planeten, dessen Bewohner ihn gar nicht verstehen konnten, und die in ihrer großen Mehrheit nicht bereit waren, ihre Sicht auf andere Zivilisationen zu ändern.

Die Tage nach der Aktion mit Anohil verbrachte Anatok recht zurückgezogen. Er wusste, er hatte eine Herde, die ihn mochte und die ihm das Gefühl geben wollte, dazuzugehören. Aber gehörte er wirklich dazu? Immer wieder kam er zurück zu dieser Frage. Konnte irgend jemand nachvollziehen, wie es einem ging, wenn man so viel Schuld auf sich geladen hatte wie er? Wohl kaum. Nicht einmal die Aussicht auf das Grabungsseminar in der Takalá-Wüste verschaffte ihm Antrieb. Was sollte er dort auch finden? Ja, Informationen über die Erdzeit der Aa'n, wie sie gelebt hatten, was sie gegessen hatten, welche Artefakte sie geschaffen hatten. Aber sonst? Hatte das irgend etwas mit den Fragen zu tun, die ihn umtrieben? Wie er sich reinwaschen konnte? Wie – er weiterleben konnte, jetzt, da ihm immer mehr bewusst wurde, welche Monstrositäten er verbrochen hatte? Wie viele Rén hatten wegen ihm ihr Leben gelassen? Wie viele dieser nackten wehrlosen Affen waren davon abgehalten worden, ihre Träume und Ziele zu verfolgen, weil ihr Lebensfaden brutal abgeschnitten worden war! Und alles – wegen ihm!!

Doch der Tag kam, als sie zur Grabung Tanduk 5 aufbrachen, zusammen mit weiteren drei Studienherden sowie vier einzelnen Aa'n, die sogleich etwas wie eine eigene temporäre Herde bildeten. Insgesamt waren es dreiundzwanzig Studenten, die zusammen mit Professorin Pernak aufbrachen, um die Grundlagen der Archäologie im Feld zu erlernen.

Der erste Teil der Reise verlief innerhalb von fünf Stunden in bequemen Reisekabinen. Nach dieser Zeit erreichten sie Gon Lu, die letzte Stadt vor der Wüste. Ab hier ging es weiter mit geländegängigen solarbetriebenen Batteriewagen, die deutlich langsamer vorankamen. In der Wüste lebten nur vereinzelt kleine zurückgezogene Gemeinschaften von Aa'n, die sich einem Leben abseits der Zivilisation verschrieben hatten. Manche beriefen sich auf traditionelle Lebensentwürfe, andere auf eine wie auch immer geartete religiöse Erleuchtung. Aber insgesamt – so erklärte Professor Pernak – beherbergte die riesige Wüste gerade mal fünftausend Aa'n – die temporär hier lebenden Wissenschaftler nicht mit eingeschlossen. Anatok stellte irgendwann fest, dass er sich besser fühlte. Das Gefährt, in dem er mit seiner Herde saß und in dem auch Pernak Platz genommen hatte, zuckelte brav die Piste entlang, die sich so weit gen Horizont zog, dass sie schließlich irgendwann mit ihm verschwamm. Vielleicht war es das Schaukeln des Wagens, das ihn immer wieder sanft mit Flisa zusammenstoßen ließ, vielleicht war es auch die endlose Weite des Blicks über eine Landschaft, in der es nichts zu geben schien außer Stein, Sand und ein paar trockenen Sträuchern. Hier hatten also seine Vorfahren gelebt, vor über fünf

Millionen Jahren hatten sie sich hier als intelligente Lebensform entwickelt. Irgendwie war das schon interessant, dachte Anatok, dass seine Art aus so einer kargen Gegend stammte.

„Schaut nach rechts!" forderte sie Pernak auf. „Hier liegt Tanduk 2, eine Ausgrabung, in der seit dreihundert Jahren nicht mehr gegraben wird, weil wir alles geborgen haben. Hier habe ich – das mag jetzt vierhundertfünfzig Jahre her sein – meine ersten Erfahrungen beim Graben gesammelt."

Anatok erkannte ein paar gemauerte Gebäude in der Ferne. Dort hatten wohl die Archäologen gewohnt. Eine Wohnhöhle zu graben kam natürlich bei Ausgrabungen nicht in Frage, denn sonst hätte man wertvolle Fundschichten gestört.

„Heute ist es hier unglaublich trocken," fuhr Pernak fort, „aber damals, vor fünf bis zwei Millionen Jahren, in der Erdzeit, war die Takalá deutlich feuchter. Keine Wüste, eher ein Buschland, mit allem, was für unsere Vorfahren notwendig war. Erst danach, in der Feuerzeit, sahen sie sich gezwungen, nach und nach den ganzen Kontinent zu besiedeln. Aber da beherrschten sie ja auch das Feuer, was ihnen sowohl für die Kältebekämpfung als auch für die Nahrungsmittelerzeugung große Vorteile brachte."

Pernak schwieg wieder. Keiner der Studenten antwortete. Vielleicht lag es an der Hitze, dachte Anatok, vielleicht auch an dieser ungesunden gelben

Farbe, die mehr und mehr über den Himmel zog. Nun, das mochte einmal ein Paradies für die Aa'n gewesen sein – heute war es das definitiv nicht mehr.

Nach weiteren sieben Stunden kamen sie – gerade rechtzeitig zum Sonnenuntergang im Camp von Tanduk 5 an. „Wir sind eigentlich immer noch am Rand der Wüste," sagte Pernak, „auch wenn es nicht so aussieht." Die Sonne stand sattgelb und riesig direkt über der fernen Ebene. Hinter dem Camp erhob sich ein einzelner Fels, der Anatok von der Form her entfernt an einen kauernden, wie zum Sprung ansetzenden Raba'k erinnerte. Rötlich leuchtete der Fels im Licht der untergehenden Sonne.

Jede Studienherde bekam ihre eigene Wohnung im sogenannten *Haus des Wohnens*. Ansonsten gab es noch das *Haus des Arbeitens*, wo im Wesentlichen die Funde archiviert wurden, wo es aber auch Arbeitsplätze mit Rechnern gab. Pernak stellte ihnen noch vor, wie das Programm der nächsten Tage aussehen würde, welche Gruppe in welchem Planquadrat arbeiten würde. Jede Studienherde würde an einer anderen Erdhöhle arbeiten. Dann bereiteten sie selbst ein einfaches Mahl aus Felswurzeln und Aikanüssen zu. Dazu gab es einen Garbara-Salat. Pernak hatte darauf geachtet, dass in ihr Camp nur Nahrung geliefert wurde, die in der Steppe angebaut werden konnte. „Wir essen wahrscheinlich das selbe wie unsere Vorfahren aus der Erdzeit," sagte Goglu, während er gierig den Garbara-Salat in sein süßes Mäulchen schaufelte.

Pernak, der den Kommentar gehört hatte, wackelte näher. „Das ist eine der Fragen, die ihr klären werdet. In der Wohnhöhle im Planquadrat 7 gibt es eine beachtliche versteinerte Kloake. Ihr werdet Proben sammeln und diese auf Pflanzen-DNA untersuchen. Wer weiß – vielleicht findet ihr noch ganz andere Pflanzen, welche, die ihr noch nie gegessen habt." Anatok war sich sicher, dass die Ernährung der erdzeitlichen Aa'n schon ziemlich gut untersucht war. Aber sie waren ja hier, um zu üben. Und ja, es war immer möglich, etwas Neues zu finden. Soweit hatte sie die universalwissenschaftliche Methode verstanden.

Als das Essen beendet war, ließen sich Flisa, Elebe, Goglu und Tern in der Gemeinschaftskuhle ihrer Wohnhöhle nieder. Anatok fielen auch schon fast die Augen zu. Dennoch zögerte sie. Es gab noch einen weiteren Raum mit einer kleineren Kuhle. Einer inneren Eingebung folgend, zog sie sich dahin zurück. Sie brauchte nicht so zu tun, als wäre sie eine ganz normale Aa'n. Nein, das würde sie nie sein, sie würde immer zwischen den Welten wandeln, dazu verdammt, ihre Schuld zu begleichen. Aber wie nur? Wie konnte sie dazu beitragen, das Universum besser zu machen? Leiden zu verringern? Anatok kannte keine Antwort. Aber sie wollte allein sein, um darüber nachzudenken.

Am nächsten Morgen stellte niemand Fragen, und Anatok war dankbar dafür. Nach einem schnellen Frühstück, das aus eingelegten Sandstrauchbeeren und einigen Schlucken Wasser bestand, brachen die Gruppen auf. Pernak führte die vier Herden zu ihren Grabungsorten. Auf dem Weg erklärte Pernak, dass es sich um ein Siedlungskonglomerat handelte, das über eine Million Jahre besiedelt gewesen war. Anatok schwindelte fast, als sie das hörte. Zuerst lieferte Pernak Krubs Herde – immerhin sieben Aa'n – an ihrem Bestimmungsort recht nahe des Camps ab. Dann folgten die Grabungen der anderen beiden Herden. Am weitesten weg – schon im Schatten des Raba'kförmigen Felsen, lag die ehemalige Wohnhöhle, deren Überreste Anatoks Herde ausgraben sollte.

„Ihr habt die älteste Grabungsstätte. Die Höhle, die ihr freilegen sollt, wurde von etwa 5,2-5,1 Mio. Jahren benutzt, etwa 100.000 Jahre lang. Wir wissen das, weil wir den Boden schon längst durchleuchtet haben. Natürlich ist die Höhle schon vor Millionen Jahren eingestürzt," erläuterte Pernak. „Eure Aufgabe ist es, ganz vorsichtig Erdschicht um Erdschicht freizulegen, bis ihr auf etwas anderes als Sand oder Erde stößt. Überreste aller Art, Werkzeuge, Knochen, versteinerten Kot. Haltet die Augen offen."

„Gibt es kein Grabungsgerät?" fragte Tern überrascht. Anatok wunderte sich auch, er wusste, dass es schon lange archäologische Erdsauger gab, die genau zwischen Erdpartikeln und Fundstücken unterscheiden konnten und viel präziser arbeiteten als die Klauen eines Aa'n.

Pernak tänzelte und klatschte seine Pfoten zusammen. Er fand die Frage offenbar lustig. „Ihr seid hier in einem Seminar. Man sollte keine Wissenschaft betreiben, wenn man sich nicht wenigstens einmal die Pfoten schmutzig gemacht hat."

So widmete sich Anatoks Studienherde der Archäologie mit jenen Mitteln, mit denen sie schon in ihren Anfängen – vor 60.000 Jahren, mitten in der Buchzeit – gearbeitet hatte. Der halbe Tag verging, und nur Sand und Erde kamen zum Vorschein. Dazwischen einige Felswurzeln, die sie sich genüsslich einverleibten. Erst kurz vor dem Abend beförderte Flisa den ersten Fund zu Tage. Nach genauerer gemeinsamer Betrachtung kam die Herde zum Schluss, dass die Form des steinharten Objekts einem Aan'schen Exkrement sehr nahe kam. Stolz trug Flisa den Fund zurück zum Camp. Es war ohnehin bald Zeit für das Abendessen.

Professor Pernak saß gerade über ein elektronisches Buch gebeugt. Als er Flisa mit ihrem Objekt sah, sprang er auf die Beine und tanzte ein zufriedenes „Oh, ihr habt etwas gefunden! Lasst mich sehen!"

Pernak bestätigte ihre Vermutung. Er deutete der Gruppe, ihm ins Labor zu folgen. An einen der Rechner angeschlossen war eine Analysebox, in die Pernak sogleich den Fund legte. Er rief ein Programm auf, das die genetischen Bestandteile des Koprolithen ermitteln konnte. „Seht!" tanzte Elebe. „Das ist ein Sandstrauch." Pernak deutete auf verschiedene Symbole. „Nicht nur. Wie man sieht, war die Nahrung dieses Aa'n sehr vielseitig. Er hat sich von den Beeren des Sandstrauchs ernährt, aber auch von Felswurz, Aikanüssen und Garbara – genau wie ihr hier im Camp. Manches hat sich dann doch nicht verändert." Plötzlich versteifte sich Pernaks Nacken. Pernak neigte sich so nah zum Bildschirm hin, dass Anatok nichts mehr sehen konnte. Was hatte die Professorin nur gesehen? „Was ist los"? tanzte Goglu. Anatok blickte zur Decke und peitschte den Boden mit seinem Schwanz.

Nun wandte sich Pernak doch um, stand auf, blickte ebenso zur Decke und schlug mit seinem Schwanz auf den Fußboden. Pernak war ratlos? „Das ist wirklich sonderbar," ergänzte er aufgeregt tanzend, zu den Studenten gewandt. „Entweder spinnt der Computer oder – wir haben es hier mit einer neuen Gensequenz zu tun. Einer neuen Pflanze, einer, die es nicht mehr gibt."

Aufregung ergriff die Gruppe. „Wie finden wir das heraus?" las Anatok aus dem Durcheinander verrenkter Pfoten. Tern war es, dem es gelang, die Frage zu stellen.

„Der Computer errechnet die DNA des Organismus," erklärte Pernak. „Es wird einige Diminuten dauern, bis er fertig ist. Dann werden wir ein Bild der Pflanze sehen können. Einer Pflanze, die es möglicherweise nicht mehr gibt. Aber eine, die unsere Vorfahren gegessen haben."

„Wir werden berühmt." Goglu. Natürlich. Sie sah sich schon bei der nächsten Party als Mittelpunkt der Konversation. Goglu, die Entdeckerin. Sollte wirklich seine Herde eine so aufregende Entdeckung gemacht haben? Am ersten Tag ihrer Grabung? Was für ein Zufall! Er konnte es noch nicht recht glauben. Irgend etwas in ihm betrachtete den Bildschirm mit Skepsis. Hier stand, dass schon sechzig Prozent der DNA entschlüsselt worden waren. 61%! 62%! Pernak rief eine Seite auf. Zahlen, Striche, aus denen Anatok nicht schlau wurde. Aber er vermutete, dass es sich um den entschlüsselten Teil des Codes handelte. Über Pernaks Augen bildete sich eine tiefe Furche. Hatten seine Hinterbeine eben den Schritt für „Das ist aber eigenartig" getanzt? Was war eigenartig? Irgend etwas stimmte nicht. 80%. Pernak stand auf. Er zitterte am ganzen Körper. „Ich weiß nicht," tanzte er nervös, „die DNA dürfte nicht so sein, wie sie ist. Ganz und gar nicht so sein."

„Warum nicht?" fragte Anatok. „Wenn wir die Pflanze nicht kennen, dann kennen wir ja auch den DNA-Code nicht."

„Das ist es ja," erwiderte Pernak und schielte auf den Bildschirm. 89%. „Keine Pflanze hat so einen DNA-Code."

Die Studenten sahen sich an. „Keine Pflanze?" Elebe führte die Tanzschritte kaum aus. „Was ist es dann?" fragte Goglu beherzt.

Pernak kratzte sich hinter dem rechten Ohr. „Wenn ich es nicht besser wüsste, würde ich sagen, es handelt sich um ein Tier." 95%.

„Wir werden gleich sehen, was es ist." Tern. Beruhigend. Sachlich. 98%.99%.100%. Langsam, ganz langsam formte sich ein Bild auf dem Bildschirm. Zuerst nur ein Schatten. Dann Konturen, Linien, Farben. Und dann standen sechs Aa'n einfach nur da und gafften. Auf die Form, die auf dem Bildschirm aufgetaucht war. Ein länglicher bläulicher Körper, links und rechts davon zwei gewaltige Flügel, die in allen Farben des Regenbogens schillerten.

„Die Nuz!" stieß schließlich Pernak mit ungeschickten Verrenkungen hervor, „wir haben die Nuz aufgegessen!"

Mensch ohne Furcht

Als Mári erkannte, wem sie ins Gesicht blickte, erfasste sie die Erinnerung wie ein Schlag. Tiraz, der sie in die Höhle geschickt hatte, weil Saba sie dort erwartete. Das Fehlen Sábas. Das ekelhafte Grinsen des Narbengesichts. Lüsterne Hände auf ihrem Hintern. Ekel. Scham. Zorn. Angst. Die Erinnerung an einen befreienden Stoß. Eine verzweifelte Flucht. Der Schock, jemanden getötet zu haben. Der zweite Verrat, jener, der noch mehr schmerzte. Der Verlust der Eltern. Des Dorfes. Saras. Jedenfalls zeitweise. Und jetzt – Tiraz, ein sanftes Lächeln in seinem eingefallenen Gesicht. Überlegen. Nur wenig schadenfroh. Fast, als handle es sich um eine Selbstverständlichkeit, Mári hier zu finden, an jenem seltsamen Ort, wo sich zwei Flussläufe zum Ri vereinigten. Einer der Ritter lachte ein übertrieben schadenfrohes Lachen und rutschte auf seinem Pferd hin und her, als wolle er es begatten. Mári kannte auch dieses ungeschlachte Gesicht. Wie sollte sie es vergessen? Dieser Mann hatte Wache gestanden, während der Narbengesichtige versucht hatte, sie zu vergewaltigen. Der Dritte war ihr unbekannt. Er war noch ziemlich jung, aber auch er strahlte etwas Gewalttätiges aus, und das lag nicht nur an dem Schwert, das an seiner Seite baumelte.

„Hallo, Mári," sagte Tiraz sanft. Als hätte seine Stimme sie aufgeweckt, begannen ihre Beine zu laufen. Zurück am Ufer des Flusses entlang. Nein, nach links. Dort, die Felsen hoch. Wie eine Katze sprang sie, zwei, drei Griffe, sprang wieder, dann ging es in ein flacheres Waldstück. Sie sah nicht zurück. Lief, wie sie noch nie gelaufen war. Sie wusste im Nachhinein nicht, wie lang es ging, bis sie stolperte. Sie spürte gleich, dass es nicht auf natürliche Weise geschehen war. Spürte ein Gewicht über sich. Roch den jungen verschwitzten männlichen Körper, der sie niederdrückte. Hörte seinen schnellen Atem. Der junge Mann sagte nichts. Band in Windeseile ein Seil so um ihren Oberkörper, dass sie ihre Arme nicht mehr bewegen konnte. Stellte sie auf, nachdem er kurz Abstand gesucht hatte, ohne das Seil loszulassen. Sie konnte gerade so gehen. Langsam. Kam sich vor wie ein Tier, das zur Schlachtbank geführt wird. An den Felsen stieß er sie einfach hinab, hielt ihr ganzes Gewicht mit einer Hand, so dass sie nach unten laufen konnte. Nach unten laufen musste, wollte sie sich nicht an den scharfkantigen Steinen verletzen.

Als Mári ins Gesicht des Priesters sah, sah sie ihn immer noch lächeln. Selbstsicher. Doch diesmal war die Schadenfreude offensichtlich. „Na na na, immer noch so stürmisch? Keine Angst, deine Suche nach einem Priester ist nun beendet." Er sah ihr forschend in die Augen. „Oder hast du dein Opfer gar schon dargebracht?"

„Hab ich," sagte Mári knapp. Sie hatte überhaupt keine Lust, dass Tiraz jetzt auch noch den Retter spielen konnte. Den vorübergehenden Retter. Bevor er sie wieder zur Schlachtbank führte.

Tiraz nickte, blickte zur Sonne. „Gard, du gehst du Fuß," sagte er knapp zu dem jungen Mann, der sie gefangen hatte, „und halt die Kleine gut fest. Sie soll uns nicht noch mal entwischen. Schließlich wartet eine gerechte Strafe auf sie." Die letzten Worte waren an Mári gerichtet gewesen.

Sie fühlte sich leer. Was hatte das Ganze gebracht? Wer konnte sie jetzt noch retten? Sara würde es nicht ein zweites Mal gelingen, sie zu befreien, dafür würde Tiraz schon sorgen. Diesmal würde er sie vermutlich in ein Verlies einsperren, in die Räume unterhalb seines Hauses, oder in die Höhle, rund um die Uhr bewacht von seinen Schergen. Die wenigen Tage bis zu ihrer Opferung. Ihrer Hinrichtung. Die kein Mord war. Weil man sie ja nur auf dem Opferstein ablegte. Zum Wohlgefallen der Götter. Der ach so guten Götter. Mári war es, als hörte sie sich auflachen. Doch sie war still. Was sollte sie auch sagen? Nichts, was sie sagen konnte, würde etwas an ihrer Situation ändern. Sie wusste darüber Bescheid, warum sie sterben musste. Tiraz fürchtete um die Macht der Priester. Sie hatte das Dorf zur Aufmüpfigkeit verführt. Dafür musste sie bestraft werden. Öffentlich. Vor allen. So einfach war es. Wenn es ihm auch noch Freude bereitete, sie zu quälen, dann war das ein kleiner Zusatzgewinn für ihn. Wenigstens hier konnte sie ihm etwas wegnehmen. Indem sie ihm möglichst wenig Gelegenheit gab, sich an ihrer Angst zu weiden. Indem sie einfach nur da saß und vor sich hin starrte, die sanften Bewegungen des Tieres unter sich. Das Pferd. Es war braun mit schwarzen Flecken. Warm fühlte sich der Körper ein. Wenigstens ein Wesen hier, das ihr nichts Böses wollte.

„Halt!" Tiraz, der die Gruppe anführte, drehte sich nach hinten um. Sie waren doch eben erst losgeritten! Da sah Mári eine Gestalt aus den Bäumen treten. Sába! Was machte der hier? Sicher nichts Gutes, dachte das Mädchen. Aber interessant war das doch. Tiraz schien genauso überrascht zu sein wie sie selbst.

„Ich hoffe, du hast eine gute Erklärung dafür, dass du hier bist," sagte Tiraz streng zu Sába, der wie ein normaler Dorfbewohner in Hose und Hemd aus Leinen gekleidet war. Auf dem Rücken trug er einen Korb, ganz ähnlich dem ihren. Erst jetzt fiel ihr ein, dass sie ihren eigenen Korb an der Flussbiegung gelassen hatte, versteckt zwischen zwei großen Steinen.

„Die habe ich," sagte Sába möglichst würdevoll, doch Mári merkte, dass er angespannt war. „Du musst dir keine Sorgen machen, Barulf vertritt mich als Priester in Elpele."

Tiraz zog die Augenbrauen hoch. „Barulf? Was zum Teufel..."

„Ich weiß, du hast mich instruiert, in Elpele zu bleiben, was auch immer passieren möge. Aber Barulf brachte eine Order von ganz oben mit. Dagegen konnte ich nichts machen."

Tiraz schwang sich vom Pferd. „Komm mit!" sagte er zu Sába und entfernte sich einige Menschenlängen von Mári und den beiden Rittern. Die beiden sahen neugierig zu, wie die beiden Geistlichen miteinander flüsterten. Sába erzählte etwas, machte erklärende Gesten, die Mári ohne Text nicht verstand. Tiraz schien erst nicht ganz überzeugt. Nach einiger Zeit nickte er schwer. Legte Sába die Hand auf die Schulter, so, als vertraue er ihm eine wichtige Aufgabe an. Kam zurück und gab Máris Bewacher den Befehl, sie vom Pferd zu heben. Was war da los?

„Sába wird Mári nach Elpele bringen," sagte er knapp zu seinen Gefährten. „Wir reiten los. Schnell. Richtung Pregatz." Die beiden blickten ihn verwundert an. „Ich erkläre euch unterwegs alles," sagte Tiraz, nickte Sába zu und schwang sich aufs Pferd. Innerhalb weniger Augenblicke waren die drei Reiter zwischen den Bäumen verschwunden. Mári blickte in das Gesicht des Mannes, der sie Tiraz' Rittern ausgeliefert hatte. Sába. Was machte es für einen Unterschied, wer sie nach Elpele brachte? Na ja, immerhin war Sába nur ein einziger Mann – vielleicht bot sich ihr irgendwann eine Chance, zu entkommen. Sába stand da und blickte sie an. Es war sonderbar. Er hielt kein Schwert in der Hand. Ließ das Seil los, das ihm der junge Ritter in die Hand gedrückt hatte.

Mári blickte sich um. War das eine Falle? Sie hörte das sanfte Rauschen des Ri. Eine Meise tschirpte. Und dann – plötzlich – wirbelte etwas Blondes heran, warf sich an Máris Brust, umfasste sie mit einer sanften Gewalt – und dann roch sie ihn, den wundervollsten Duft ihres ganzen Lebens. Und sie brach in Tränen aus.

Mári konnte es nicht fassen, blickte in das weiche sonnenverbrannte Gesicht Saras. Sara war ihr nachgereist, hatte sie befreit. Sie konnte den Blick nicht abwenden. Und Sara löste ihre Fesseln. Als sie Sara losließ, war ihr, als schnitte sie jemand entzwei. Aber es musste sein. Irgend etwas hüpfte in ihrem Bauch, so, dass ihr fast schlecht wurde. Sara strahlte. Sie hatte sie schon wieder gerettet. Wie hatte sie das gemacht? Wie hatte sie diese Reise überstanden? Und - hatte sie etwas gegen Sába in der Hand? Sába! Mári hatte fast vergessen, dass er da war. Er hatte sich zurückgezogen, den beiden Liebenden Raum gegeben. Nun saßen sie da, fast so nahe, dass Mári Saras Wärme spüren konnte, zwischen den Felsen. Lange. Bis Mári schließlich leise fragte. „Wie um alles in der Welt hast du das gemacht?"

„Ich habe gar nichts gemacht," murmelte Sara, legte ihre Hände auf Máris Oberarme und dirigierte ihren Blick sanft zu Sába, der einige Menschenlängen weiter am Ufer des Ri stand und ins Wasser blickte. Mári verstand nicht. Was hatte Sába damit zu tun?

Nun ja, offenbar hatte er Tiraz etwas erzählt, das ihn verscheucht hatte, aber wieso nur? „Sába hat viele Fehler gemacht, das wissen wir beide – und er weiß das auch. Aber er hat dich gerettet – zum zweiten Mal. Dafür werde ich ihm ewig dankbar sein."

Mári verstand überhaupt nichts mehr. „Zum zweiten Mal? Das warst doch du! Du hast mich aus dem Schuppen gerettet! Ich habe doch mit dir gesprochen!"

„Erinnere dich, Mári," sagte Sara und lächelte hintergründig. So, als wüsste sie ein Geheimnis. Ein gutes Geheimnis. Mári spürte, wie ihr Herz klopfte. „Ich habe mit dir gesprochen, ja, aber ich hatte noch keinen Plan. Ich weiß auch nicht, ob ich einen gefunden hätte. Der erste Teil des Plans war einfach. Dir einen Korb mit Proviant unter dem Mandelbaum zu lassen. Aber die Befreiung selbst? Ich habe daran gedacht, Tiraz die Schlüssel zu stehlen. Aber wie sollte ich das anstellen? Ich wusste nicht einmal, wo er sie aufbewahrte. Das wusste niemand... außer..."

„Sába," ergänzte Mári, immer noch skeptisch. Und doch begann ein Teil von ihr, an Sábas Hilfe zu glauben. Ein Bild tauchte in ihrer Erinnerung auf. Das Licht einer Kerze, die im Obergeschoss des Priesterhauses brannte, als sie sich aus dem Schuppen befreit hatte. Sie hatte geglaubt, dass sie Tiraz oder Sába aufgeschreckt hatte. Und sie hatte sich mit klopfendem Herzen an die Wand des Schuppens gedrückt, bis die Kerze ausgegangen war.

Was, wenn der Kerzenträger schon vor ihr wach gewesen war, wach, weil er sie befreit hatte?

Sara nickte. „Sába hat die Schlüssel genommen, die Tür des Schuppens aufgeschlossen und den Schlüssel für die Handschellen unter der Holzwand durchgeschoben. Kort, du weißt schon, dein Bewacher, hat ordentlich Schelte dafür gekriegt. Tiraz glaubte, dass er einfach zu blöd war, dass er die Schlüssel tatsächlich in den Handschellen vergessen hatte." „Aber wie hast du Sába dazu gebracht, mir zu helfen?"

„Auf diese Idee kam er selbst." Sara blickte zu Sába. In ihrem Blick lag eine Aufforderung. Zögerlich näherte sich der Priester.

„Ich habe einen großen Fehler gemacht," sagte er schließlich. „Nein, nicht nur einen." Er dachte nach. Mári blickte ihn an, presste ihre Lippen aufeinander. Sie würde es Sába nicht leicht machen.

Sába wirkte so, als wollte er ihre Hand nehmen, ließ es dann aber bleiben. „Du hattest recht in allem, was du mir vorgeworfen hast. Ich habe die Frauen des Dorfes ausgenutzt. Ich habe meine Macht missbraucht, und dafür gibt es keine Entschuldigung. Außer vielleicht, dass es den Frauen auch gefallen hat." Zwei Augenpaare bohrten sich zornig in sein Gesicht.

„Ähm," stotterte er und schlug den Blick nieder. „Nein, es gibt keine Entschuldigung dafür. Aber – ich wollte dir nie etwas Böses. Ich habe gemerkt, dass mir die Gemeinde entgleitet. Du hattest auf der ganzen Linie gesiegt. Deshalb bin ich nach Pregatz gereist, um von meinen Pflichten als Priester Elpeles entbunden zu werden. Ich konnte doch nicht wissen, dass sie Tiraz als neuen Priester schicken, gerade den! Er ist einer der Schlimmsten! Deshalb habe ich eine Entscheidung getroffen. Ich war dafür verantwortlich, dass dir der Tod drohte, deshalb war es auch meine Pflicht, dich zu retten. Einmal, zweimal – ich würde es auch ein drittes Mal tun."

„Sag ihr, warum." Saras Stimme klang sanft. Zu Mári gewandt, sagte sie: „Glaub mir, ich habe ihm an Anfang kein Wort geglaubt. Als er mir vorgeschlagen hat, dir nachzureisen, dachte ich an eine Falle. Bis er mir – ja, bis er mir den wahren Grund erzählt hat, warum er dich retten musste."

„Halt!" sagte Mári. Das Ganze ging ihr viel zu schnell. Zornig wandte sie sich Sába zu. „Du hast mich in die Höhle gelockt. Dort, wo die Ritter auf mich warteten! Tiraz sagte zu mir, dass du mich sprechen wolltest. Und dann warst du nicht da!" Während sie sprach, wurde ihr plötzlich ganz kalt. War sie so naiv gewesen? „Tiraz sagte zu mir, dass du mich sprechen wolltest". Sie wiederholte ihren eigenen Satz, ganz leise, sah hilfesuchend zu Sara.

„Das sieht ihm ähnlich," sagte Sába. „Er hat offenbar gespürt, dass es zwischen uns eine Verbindung gibt. Das hat er für eine Lüge ausgenutzt."

Mári legte den Kopf schief. Eine Verbindung? Wie meinte er das? „Hast du dich schon einmal gefragt," fuhr der Priester fort, „weshalb du..." Er zögerte. Sara strich Mári beruhigend über den Rücken, bevor sie wieder weg rückte. „Weshalb du dunkle Haare und ein dunkles Gesicht hast? Während deine Eltern beide blond sind?" Máris Blick heftete sich an Sábas Gesicht. Es war kantig und dunkel, wie ihres. Das war es immer gewesen. Na und? Mári spürte, wie ihr schlecht wurde. Plötzlich sah sie ihre Mutter vor sich, Jahre war das her, mit einem Salatkopf in der Hand, einer Hand, die zu zittern begonnen hatte, als Mári ihr erzählt hatte, dass Liv Sába besucht hatte. Konnte das sein? Hatte ihr Mutter mit Sába...?

Doch Mári war nicht bereit, aufzugeben. „Warum haben mir das meine Eltern nie erzählt?"

„Vielleicht haben sie sich geschämt, vielleicht wusste es dein Vater auch nicht oder wollte es nicht wissen." Er schlug seine Augen nieder. „Ich wollte es schließlich auch nicht wissen. Obwohl ich es gespürt habe, sofort, als ich dich gesehen habe. Und deine Mutter hat es mir bestätigt."

„Wenn man es weiß, sieht man es sofort," bekräftigte Sara. „Du siehst Sába wirklich ähnlich."

Mári lachte bitter auf. „Und jetzt hast du plötzlich Lust, die Stelle meines Vaters einzunehmen?"

Sába sah sie traurig an. „Nein, deshalb bin ich nicht gekommen. Aber ich fühle mich verantwortlich, ja, denn wegen mir bist du ins Unglück gestürzt. Wegen mir hast du deinen Vater verloren. Wegen mir darfst du nicht mehr nach Elpele zurück. Und deshalb möchte ich dich beschützen."

„Wie willst du das machen?"

„Ich werde mit euch ziehen, bis ihr in Sicherheit seid. Bis euch weder Tiraz noch der Hohepriester finden kann. Und als erstes werde ich euch beiden ein Geschenk machen."

Sara und Mári sahen beide überrascht auf. „Wie wäre es, wenn ihr nicht mehr jedes Mal voneinander wegrücken müsstet, wenn ihr euch berührt?"

Sara bedeutete Sába, dass er sie allein lassen solle. Mári spürte den forschenden, ruhigen Blick Saras auf sich und senkte ihren Blick. „Willst du das denn?" fragte Sara leise. „Willst du meine Frau werden?"

Máris Herz hüpfte. „Nichts lieber als das!" Aber sie spürte, dass das noch nicht alles war. „Bist du dir ganz sicher?" hakte Sara mit ihrer sanften Stimme nach. „Es ist eine Bindung für das ganze Leben. Du kannst nicht mehr zurück."

Mári lächelte. „Das weiß ich." Nun lächelte auch Sara. „Ich muss dich dennoch noch etwas fragen. Du bist jetzt eine Ausgestoßene. Wir werden fliehen müssen, Sába wird uns helfen, aber wer weiß, wo uns unsere Reise hinführt, welche Prüfungen auf uns lauern. Wirst du es aushalten, dieses Leben als Ausgestoßene? Zusammen mit mir?"

Mári drückte Sara einen flüchtigen Kuss auf die Lippen, drehte sich aber sogleich weg. Vielleicht ein letztes Mal. Nie wieder wegdrehen. Nie wieder Angst vor den Göttern. Das war es in jedem Fall wert.

„Eine Ausgestoßene bin ich auf jeden Fall. Du nicht," sagte Mári. „Was die Frage aufwirft: wirst *du* es aushalten? Schließlich hast du die Wahl. Du könntest zurück gehen ins Dorf."

Sara lächelte. „Ich habe mich schon vor langer Zeit entschieden."

Wenig später hatte Sába die Zeremonie vorbereitet. Nicht die Ganze. Es gehörte eigentlich ein Fest dazu, das ganze Dorf feierte bis spät in die Nacht. Aber nicht dieses Mal. Er hatte ihnen auch erklärt, dass es keinen Unterschied machte, dass sie noch nicht ganz sechzehn Winter zählten. Alles, worauf es ankam, war, dass die Götter jemanden sahen, der in der Priesterrobe zehn Mal um das Brautpaar herumging. Nicht einmal die Worte waren von Bedeutung, die der Priester aussprach. Er tat es dennoch. „Was die Götter verbinden, darf der Mensch nicht trennen. Was die Götter verbinden, darf der Mensch nicht trennen. Was die Götter verbinden, darf der Mensch nicht trennen." Immer wieder sagte er es, und sosehr sich Mári darüber freute, zukünftig mit Sára verheiratet zu sein, so widerlich fand sie es, dass die Götter das erlauben mussten.

Als Sába geendet hatte, setzten sich Mári und Sara zusammen, ineinander verschlungen, auf einem Stein. Kein himmlischer Blitz versengte sie. Die Vögel sangen weiterhin, die Götter hatten ein Einsehen. Fortan durften sich die beiden berühren, wo und wie lange sie es wollten. Mári sollte glücklich sein, dachte sie, und sie war es auch, wenn sie in Saras Augen blickte, wenn sie Saras Kuss und den der Sonne gleichzeitig spürte. Das war wunderschön. Aber es war nur eine Gnade der Götter. Zorn stieg in ihr auf. Wieder der alte Zorn auf die Götter.

„Sába," sagte sie schließlich zu dem Mann, der die Robe wieder mit seiner Alltagskleidung getauscht hatte, „wer ist dieser neue Priester in Elpele? Dieser Barulf?"

Sába schmunzelte. „Barulf ist ein einflussreicher junger Priester mit einer hohen Stellung am Hofe des Hohepriesters. Manche sagen, er könnte eines Tages seine Nachfolge antreten. Allerdings habe ich ein wenig gelogen. Barulf ist nicht in Elpele sondern in Pregatz. Dorthin wird auch Tiraz mit seinen Rittern eilen. Ich habe ihm erzählt, dass Pregatz von Mainau angegriffen wird."

Mári zog die linke Augenbraue hoch. Mainau. Das hatte sie schon einmal gehört. Es war eine mächtige Stadt, auf einer Insel im großen See erbaut. „Lass mich raten. Mainau stellt keine Gefahr dar."

Sába konnte seine Selbstzufriedenheit nicht verbergen. „Nun, eine Gefahr ist Mainau schon. Der dortige Hohepriester ist sehr ehrgeizig, das weiß jeder in Pregatz. Deshalb hat mir Tiraz meine Lüge auch gleich abgenommen."

„Und wer leitet jetzt das Opferfest in Elpele?"

Sába schmunzelte. „Landa." Mári starrte ihn an. „Ja, darf sie das? Ich meine, nehmen die Götter das Opfer an, das kein Priester leitet?"

„So lange er oder sie eine Priesterrobe trägt, ja," sagte Sába. Mári blickte ihn nachdenklich an. „Ich glaube, du musst mir erklären, was du alles über die Götter weißt. Jetzt sitzen wir im selben Boot. Beweise es."

„Das werde ich gerne machen, Mári. Aber zuerst lass uns ein wenig weiterziehen. Nicht, dass Tiraz es sich noch anders überlegt und zurückkommt."

Mári dachte gerade noch an ihren versteckten Korb, holte ihn zwischen den Felsblöcken hervor, wo sie ihn versteckt hatte, hievte ihn auf ihren Rücken und sagte strahlend: „Los geht's!" Ohne größere Diskussion entschieden sie sich für den einfachsten Weg. Einfach so weiterzuziehen, dass sie keinen Flussarm überqueren mussten. Bald kamen sie zu der Stelle, an der der Weg zu dem Dorf hochführte, in dem Mári noch am Morgen ihr Opfer dargebracht hatte. Es kam ihr vor, als wäre das Ewigkeiten her gewesen. Mári ließ sich zurückfallen. Erst jetzt, da sie hinter Sara her ging, fiel ihr auf, wie schnell das Mädchen genesen war. Und ein flaues Gefühl machte sich in ihrem Magen breit. Sie hatte noch nicht einmal nach ihrem Gesundheitszustand gefragt. Sara hatte alles für sie geopfert, ihre Heimat, ihre Eltern, und sie hatte nicht einmal daran gedacht, wie es Sara ging. Und jetzt – jetzt war es irgendwie auch zu spät. Mári biss sich auf die Lippen. Blickte in den Himmel. Noch stand die Sonne hoch. Dennoch fühlte sie ein Frösteln, ein Frösteln, das von innen kam.

An jenem Abend lagerten sie zwischen einer Gruppe kleinerer Felsen mitten im Wald, unweit des Flusses. Als die Sonne verschwand, wurde es rasch kühl. Der vergangene Winter sandte einen letzten Gruß von den Bergen. Bald saßen sie um ein prasselndes rauchendes Lagerfeuer herum, Mári eng an Sara gekuschelt, Sába den beiden Mädchen gegenüber, hin und wieder gedankenverloren mit einem langen Ast im Feuer stochernd. Es war an der Zeit, zu erzählen. Mári zögerte. Sollte sie wirklich all ihre neuen Erkenntnisse mit Sába teilen? Doch jetzt, wo sie sich entschieden hatten, gemeinsam zu reisen, kam sie sich auch albern vor, Sara beiseite zu nehmen. Außerdem erhoffte sie ja gerade von dem Priester Antworten auf ihre Fragen. Als hätte Sara ihre Gedanken gelesen, stupste sie sie mit ihrer Nase an. „Erzähl schon!" sagte sie sanft. „Was ist passiert, seit du von Elpele aufgebrochen bist?"

Und Mári erzählte. Von dem bleichen Zwerg, den sie ausgegraben hatte, von den Bildern der Gewalt, und von der Stadt Húr, die den plündernden Fremden zum Opfer gefallen war, und deren Überreste sie gefunden hatte. Sie erzählte von Mittaberg und Jana und dem Priester Morlon, und sie erzählte von dem

Verrat, den Jana an ihr begangen hatte. Und dann erzählte sie die Geschichte von den fliegenden Mönchen und ihrem Kloster, in dem sie angeblich das Wissen der Alten aufbewahrten.

Als sie geendet hatte, zog sie die Bilderblätter hervor. Sába schoss von seinem Platz auf. „Was in aller Götter Namen..." brachte er hervor, stand hechelnd neben Mári, wagte es aber nicht, die Blätter zu berühren. Mysteriös sahen sie aus, die farbigen Kugeln vor dem dunklen Hintergrund. Zitternd wischte Sába seine rußigen Hände an seiner Leinenhose ab. Dann nahm er die Bilderblätter in die Hände, legte vorsichtig eine Seite nach der anderen um, während er nur so dastand, zitterte und seine leuchtenden Augen über die Blätter fliegen ließ. Und dann fiel Mári etwas auf, etwas sehr sonderbares. Irgend etwas an Sábas Augen war anders, gruselig. Es war, als folgte er einer Fährte im Wald, aber immer der selben, von links nach rechts, immer wieder, von links nach rechts, und jedes Mal ein wenig tiefer. „Was tust du?" murmelte sie. Sába antwortete nicht. Mári sprang auf, stelle sich hinter ihn, blickte ihm über die Schulter. Auf dem rechten Bilderblatt war ein großes Bild eines Gottesgefährts zu sehen. Auf dem Linken gab es nur eine Unmenge von Zeichen. Und genau auf diese Zeichen blickte Sába! Máris Herz tat einen Sprung. Sie schüttelte ihn, schrie ihn an: „Was tust du da?"

Als wäre er aus einem Traum erwacht, schreckte der Priester hoch. „Entschuldige, Mári, ich habe mich vergessen. Das ist das Spannendste, was ich seit langem gelesen habe. Es bestätigt meine Vermutungen über die Menschen und die Götter."

„Gelesen?" Mári starrte ihn mit offenen Augen an. „Was heißt das? Gelesen?" Sába fasste sich an die Stirn. „Ja, natürlich, ihr kennt das nicht. Schließlich setzen wir alles daran, das geheim zu halten."

Und Sába erzählte den erstaunten Mädchen, dass die Zeichen, die sie in der Höhle oberhalb von Elpele gesehen hatten, dass die Zeichen auf den Bilderblättern – eine Bedeutung hatten, dass man damit Sprache und Wissen festhalten konnte. Und das, was Sába in Händen hielt, waren keine Bilderblätter, sondern ein Buch. Ein Buch, in dem festgehalten worden war, wie die Menschen zu den Göttern geflogen waren.

Sába erbat sich noch ein wenig Zeit, Zeit, während der sie kaum still sitzen konnte. Wie schaffte das Sara nur? Auch ihre Augen leuchteten, auch sie schien aufgeregt, aber dennoch saß sie da wie die Ruhe selbst.

Endlich! Sába klappte die Bilderblätter – das Buch - zu.

„Dies ist eines der wertvollsten Bücher, das ich je gelesen habe," sagte er schließlich. „Und es bestätigt meine Vermutung, dass die Götter nicht immer dagewesen sind."

Das hatte Mári nicht erwartet.

„Hört zu: ich erzähle euch jetzt alles, was ich über die Vergangenheit der Menschen weiß. Wir haben Bücher darüber, viele Bücher, aber alle wurden sie von Priestern geschrieben, die das Geheimnis des Schreibens – so nennt man die Technik, diese Zeichen zu malen – für sich behalten haben. Aber alle sind sich einig, dass es vor vielen Generationen einen großen Krieg gegeben hat. Einen Krieg, der so schrecklich war, dass man ihn sich heute gar nicht mehr vorstellen kann. Ein Krieg, der heute gar nicht mehr so schrecklich sein könnte, weil wir … so vieles verlernt haben. Dieses Buch ist der Beweis dafür, wie unglaublich viel mehr wir konnten. Wir sind zum Mond geflogen! Das steht hier, ganz genau beschreiben, sogar eine Jahreszahl steht dabei: 1969! Das muss eine antike Zählweise sein. Leider habe ich keine Ahnung, was sie bedeutet, was gezählt wird. Das kann fünfhundert Jahre her sein, aber auch tausend oder zehntausend, ich weiß es nicht!" Sába trommelte mit den Fingerknöcheln auf seine Stirn, so, als wollte er nicht zugängliches Wissen zum Leben erwecken.

„Jedenfalls gab es vor dieser Zeit riesige Reiche, und es gab Maschinen, die wir uns heute nicht mehr vorstellen können. Es gab Rösser aus Stahl, die um ein vielfaches schneller waren als echte Pferde – und es gab Maschinen, die fliegen konnten. Diese Maschinen konnten von oben ganze Städte vernichten, indem sie sogenannte Bomben warfen. Das waren Behälter aus Metall, die explodierten. Doch eine Waffe stellte alle anderen in den Schatten.

Die Menschen stellten eine zweite Sonne her, und nicht nur eine, sondern viele tausende."

Mári blickte ihn verständnislos an. „Eine zweite Sonne?"

„Man berichtet, dass es eine Bombe war, die, einmal explodiert, wie eine zweite Sonne am Himmel stand, und sie vernichtete alles und jeden, auf den sie blickte. Die Legende besagt, dass die Menschen sehr wohl wussten, dass sie sie nicht einsetzen durften, denn ein Krieg der Sonnen hätte das Ende der Menschheit bedeutet. Aber sie haben es dennoch getan."

Mári sah, wie Sara blinzelte. „Aber es gibt uns doch noch immer. Es kann nicht das Ende der Menschheit gewesen sein," sagte Sara.

„Ja, es gibt uns noch immer. Aber wenn du mich fragst – es war trotzdem ein Ende. Ein Ende des Fortschritts, ein Ende des Lebens auf der Erde, wie man es kannte. Schaut euch diese Bilder an!" Ein Göttergefährt auf dem Weg zum Mond. Kraftvoll, gleißend, schön. „Stellt euch vor, was wir damals konnten! Wir waren wie Götter, und sieh uns jetzt an! Nein, der Krieg der Sonnen hat viel mehr vernichtet, als wir uns nur vorstellen können."

Trotz des lodernden Feuers fröstelte Mári. „Du hast gesagt, dass dieses Buch deine Vermutung bestätigt, dass die Götter nicht immer da waren."

„Ja." Sábas Augen glänzten. „Hier wird genau beschrieben, wie es zur Landung auf dem Mond kam. Wer es getan hat. Es waren drei Männer, und sie hießen Neil Armstrong, Michael Collins und Buzz Aldrin. Wahrscheinlich spreche ich das ganz falsch aus, denn die Leute kamen aus dem sogenannten Amerika. Manchmal nennen sie es auch USA, ich habe noch nicht verstanden, ob es das gleiche ist. Aber das muss der Name des Reiches sein, zu dem die drei Leute gehört haben. Sie flogen als erste Menschen zum Mond. Und zurück. Es geht in dem Buch auch darum, was sie auf dem Mond gefunden haben."

Máris Atem stockte. Sába lächelte. „- Nichts. Gar nichts haben sie gefunden. Nur Staub. Kein Leben. Es gibt auf dem Mond kein Leben. Und – keine Götter. Kein Wort von Göttern, die um die Erde herum fliegen. Ihnen hätten sie doch begegnen müssen auf ihrem Weg zum Mond, nicht wahr?"

„Wie kamen sie dann hier her, die Götter?" fragte Mári tonlos. Sába zuckte die Schultern. „Das würde mich auch brennend interessieren."

„Aber du weißt doch noch etwas über die Götter," hakte Mári nach. „Du wusstest, dass du unter der Erde... nun ja, du weißt schon was tun kannst, ohne dass die Götter es merken. Du wusstest, dass sie nicht allmächtig sind."

Wurde Sába gerade rot? Mári fand das fast ein wenig süß. „Ich wusste es, weil das jeder Priester weiß. Und ja, es wird von Priester zu Priester weitergegeben, dieses Wissen. Und es ist der Grund, warum es immer wieder Priester sind, die am Wesen der Götter zweifeln, nicht die einfachen Menschen. Ja, die Götter sind nicht allmächtig. Und sie machen Fehler. Aber wer sie sind und woher sie kommen – keine Ahnung. Aber ja, die Priester nützen ihr Wissen aus. Das Wissen der Bücher, und die Unwissenheit der einfachen Menschen. Und ein abtrünniger Priester hat es sehr schwer."

„Was werden sie mit dir tun, wenn sie merken, dass du uns hilfst?" fragte Sara sanft. „Tiraz wird mich jagen, der Hohepriester wird mich jagen. Aber dann sind wir hoffentlich weit weg."

„Wie weit weg ist das Kloster der fliegenden Mönche?" hörte sich Mári fragen.

„Sicher mehrere Tagesreisen," antwortete Sába. „Ich möchte dort hin," sagte Mári mit fester Stimme.

„Wieso?" fragte Sara tonlos.

„Die Mönche haben alles Wissen eingesammelt, das sie einsammeln konnten, so hat es mir Jana erzählt. Jetzt weiß ich, wie sie es getan haben. Bücher! Sie haben Bücher gesammelt! Und wenn sie Bücher gesammelt haben, dann haben sie sicher auch ein Buch, das beschreibt, wie man eines dieser Gottesgefährte baut. Ich will ein Gottesgefährt bauen, und dann fliege ich damit in den Himmel zu den Göttern. Und dann erwarte ich Antworten von ihnen."

Mári merkte erst jetzt, wie die beiden sie anstarrten. Was hatten sie nur? War das Angst, Bedauern in den Blicken Saras? Mitleid?

„Das wird nicht funktionieren," sagte Sába schließlich.

„Wieso?" fragte Mári mit schneidender Stimme.

„Du stellst dir das so einfach vor..."

„Ich will nur wissen, wieso es nicht funktionieren soll. Ich weiß, dass das nicht einfach wird." Máris Blick schweifte nochmal zu dem leuchtenden Gottesgefährt.

Sába seufzte. „Dann nenne ich dir die Gründe. Erstens weiß ich gar nicht genau, wo das Kloster der fliegenden Mönche liegt und ob es wirklich immer noch existiert. Ich habe nur vage Informationen aus Büchern, an die ich mich unvollständig erinnere. Zweitens wirst du nicht hineinkommen. Und drittens kannst du nicht lesen. Wie in aller Welt soll es dir gelingen, so ein Gottesgefährt – eine Rakete – zu bauen?"

„Rakete." Mári murmelte das Wort, als kaue sie auf einer süßen Feige herum. „Heißt das so in dem Buch?" Sába nickte.

„Bring mir Lesen bei," sagte sie und blickte dem Priester auffordernd ins Gesicht. „Und sag mir, warum ich nicht in das Kloster hineinkomme."

„Es gibt eine Legende," sagte er, „eine, die besagt, dass die Mönche niemanden in ihr Kloster lassen, niemanden von außen. Denn sie hüten das Wissen der früheren Zeit, aber sie werden es nur mit einer sehr speziellen Person teilen."

„Mit wem?" fragte Mári. Sába sah ihr nicht ins Gesicht. „Mit jemandem, der die Götter nicht fürchtet."

Mári spürte Saras Augen auf sich. Weich war der Blick, weich und voller Schmerz, so als wüsste ihre Geliebte, dass viel Leid auf sie zukommen würde. „Wenn es jemanden gibt, der die Götter nicht fürchtet, dann bist das du." Mári legte ihre Hand in die ihre und fühlte ein dumpfes Pochen in sich aufsteigen, ein Pochen, das aus der Ahnung entstand, dass sie zu viel Hass im Herzen trug, um Sara glücklich zu machen.

Sie hatten nicht noch einmal über das Kloster der fliegenden Mönche gesprochen, aber irgendwie war klar, dass Sába versuchen würde, es zu finden. Er führte sie immer weiter hinein ins Gebirge, murmelte manchmal etwas, so, als versuche er, einmal gelesenes Wissen aus der Erinnerung abzurufen. Auch Sara war merkwürdig still. Bleiern lag der Himmel über ihnen, die Sonne verschwand zusehends hinter einem dichter werdenden Schleier aus grauen Wolken. Nach ein paar Stunden kamen sie zu einer Stelle, wo ein Bach von links aus dem Gebirge kam. Sie folgten diesem nach oben. Die Berghänge rückten näher an den Bach heran, das Wasser wand sich durch immer felsigeres Terrain. Irgendwann stellte Mári fest, dass sie nur noch ein schmales Band von den nahen Felswänden trennte. Sie befanden sich mitten in einer Schlucht. In einer verdammt dunklen Schlucht. Plötzlich ein Schlag. Diffuse Helligkeit wie ein zorniger Finger am Himmel, schon verblassend. Und dann setzte das Prasseln ein. Auf dem Wasser, auf den Felsen, auf den Köpfen. „Schnell!" rief Sara, „da vorne ist ein Unterstand!" Die Schlucht war nun so eng geworden, dass sie nach kurzer Zeit tatsächlich zu einem trockenen Unterstand kamen. Der Fels lehnte sich hier mehrere Menschenlängen über den Bach hinaus und bewahrte sie in einem bequemen Bereich vor dem Regen.

„Wir bleiben hier," beschloss Sara, und niemand hatte Einwände. Während sie ein Mahl aus Speck und Brot zu sich nahmen, etwas unbequem auf den Felsen hingestreckt, mischte sich das Rauschen des Baches mit jenem des Regens. Immer wieder grummelte es in der Ferne. „Vielleicht wäre das der richtige Moment, uns lesen beizubringen," sagte Sara lächelnd. Mári grinste. „Ja, das ist eine gute Idee." Wenig später stellten beide Mädchen fest, dass die Sache mit dem Lesen sehr viel mehr Zeit in Anspruch nehmen würde als sie gedacht hatten.

Erst am übernächsten Tag ließ der Regen nach. Sie hatten den Tag damit verbracht, mit Sábas Hilfe abwechselnd an den Wörtern aus dem Raketenbuch herumzurätseln und einzelne Buchstaben in die Felsen zu ritzen. Immer wieder. Máris Kopf rauchte. Und dennoch – als sie das erste geschriebene Wort erkannte, war es, als durchströmte sie ein wahres Glücksgefühl. Es würde noch dauern, aber sie würde lesen lernen, da war sie sich sicher. Sara war das Ganze viel ruhiger angegangen, und Mári hatte den Eindruck, dass sie schneller lernte als sie selbst. Wie auch immer, das war kein Wettbewerb. Und sie wusste selbst, dass ihre Frau klug war. Umso besser, wenn sie beide die neue Fertigkeit lernten. Dann würden sie gemeinsam in den Büchern der Fliegenden Mönche lesen können. Wenn – ja, wenn sie sie überhaupt einlassen würden. Stimmte es überhaupt, dass sie keine Angst vor den Göttern hatte? Nein, vermutlich nicht, gestand sich Mári ein, während sie ihre Sachen zusammenpackten und sich bereit machten, den Lagerplatz zu verlassen. Der einzige Unterschied zu den anderen Menschen war, dass ihre Wut noch stärker war als ihre Angst.

Der nächste Abschnitt des Weges war nicht leicht. Immer wieder kamen steile Felsen direkt an das Wasser heran, und sie mussten klettern. Mári stellte erleichtert fest, dass sich auch Sába geschickt anstellte. Erst am Abend ließen sie die Schlucht hinter sich. Die Landschaft hatte sich gewandelt. Sie waren jetzt hoch oben im Gebirge, der Bach mäanderte durch einen niedrigen lichten Mischwald. Vögel zwitscherten. Auf den felsigen Gipfeln, die das Hochgebirgstal begleiteten, hatte das Gewitter kleine weiße Tupfen hinterlassen. Als sie sich für ein Lager in der Nähe des Baches entschlossen hatten, suchte Mári die Nähe Saras. Sába entfernte sich, um Feuerholz zu suchen. Hatte er gemerkt, dass Mári etwas auf dem Herzen lag? Sie griff nach Saras Hand. „Ich bin schwierig," sagte sie, „das weiß ich. Und es tut mir leid, dass ich dich nicht gefragt habe, ob du einverstanden bist. Du weißt schon, mit dem Bau der Rakete." Sara lächelte, doch ihr Lächeln hatte schon fröhlicher ausgesehen. „Wenn du das tun musst," sagte sie schließlich, „dann brauchst du jemanden an deiner Seite. Wir werden sehen, was passiert, wenn wir auf die Mönche treffen. Aber schlimmer als Tiraz können sie wohl kaum sein." Mári spürte einen feuchten Kuss auf der Nase. „Ich bin da," flüsterte ihr Sara ins Ohr, „und ich gehe nicht mehr weg."

Die nächsten Tage wanderten die drei durch Hochtäler und über Gebirgspässe, auf der Suche nach einem doppelten See. Sába hatte ihnen erzählt, dass das Kloster der fliegenden Mönche in den priesterlichen Schriften als „zwischen den Seen gelegen" beschrieben war, hoch im Gebirge. Er hatte auch einmal eine sogenannte Landkarte gesehen, ein gemaltes Bild, wo das Kloster eingezeichnet war. Doch je länger sie unterwegs waren, umso unsicherer wurde Sába, in welche Richtung sie sich wenden sollten. Mári und Sara blieb nichts übrig, als dem Priester zu folgen. Immerhin hatten sie jemanden dabei, der am Sonntag die Opferzeremonie leiten konnte. Und dass Tiraz sie ein zweites Mal finden würde, war doch mehr als unwahrscheinlich. Schließlich würde Mári nicht noch einmal den Fehler machen, sich einer Fremden anzuvertrauen und ihren geplanten Weg preiszugeben. So genoss Mári die Gegenwart ihrer Frau, sie genoss es auch, durch das von einer immer freundlicher lachenden Frühlingssonne beschienene Gebirge zu gehen, und irgendwie gewöhnte sie sich auch an den Gedanken, dass Sába nicht mehr ihr Feind war, sondern ein etwas zu instinktgeleiteter, schwacher Mensch, der jedoch den Willen hatte, vergangenes Unrecht wieder gut zu machen. Und manchmal – in Momenten, wo sie sich unbeobachtet wähnte, beobachtete sie seine Bewegungen, sein markantes Kinn und seine stolze, aufrechte Haltung, und ein warmes Gefühl kam in ihr auf. Ja, sie erkannte etwas in ihm, das sie an sie selbst erinnerte.

Am Freitag – Sába zählte immer die Tage, damit er wusste, wann sie das Opfer darbringen mussten – erreichten sie ein Gebirgstal, das so weit in die Höhe führte, dass die Bäume nur mehr als verkrüppelte Latschenkiefern am Boden entlang krochen. Wenn Mári den Blick zu den sie umgebenden Felsbergen hob, sah sie nur karge Grashänge und gestuften Fels. Auf den Schutthalden unterhalb der Felskegel hatten sich teilweise sogar noch Schneefelder gehalten. Diese Berge mussten weit höher sein als der Große Bär, höher als alle Berge, die sie kannte! Aufregung erfasste Mári, und die Lust, ganz nach oben zu steigen. Sara wirkte gar nicht so zuversichtlich, sie keuchte und fast schien es Mári, als hinke sie wieder ein wenig. Sábas Atem ging zwar langsam und regelmäßig, aber er wirkte so, als wüsste er nicht wirklich, wo sie sich befanden. Sie bewegten sich auf den Talschluss zu, vor ihnen etwas sanftere Fels- und Schuttberge, links von ihnen ein imposanter

Felskegel, von dem man gewiss eine gute Aussicht hatte. Mári blickte hoch zur Sonne. Sie hatte beinah ihren höchsten Stand erreicht.

„Ich habe einen Vorschlag," sagte Mári, und sie hatte dabei fast ein schlechtes Gewissen. „Ich klettere auf den Bergkegel zu unserer Linken, während ihr eine kleine Pause macht. Von dort oben habe ich gewiss eine gute Rundsicht. Wer weiß – vielleicht entdecke ich die beiden Seen, die wir suchen!"

Sara blickte sie mit ihren nachdenklichen Augen an, die charakteristische Furche auf ihrer Stirn. Mári stellte erschreckt fest, dass sie diese Falte zwar immer noch liebte, sie ihr aber auch ein wenig Angst einjagte. Zum ersten Mal kam es Mári so vor, als könnte Sara etwas denken, das ihr nicht gefiel.

„Eine Pause wird mir auf jeden Fall gut tun," sagte Sara schwach und ließ sich auf einen kleinen Felsblock fallen. „Aber wenn du mitgehen willst, Sába – ich geh nicht weg." Irgendwie wirkte Saras Lachen bitter. Mári reagierte darauf, indem sie ihr einen sanften Kuss auf die Stirn drückte. Sara lächelte schwach. „Pass auf dich auf!" sagte sie leise. Mári nickte, blickte fragend zu Sába. Jener winkte ab. „Ich bleibe bei Sára. Du bist allein wahrscheinlich schneller als ich."

Mári grinste nochmals in die Runde, dann machte sie sich flink auf den Weg. Zunächst ging es über eine Schutthalde, die teils überwachsen war, Gras, Blumen und einzelne Latschenkiefern wechselten sich ab. Schließlich, als sie in den Schatten des Berges eintrat, zeugten nur noch gelbgrüne Flechten von der Existenz von Leben. Bald ging es hinein in die Felswand. Steil war sie, jedoch nicht senkrecht, aber Mári wusste, dass das kaum einen Unterschied machte, sollte sie das Gleichgewicht verlieren. Sie behielt ihre genagelten Schuhe an. Der Weg war zu weit, um mit bloßen Füßen eine Verletzung zu riskieren. Außerdem war der Fels sehr griffig, Mári fühlte zwar die Anstrengung, sich gleichzeitig aber sehr sicher in ihren Bewegungen. Für einen kurzen Augenblick hatte sie den Eindruck, als wäre sie eins mit der Welt, als wäre alles gut und in Ordnung. Und dann sah sie nach oben – und stellte sich vor, dass dort die Götter waren, die sie einfach nicht losließen. Grausam. Rätselhaft. Stumm. Die, die irgendwann plötzlich aufgetaucht waren. Nachdem die Menschen in ihrer Rakete auf den Mond geflogen waren. Sie suchte nach den Namen. Neil Armstrong, Michael Collins und Buzz Aldrin. Ja, diese drei. Sie waren da gewesen, im Weltraum, bevor die Götter aufgetaucht waren. Oder bevor die Götter entstanden waren? Wer oder was waren die Götter überhaupt? Mári hielt kurz inne, hielt sich mit der Linken in einem etwas helleren Felsen ein, fuhr sich mit der Rechten durchs verschwitzte Haar. Warum nur hatte sie das Gefühl, es wäre ihre Aufgabe, den Göttern ihre Geheimnisse zu entreißen? Lag das daran, dass sie sie damals – mit neun Wintern – verschont hatten? Dass sie in den Augen des Dorfes zum *Liebling der Götter* geworden war? Glaubte seither ein Teil von ihr selbst, dass sie etwas Besonderes war, eine besondere Beziehung zu den Göttern hatte? Warum nur hasste sie dann die Götter so sehr? Andererseits – wie konnte man sie auch nicht hassen, diejenigen, die jeden mit dem Tod bestraften, der ihre absurden Gesetze missachtete? Die jeden ausnahmslos bestraften, außer sie? Was war damals beim Opfer geschehen? Gab es doch so etwas wie ein Schicksal, eine Rolle, die ihr das Universum zudachte, eine Rolle, die sie erfüllen musste? Oder war das alles Blödsinn, und sie nahm sich seit damals zu wichtig, verbiss sich in die Frage, was es mit den Göttern auf sich hatte? Mári gab sich einen Ruck, streichelte sich durch den Fels wie eine Katze. All diese Fragen änderten nichts. Irgend etwas war in ihr, ein schmerzhaftes Sehnen, ein zerstörerisches Sehnen, das sie voran trieb, dorthin, wo es Antworten gab. Wieder das Ziehen in den Muskeln, das Dehnen, das Federn der Sprunggelenke, ein gutes Gefühl, ein Gefühl des In-der-Welt-Seins. Irgendwann, sie hatte alles um sie herum vergessen, war das Ende des Kletterns gekommen, das Ende des Berges, das Ende der Welt. Gleißendes Sonnenlicht, eine endlose Weite, die sich über sie ergoss. Und – als hätten sie nur auf sie gewartet – zwei Seen, auf der anderen Seite des Berges, versteckt vor den Blicken Sábas und Saras. Zwei Seen, blau wie das Leben, umgeben von dichtem Lärchenwald, doch in der Mitte, zwischen den Wasserflächen, eine Burg, ein Bauwerk aus gelbem Stein, robust und mächtig, und umgeben von einer ausladenden Mauer. Ein Bauwerk, so groß, wie es Mári noch nie gesehen hatte. Sie nickte. Prägte sich den Weg ein. Und stieg wieder nach unten, hin zu den beiden kleinen Menschen, den einzigen, die ihr geblieben waren.

Am nächsten Tag, nachdem sie den Pass, der den Talschluss bildete, überwunden hatten und auf der anderen Seite wieder abgestiegen waren, erreichten die drei das Kloster. Schon von weitem sahen sie es am Ende des Sees, an dem sie entlang gingen, thronen. Je näher sie kamen, umso imposanter sah es aus. Die Mauern mussten mindestens zwei Menschenlängen hoch sein, und sie waren so glatt, dass Mári sich fragte, ob sie auch nur den Hauch einer Chance hätte, sie zu überwinden. Aber das würde sie nicht tun müssen, jedenfalls hoffte sie das. Denn es gab ein Tor, ein großes Tor mit massiven hölzernen Flügeltüren. Und eingeritzt in das Tor stand etwas. Mári strengte sich an. Sie hatten jeden Abend mit Sába lesen geübt, aber sie konnte nur einzelne Wörter erkennen. Hilfesuchend sah sie sich nach Sába um. Leise murmelte dieser, und Sábas Stimme klang, als hätte er eine dunkle Vorahnung: *Niemand wird hier willkommen sein, nur der eine, ohne Furcht, der, den die Götter verschonen, der trete ein!*

Mári spürte Saras forschenden Blick auf sich ruhen. „Der, den die Götter verschonen. Oder die," ergänzte sie. „Da ist es schwer, an einen Zufall zu glauben."

Sába klopfte aufgeregt mit dem Fuß auf den gestampften Boden. „Wenn sie dir nicht aufmachen, wem dann?" Sába deutete auf den golden schimmernden Klopfer, der an der rechten Flügeltüre, dicht unterhalb der eingeritzten Worte, prangte. „Soll ich?"

Mári schluckte, plötzlich nervös. Das war doch kaum zu glauben. Der, den die Götter verschonen. War wirklich sie damit gemeint? Und warum diese Bedingung? Doch sie nickte. Sába klopfte. Mehrmals. Laut klang der Hall durch die Stille. Dann warteten sie. Eine kleine Glocke läutete jenseits der Mauer. Dann wieder Stille. Eine gefühlte Ewigkeit verging. Und dann – plötzlich – knirschte das Holz, und langsam drehte sich die rechte Tür. Ein älterer Mann gestützt auf einen Holzstab stand da, flankiert von zwei anderen Männern, die in ihren Händen sonderbare Stöcke hielten. Mári hatte so etwas noch nie gesehen. Die Stöcke waren auf sie gerichtet, auf sie und Sába, und Mári hatte das Gefühl, dass eine Bedrohung von ihnen ausging.

„Habt ihr den Schriftzug auf dem Tor gelesen?" begann der Alte ohne Umschweife. Die Betonung seiner Worte klang ungewohnt, aber Mári verstand ihn. Seine hellen Augen musterten die drei nacheinander.

„Ja," antwortete Mári. „Das haben wir. Und wir begehren Einlass." Der Alte zwirbelte seinen weißen Bart. Dann bedeutete er seinen jüngeren Begleitern, die Stöcke zu senken. Doch sie behielten sie in der Hand, bereit, sie im Notfall einzusetzen.

„Dann wisst ihr, dass wir nur demjenigen Einlass gewähren, der keine Furcht vor den Göttern hat, weil ihm die Götter nichts anhaben können. In tausend Jahren ist nie so jemand erschienen." Mári spannte ihren Körper an. „In tausend Jahren? So lang gibt es das Kloster schon?" Der Alte musterte sie, ihr schien gar mit einem gewissen Wohlwollen. „So ist es. Aber sag mir – weshalb begehrt ihr Einlass?"

Mári beschloss, ehrlich zu sein. Irgendwie mochte sie den Weißhaarigen. „Ich möchte eine Rakete bauen. Und dann fliege ich zu den Göttern und frage sie, warum sie hier sind. Warum sie so grausam sind. Und woher sie kommen. Und in der Büchersammlung ihres Klosters möchte ich forschen, wie man so eine Rakete baut."

„Soso," meinte der Alte schmunzelnd, „ganz schön viel auf einmal. Aber ihr wisst: in tausend Jahren hat niemand die Prüfung bestanden. Leider haben es immer wieder Leute versucht. Nicht zu meinen Lebzeiten. Zum Glück nicht." Die letzten beiden Sätze hatte er kaum hörbar gemurmelt, wie zu sich selbst. Nun riss er sich wieder zusammen, sprach laut und deutete mit seinem Stab hinaus auf den See. „Geht lieber wieder. Es ist besser für euch und für uns. Die Götter wollen nicht besucht werden."

Mári meinte einen unsicheren Blick Saras auf sich zu spüren. Aber sie gab sich nicht geschlagen. „Wir sind tagelang durch die Berge gereist, nur um euch zu finden. Ich gebe nicht auf. Ich bin diejenige, der ihr die Tore öffnen sollt. Denn mich haben die Götter verschont. Als ich neun Winter zählte, habe ich das sonntägliche Opfer versäumt. Alle dachten, ich würde sterben. Aber nichts ist passiert. Mich haben die Götter verschont. Und deshalb bin ich diejenige, die die Götter nicht fürchtet."

Der Alte sah sie eine Weile an, dann seufzte er. „Die Regeln des Klosters sind eindeutig. Ihr dürft die Prüfung beantragen. Aber ich bitte euch, es nicht zu tun. Niemand hat sie bisher bestanden. Es wäre schade um euer junges Leben." Jetzt blickte er zu Sara. „Und um euer junges Glück." Mári war verwirrt. Hatte der Alte übersinnliche Fähigkeiten? Und was meinte er mit „Es wäre schade um euer junges Leben?"

„Was ist das für eine Prüfung?" fragte sie schließlich. Der Alte sah sie lange an. „Nun, ihr müsst unter Beweis stellen, dass euch die Götter nichts anhaben. Dass sie euch verschonen, wenn ihr ihre Gesetze übertretet. Da wir nicht wollen, dass ihr jemanden ermordet oder vor unseren Augen Unzucht begeht, schlagen wir vor, dass ihr bei der Opferzeremonie anwesend seid, ohne ein Opfer darzubringen."

Mári spürte, wie ihre Knie schlotterten. Wie durch einen Tunnel nahm sie den Alten wahr, der plötzlich unheimlich fern wirkte. „Ich nehme die Prüfung an," sagte sie, bevor sie darüber nachdenken konnte. Rechts von ihr, da, wo Sara stand, nahm sie eine Bewegung wahr. Und dann stürzte sie dort hin, um ihre Frau aufzufangen.

Sába hatte noch versucht, den Alten umzustimmen. Es müsse doch ausreichen, wenn er und Sara bezeugen konnten, dass es so gewesen war, wie Mári erzählt hatte. Warum ein zweites Mal die Götter herausfordern? Doch der Mönch war unerbittlich gewesen. Er bedauere es zwar, aber er weigerte sich, die klaren Regeln des Klosters zu biegen. Schließlich hatte Sába entnervt aufgegeben. Sie waren so verblieben, dass sie sich morgen zu einer Opferzeremonie mit den Mönchen treffen würden. Zu der alles entscheidenden Opferzeremonie. Nun lagerten sie unweit des Holzportals zwischen See und Klostermauern. Sara wirkte selbst im Schein des Feuers bleich. Seit sie vor lauter Schreck umgefallen war, hatte sie kaum ein Wort gesprochen. Mári hielt sie im Arm, hin und hergerissen zwischen Schmerz und Entschlossenheit. „Sara, versteh doch," sagte sie zum sie wusste nicht wievielten Mal, „ich muss das tun. Wenn nicht ich – wer dann? Und wer weiß, wenn ich die Götter erreiche – vielleicht kann ich sie umstimmen? Vielleicht kann ich sie davon überzeugen, dass es eben nicht notwendig ist, die Menschen zu bestrafen?" Saras rundes Gesicht wirkte plötzlich ganz spitz. „Ich würde es mir nie verzeihen, wenn ich jetzt aufgeben würde. Und sehen wir es doch mal so: wieso sollten mir die Götter jetzt etwas anhaben? Wieso mich nur einmal verschonen?" Mári wollte selbstsicher klingen, und das tat sie auch. Aber sie schaffte es nur gerade so, die tief in ihr sitzende Stimme zu übertönen, die ihr zuraunte: und warum sollten dich die Götter nicht bestrafen? Du kennst sie nicht, du hast keine Ahnung davon, was sie für einen Plan verfolgen, warum sie tun, was sie tun. Wie kannst du sicher sein, dass du nicht in einem grellen Blitz schmelzen wirst, wenn du das Opfer verweigerst?

„Du setzt unser gemeinsames Leben aufs Spiel," hörte sie plötzlich Sara flüstern. „Unsere große Liebe. Ich werde nie mehr glücklich sein, wenn du morgen stirbst." Mári sah in Saras Augen, groß waren sie und ehrlich und voller Vertrauen. Ein Kloß bildete sich in ihrem eigenen Hals, und eine Träne löste sich von ihrem linken Auge, rollte feucht und heiß die Wange hinab. Saras Augen blickten stumm und voll unendlicher Traurigkeit, warteten auf eine Antwort. Mári wusste, dass sie die falsche Antwort geben würde, bevor sie es tat. Sie presste ihre Lippen zusammen, und dann öffnete sie sie gerade ausreichend, um hervorzustoßen: „Ich muss das tun."

In jener Nacht klammerte sich Sara wie ein Schraubstock an Mári. Mári tat selbst kaum ein Auge zu. Erst gegen Morgen schlief sie ein. Als sie aufwachte, blickte sie in ein zerknirschtes, aber entschlossenes Gesicht. „Ich habe mich entschieden," sagte Sara, deutlich fröhlicher als am Vorabend, „ich werde auch kein Opfer darbringen. Wohin du gehst, gehe ich auch." Mári schüttelte sich unwillig. „Nein!" sagte sie laut. „Das tust du nicht. Ich erlaube es nicht." Mári taumelte zurück. Wie war aus der Denkerfalte so schnell eine Zornesfalte geworden?

„Du erlaubst es nicht?" Noch nie hatte sie Sara so laut sprechen gehört. Ihr Kopf war ganz rot, ihre Augen blitzten. „Du erlaubst es nicht? Und ich soll erlauben, dass du dich opferst, für deine dummen Götter!"

„Ich opfere mich nicht für meine dummen Götter, ich fordere sie heraus! Das ist ein großer Unterschied!" Mári spürte, dass ihre Stimme zu hoch klang. Fast hatte sie Angst vor Sara. „Es ist ganz einfach." Saras Stimme klang kalt und fern, war aber von einer marmornen Entschlossenheit. „Wenn du kein Opfer darbringst, bringe ich auch keines dar. Das ist so, und du wirst mit den Folgen leben müssen. Oder auch nicht."

Mári riss sich los. Was sollte sie nur tun? Sara erpresste sie, und dabei konnte sie sie auch noch verstehen. Hätte sie nicht das gleiche getan? Hätte sie zugelassen, dass Sara ihr Leben aufs Spiel setzte? Mári musste weg, lief zum See, schlug sich durch das Ufergebüsch, spürte peitschende Zweige im Gesicht. Sie musste allein sein. Gab es eine Lösung, eine, mit der sie dauerhaft leben konnte? Undenkbar, wenn Sara starb und sie lebte, weil sie der Liebling der Götter war. Aber auch undenkbar, sich von Saras Liebe hemmen zu lassen, ihre Mission, ihren Lebensinhalt aufzugeben!

Als sie mit rotem Gesicht zurückkam, waren die Tore offen. Zehn Mönche hatten einen Holzstapel aufgeschichtet. Eine brennende Fackel steckte daneben im Boden. Sara brach in irres Lachen aus, als sie Mári entdeckte. Mári spürte einen Stich im Herzen. Wie grausam sie mit ihrer Geliebten umging! Sara hatte das nicht verdient. Plötzlich spürte sie ein Schütteln. Es war Sába. „Mári!" Wollte er Vernunft in sie hinein oder den Wahnsinn aus ihr herausschütteln? „Mári, Sara ist völlig fertig. Du kannst das nicht tun. Und auch ich will dich nicht verlieren. Das ist es doch nicht wert!" Mári nickte. „Ich habe mich entschieden. Ich werde den Göttern opfern." Sába blies soviel Luft aus, dass Mári meinte, er müsste dadurch auf die Hälfte seiner Körpergröße schrumpfen. „Dann sag das Sara besser gleich." Er klopfte ihr väterlich auf den Rücken.

Mári schnellte zu Sara hin, nahm sie in die Arme. „Sara, ich habe mich entschieden. Ich werde das Opfer darbringen. Du musst keine Angst mehr haben. Ich liebe dich mehr als alles auf der Welt." Im selben Augenblick bereute Mári, diesen letzten Satz gesagt zu haben. Er würde in den Ohren Saras für immer falsch klingen, wenn sie erst getan haben würde, was sie vorhatte.

Der alte weißhaarige Mönch leitete die Zeremonie, bekleidet von einer schwarzen Priesterrobe. Jeder wog etwas in seiner Hand. Eier, Äpfel, Wolle. Mári spürte, wie die Mönche immer wieder zu ihr herüberblickten. Ja, natürlich, sie wussten nichts von den neuen Entwicklungen. Besser so, dachte Mári für sich. Sie spürte Saras Körper. Seit sie ihr die gute Nachricht überbracht hatte, strahlte das Mädchen förmlich. Während der Alte seine beschwörenden

Formeln sagte, brachten die Mönche alle ihre Opfergaben dar. Dann war Sába an der Reihe. Als er vom Opfer zurückkam, gab Mári Sara einen kleinen Schubs, sie trat vor und legte ihr Stück Brot auf den Gabenstoß. Währenddessen suchte Mári den Blick des Alten und nickte ihm zu. Der Alte verstand, gab einem der Mönche ein Zeichen. Er packte die Fackel und setzte den Gabenstoß in Brand. Sara, die schon wieder zurückkam, sah die Scham im Blick ihrer Frau, und alle Farbe wich aus ihrem Gesicht. Sie drehte sich um, sah das heller werdende Leuchten des Gabenstoßes und brach zusammen. Mári stand da, ein Stück Brot in der Hand, voller Schmerz und voller Selbsthass, und plötzlich war sie wieder das kleine neunjährige Mädchen, das hilflos nach seiner Mutter rief. Hilflos angesichts eines unverständlichen, kalten Universums, dem sie restlos ausgeliefert war.

Wieder war es still, nur das Lodern der Flammen, Augen auf sie gerichtet, wartend, manche neugierig, andere voller Mitgefühl, und zwei Augen voll ungläubiger Enttäuschung, Liebe und Angst. Mári blickte nach oben, nach hinten. Dort stand der Berg, auf dem sie vorgestern gewesen war, von wo aus sie den See gesehen hatte. Schön bist du gewesen, du Welt, voller Berge und Blumen und Tiere – und mit *einer* Sara. Hastig drehte sie sich um, plötzlich fürchtend, zu langsam zu sein, vom göttlichen Blitz getroffen zu werden, ohne Sara noch einmal zu sehen. Aber da lag sie, immer noch, kauernd, und sogar die Denkerfalte hatte sich wieder gebildet. Wie lange war es her, dass die Mönche den Gabenstoß in Brand gesetzt hatten? Hatte sie es geschafft? Nein, noch nicht, was tust du, Sara? Sara hatte sich aufgesetzt, kroch auf sie zu. Weg! Halt Abstand! Die Götter können immer noch ihre Blitze schicken! Doch da war sie, ihre geliebte Sara, umklammerte ihre Knie wie eine Ertrinkende, zog sich an ihr hoch und küsste sie. Sanft. Verzweifelt. Lange. Und wieder schaffte es Mári nicht, sie wegzustoßen, wie damals, als sie sich in der Höhle zum ersten Mal näher gekommen waren. Mári begann zu weinen. „Verzeih mir, bitte verzeih mir!" Und Sara, die Frau mit dem größten Herzen, verpasste ihr eine schallende Ohrfeige, bevor sie in befreites Lachen ausbrach.

*

Der weißhaarige Mönch, er hörte auf den Namen Magnus, führte die drei durch das Klosterareal. Mári staunte. Nicht nur, dass es einen ganzen Bauernhof im Inneren der Klostermauern gab – das Hauptgebäude, das aus gelbem Stein erbaut war, wirkte nun geradezu gigantisch.

„Die Wirtschaftsräume befinden sich – ebenso wie der Wohntrakt der Mönche – zu ebener Erde," erklärte Magnus, während sie sich durch eine Herde Ziegen auf das imposante Bauwerk zubewegten. „Dort werdet auch ihr wohnen, es gibt genügend ungenutzter Räumlichkeiten. Die drei darauf sitzenden Bauwerke sind voller Bücher. Dort findet sich alles, was wir von der untergegangenen - alten - Welt bewahren konnten."

„Was wisst ihr vom Untergang der alten Welt?" fragte Mári atemlos. „Sind wir wirklich zum Mond geflogen?" ergänzte Sára ungläubig.

Magnus lächelte traurig. „Das – und noch viel mehr. Wenn man die alten Bücher liest, kommt es einem so vor, als wären unsere Vorfahren Magier gewesen, solch phantastischer Taten waren sie fähig. Aber die Bücher haben für alles eine Erklärung. Die Menschen damals haben alles herausgefunden, durch Beobachtungen, Theorien und Experimente."

Mari sah wohl etwas ratlos drein. „Ich werde euch erklären, was das alles bedeutet. Ich will damit nur sagen: es waren keine Zauberer, sondern Menschen wie wir. Und theoretisch – wenn wir alles so machen wie sie – könnten wir wieder zu den Sternen fliegen."

„Wir dürfen nicht wieder alles machen wie sie," brachte sich Sába ein. Magnus musterte ihn. „Ja, da hast du wohl recht," meinte er schließlich. „Wir müssen es besser machen."

Als sie am Hauptgebäude angelangt waren, sah Mári nach oben. Sie hatte beinah das Gefühl, vor einem Berg zu stehen, so hoch war das Haus. Magnus, der ihren Blick bemerkt hatte, sagte, ein Schmunzeln im Gesicht: „Das, was ihr hier seht, ist noch nicht alles. Kommt mit!" Sie traten in eine Eingangshalle ein, von der aus Gänge in die Seitentrakte führten. Eine breite, aus Stein gehauene Treppe führte nach oben.

Doch es ging auch nach unten. Die ersten Treppenstufen waren noch vom Tageslicht beleuchtet, doch dann wurde es rasch düster. Magnus lächelte. Mári schien, als wäre er mächtig stolz auf sein Kloster. Fast, als hätte er darauf gewartet, das, was sie über tausend Jahre bewahrt hatten, endlich jemandem zeigen zu können.

„Kommt!" sagte er schließlich, „ich führe euch zunächst in den Keller." Er drückte auf einen Knopf in der Wand, und plötzlich erhellte sich die Kellertreppe. Die drei Besucher fuhren herum, atemlos. Wie hatte Magnus das gemacht? Wieder das zufriedene Lächeln. „Wir sind zwar die Bewahrer, aber das heißt nicht, dass wir nicht selbst in den alten Schriften lesen – und manchmal etwas Sinnvolles anwenden. Und außerdem – seht selbst." Magnus führte sie in den Keller, und als sie in die große Halle blickten, die sich vor ihnen auftat, erhellt von künstlichem Licht, dachten sie gar nicht mehr daran, ihre Münder zuzumachen. Vor ihnen lagen die technischen Überreste einer ganzen Zivilisation.

„Die ersten Mönche haben nicht nur Bücher gesammelt, sondern auch technische Geräte, Bauteile aller Art. Dort seht ihr das Fluggerät, mit dem sie über Jahrzehnte hinweg über die Lande geflogen sind, um Dinge einzusammeln – so lange, bis es nicht mehr flog."

„Wie heißt das Gerät?" fragte Sára atemlos. „Sie nannten es Hubschrauber." Máris Augen funkelten. „Vielleicht kann man damit..." „Vergiss es," sagte

Magnus sanft. „Damit kann man nicht ins All fliegen. Aber vielleicht kann man Teile davon nutzen, vielleicht kann man aus all diesen Metallteilen, diesen Geräten, deren Namen ich teils gar nicht weiß – vielleicht kann man aus all dem eine Rakete bauen. Mit dem Wissen aus den Büchern. Und unglaublichem Starrsinn. In langer, langer Zeit."

Mári nickte. Und strahlte.

Pa'nan

Flisa, Elebe, Goglu, Tern und Anatok kauerten da, im Labor von Tanduk 5, nicht recht wissend, wohin mit ihren Pfoten. Noch sah Anatok den Satz von Professor Pernak vor seinem geistigen Auge: „Wir haben die Nuz aufgegessen!" Das sah in so vieler Hinsicht unglaublich aus. Und erst nach und nach sickerte in sein kleines aa'nsches Hirn, auf welchen Ebenen das unglaublich war! Unglaublich schon einmal, dass sie entdeckt hatten, dass es die Nuz wirklich gab. Das war die Bestätigung einer bislang vagen Theorie! Und dann – die weitaus heiklere Erkenntnis, dass ihre Vorfahren die Nuz verspeist hatten. Dies anzunehmen hatte weitreichende Konsequenzen. Das begriffen offenbar auch die anderen, denn die bewegungslose Stille wich einem Durcheinander von tanzenden Gliedern. „Sind wir jetzt Fleischfresser?" „Was bedeutet das für das Survivienzparadigma?" „Oh ja, wir werden berühmt!" Goglu, natürlich.

Pernak hatte die Szene beobachtet. Irgendwann beruhigten sich die Studenten und schauten sie an. „Was soll ich euch sagen?" tanzte Pernak mit nach oben gerichtetem Blick. „Unsere Entdeckung ist ungeheuerlich. Sie muss natürlich überprüft werden. Deshalb werde ich morgen früh gleich meine Kolleginnen sowohl der Archäologie als auch der

Universalwissenschaften informieren. Aber ich sehe keinen Grund, warum sie nicht bestätigt werden sollte. Wir stehen vor einer Zeitenwende. Denn ihr habt recht: das Survivienzparadigma wird durch diese Entdeckung radikal in Frage gestellt."

„Warum eigentlich?" warf Tern ein. „Wir haben herausgefunden, dass die Aa'n früher Fleisch gegessen haben. Wir wissen nicht, wie viel, wie oft. Aber offenbar haben sie nie nur Fleisch gegessen. Selbst wenn wir also auf der Ernährungsebene Mischkost für die Aa'n annehmen, stehen wir auf Grund unserer Monogeschlechtlichkeit immer noch deutlich auf der Seite der Survivienz, des Überlebens. Inwiefern stellt das die ganze Theorie in Frage? Wir haben doch überlebt, und es gibt keinen Grund anzunehmen, dass sich das in absehbarer Zeit ändern sollte."

„Deine Überlegung ist logisch," tanzte Pernak. „Aber du vergisst dabei einen Punkt. Das Survivienzparadigma beruht auf der Grundannahme, dass Ernährungsgewohnheiten sowie die Anzahl der Geschlechter grundlegende, unveränderliche Konstanten einer Art sind. Diese Grundannahme ist nun nicht mehr haltbar. Wenn die Aa'n vor Millionen Jahren Fleisch gegessen haben und jetzt nicht mehr, dann heißt das im Umkehrschluss, dass auch andere Fleischfresser zu Pflanzenfressern werden können. Oder mit anderen Worten: selbst eine Zivilisation wie die K'Gur hätte demnach theoretisch die Möglichkeit, sich zu entwickeln."

Flisa trommelte aufgeregt auf den Boden. „Und das heißt," unterbrach er die Professorin, „dass unsere Eindämmungspolitik jeglicher moralischer Grundlage entbehrt." Pernak nickte schwer, schaute in die Runde. „Wenn sich unsere Entdeckung bestätigt," tanzte die Professorin mit bedeutungsvollen Schritten, „dann berauben wir vier Zivilisationen ihrer Entwicklungsmöglichkeiten, dann begehen wir ein ungeheures Verbrechen an ihren Vertretern."

„Dann müssen wir damit aufhören," fiel Anatok ein, „dann muss die Information sofort an die vier Planeten geschickt werden, dass das Töten, das Überwachen, das Eindämmen enden muss. Jetzt." Anatok fühlte eine ungeheure Energie in sich wachsen, ein erhebendes Gefühl, das noch unterstrichen wurde von dem gewaltigen Brausen, das plötzlich die Luft erfüllte.

Die Tür flog auf. Aber es waren nicht die anderen Studenten, die den Raum stürmten. Es war eine Gruppe von ihnen unbekannten Aa'n, breitbeinig, muskulös und selbstbewusst eroberten sie den Raum, indem sie die Gruppe um Professor Pernak einkreisten. Es waren mindestens zwanzig Aa'n, und sie alle trugen ein Zeichen auf der Stirn. Teils war es ein Stück Stoff, teils eingebrannt, teils ausrasiert. Aber es zeigte immer das selbe: einen Pfeil, der in der

Mitte zerbrochen war. Das Zeichen für Kontrolle. Das Zeichen der staatlichen Kontrollbehörde.

Pernaks Schnurrhaare zitterten. Dennoch bemühte er sich offensichtlich um Würde, als er tanzte: „Wie können Sie es wagen, mein Labor zu stürmen? Das ist eine wissenschaftliche Einrichtung."

Eine komplett weiße Aa'n, deren Muskulatur sich bei jedem Schritt eindrucksvoll abzeichnete, machte zwei kontrollierte Hopser nach vorn. „Diese Einrichtung ist nun geschlossen." Ihre Bewegungen waren zackig. „Wir haben direkten Befehl vom Expertenrat der Staatlichen Kontrollbehörde. Sie alle werden mit uns mitkommen. Die restlichen Studenten werden zurück nach Flas begleitet. Sie müssen sich keine Sorgen machen. Auch Ihnen wird nichts geschehen. Wir gehen davon aus, dass Sie kooperieren."

„Wir haben das Recht, zu erfahren, weshalb wir mitkommen müssen und wohin sie uns bringen." Pernak blickte grimmig drein, seine Bewegungen aber waren fahrig.

„Das haben Sie," erwiderte der weiße Aa'n mit reduzierten Tanzschritten. „A: Sie gefährden die planetare Sicherheit. B: Wir bringen Sie ins Quarantänezentrum der Staatlichen Kontrollbehörde."

„Ich weigere mich, mitzukommen," spürte sich Anatok tanzen. Der Weiße beäugte ihn abschätzig. „In diesem Fall," führte er in wenigen Schritten aus, „sind wir befugt, Waffengewalt einzusetzen." Erst jetzt fiel Anatok auf, dass die Kontrollaa'n an ihren Vorderbeinen kleine längliche Metallrohre befestigt hatten. Sie hatte noch keine Waffe auf Aa'nurk gesehen. Was geschah hier? Die Aa'n waren doch eine friedliche Spezies. Oder entwickelte sie sich auch in dieser Hinsicht weiter – zu ihren Ungunsten?

Pernak fixierte Anatok, dann wandte er sich zu allen Studenten. „Wir gehen mit. Wir weigern uns nicht."

Wenig später kauerten die fünf Studenten zusammen mit ihrer Professorin in einem Raumshuttle. Die Universalbegleiter waren ihnen abgenommen worden. Niemand hatte mehr die latente Bedrohung erwähnt, die von den Waffen ausging, aber sie war weiterhin da, waberte durch den luftdicht verschlossenen Raum, verschämt irgendwie, peinlich, unsichtbar, aber alles durchdringend.

Anatok blickte aus dem Fenster, neben dem er angegurtet kauerte. Massive Beschleunigung drückte ihn in seine Kuhle. Die wenigen Gebäude von Tanduk 5 verschwammen in Windeseile mit dem gelben Grundton der Wüste. Bald wirkte die riesige Takalá nur noch wie ein gelber Fleck, umgeben von den gigantischen Zankbergen im Norden und dem Rósgebirge im Osten. Der Fleck sank nach hinten weg, genauso wie die Gebirge. Schon überflogen sie La'ída, das fruchtbare Gebiet, wo Anatok zum ersten Mal Aa'nurk betreten hatte. Nun sank auch schon die Küstenlinie hinter ihnen weg, sie überflogen das endlose Blau des Ozeans. Und dann – plötzlich – erschien eine Insel, nein, ein Kontinent. Das war

Pa'nan, der verbotene Kontinent! Aufregung erfasste Anatok. Was taten sie hier? Es war doch nicht erlaubt, Pa'nan zu betreten! Der ganze Kontinent war ein Naturreservat, so hatte er es gelernt. Oder war das gar nur eine Tarnung?

Anatok hatte kaum Zeit, sich über diese Frage Gedanken zu machen. Der Kontinent, den er gerade noch in seiner Gesamtheit, mit Bergen und Gletschern, mit Seen und Wäldern, überblickt hatte, dehnte sich unter ihnen aus, die Berge verschwanden, und schon landete das Schiff inmitten einer von Wäldern bedeckten Hügellandschaft. Der Landeplatz war eine Lichtung im Wald, Gräser wiegten sich leicht im Wind. „Willkommen auf Pa'nan," tanzte einer ihrer Bewacher. Unbeholfen kletterten sie aus ihren Kuhlen. Was blieb ihnen anderes übrig als auszusteigen? Anatok tapste nach draußen, über eine metallene Schiene. Nun stand sie da, fremde Gerüche in der Nase, Sonne auf dem Fell, kitzelndes Gras, das hoch bis zu ihrer Nase reichte. Es war ihre zweite Landung auf Aa'nurk, und die Landschaft hier war wunderschön. Aber es half alles nichts: wenn einen staatliche Kontrollaa'n mit einer Waffe bedrohen, verliert jede Schönheit ihren Reiz.

Der Weiße tanzte ein paar knappe Befehle. Alle Aa'n aus dem Shuttle hopsten über die Wiese davon. Bald verschwanden sie unter den knorrigen Bäumen. Nun wandte sich der Weiße an Anatoks Gruppe: „Wie ihr seht, braucht es hier keine Bewacher. Das Shuttle lässt nur befugte Piloten ans Steuer, und ansonsten gibt es keine Möglichkeit zur Flucht. Ihr werdet sehen, das ist sehr angenehm für euch. Ihr habt einen ganzen Kontinent zur Verfügung. Ihr dürft ihn erkunden oder ein faules Leben in eurem mit allem Nötigen eingerichteten Bau führen, das ist euch überlassen. Vielleicht trefft ihr auch auf alte Bekannte, mit denen ihr über Wissenschaft diskutieren wollt." Bei den letzten Schritten blickte er Pernak an. Pernak bewegte sich: „Ist etwa Gulek hier?"

Der Weiße grinste, fuhr aber ungerührt fort: „Ihr versteht sicher, dass ihr keinen Universalbegleiter haben könnt, ebensowenig Zugang zum globalen Informationsnetz. Aber wir haben euch eine reichhaltige Bibliothek mit jeder Menge universalhistorischer Literatur eingerichtet."

„Das ist ja schön und gut," antwortete Pernak, „aber ich möchte zuerst eure Vorgesetzte sprechen. Ich verlange eine Erklärung für die Androhung von Waffengewalt. Und auch dafür, dass wir als Bedrohung der planetaren Sicherheit gelten. Es muss sich hier um ein Missverständnis handeln." Anatok gefiel, dass Pernak offenbar wieder Selbstvertrauen gefasst hatte, jetzt, wo die unmittelbare Bedrohungslage vorbei war. Der Ausdruck im Gesicht des Weißen gefiel Anatok hingegen weniger. Spöttisch klimperte er mit den Augenlidern. „Es hat schon alles seine Richtigkeit. Aber ich wollte euch ohnehin zu Radiq bringen." Ohne sich umzudrehen, hüpfte der Weiße davon. Anatok überlegte kurz, ob es Sinn machte, in die andere Richtung zu hoppeln, doch dann folgte sie den anderen. Es stimmte ja. Wohin sollten sie gehen? Der ganze Kontinent war leer – zumindest fast.

Am Rande der Lichtung, im Schatten der ersten knorrigen Bäume, deren Zweige feste, fleischige Finger hatten, führte eine gemauerte Treppe nach unten in die Erde. Die Weiße ging voran, Pernak und die anderen folgten ihm. Anatok warf einen Blick zurück auf das Shuttle. Es hatte eine milchig-weiße Farbe und sah seltsam leicht aus. Irgendwie war es absurd: da stand eine Maschine, die sie in Windeseile zurück bringen konnte nach Aa'nan, und dennoch war es völlig unmöglich. Als wäre das Shuttle eine Komplizin der Staatlichen Kontrollbehörde.

Sie erreichten einen Tunnel, der sich vielleicht fünf oder sechs Anak unter der Erde befand und etwa zwanzig Anak lang war. Insgesamt gab es acht Türen, die vom Tunnel abgingen. Die Weiße deutete auf die von der Eingangstreppe am weitesten entfernte Tür: „Dort hinten ist euer Bau. Er ist komplett eingerichtet. Wenn ihr etwas Zusätzliches braucht, wendet euch an mich. Nun kommt!"

Die Weiße berührte mit ihrer linken Pfote ein Kontrollfenster, das an der nächsten Türe angebracht war. Die aus Metall bestehende Türe schwang auf. Ein einzelner Raum mit einer Arbeitskuhle wurde sichtbar. In der Kuhle lag ein älterer schwarz-gelber Aa'n, vertieft in ein Lesegerät. Als er seines Besuchs gewahr wurde, schwang er sich auf die Pfoten.

„Kommt herein!" tanzte er höflich. „Neue Gesichter, sehr schön! Rima, vielen Dank, ich brauche dich erst mal nicht mehr." Die Weiße hoppelte hinaus und schloss die Tür hinter sich. „Lasst euch ruhig nieder," deutete der schwarz-gelbe Aa'n auf den Boden, „ich weiß, ihr habt viele Fragen und wahrscheinlich seid ihr auch unglücklich über die Entwicklung. Aber lasst mich mich erst vorstellen. Ich bin Radiq, sozusagen der Chef des Quarantänezentrums."

„Warum habt ihr uns gefangengenommen?" fragte Pernak mit fordernden Bewegungen. „Wir haben keine Gesetze übertreten."

„Das habt ihr in der Tat nicht," erwiderte Radiq sanft, „und wir genausowenig. Glaubt mir, mir wäre lieber, ich hätte euch nicht gefangennehmen müssen. Aber die Verträge zwischen dem planetaren Rat und der Staatlichen Kontrollbehörde lassen mir keine andere Wahl. Der Staatlichen Kontrollbehörde obliegt es, gegen Bedrohungen für die Sicherheit der Bewohner Aa'nurks vorzugehen. Üblicherweise geschieht das, indem wir Gesetzesübertretungen ahnden. Aber es gibt eben auch Fragen der planetaren Sicherheit, die über das rein Juristische hinausgehen. Nicht, dass Sie mich falsch verstehen. Das ist alles von Gesetzen abgedeckt. Aber die Gesetze erlauben uns einen gewissen Spielraum, wenn es darum geht, Aa'nurk vor Aggressionen fremder Spezies zu schützen."

„Fremder Spezies?" Goglu tanzte betont linkisch, so, dass ihr Unverständnis überdeutlich wurde.

„Professor Pernak, Sie werden das sicher verstehen," tanzte Radiq bemüht. „Unsere gesamte Außenpolitik beruht auf dem Survivienzparadigma, das Anil Gur'k und Dom Bomil entwickelt haben. Wir brauchen dieses Modell, um unsere Eindämmungspolitik zu legitimieren. Und wir brauchen die Eindämmungspolitik, um in Sicherheit leben zu können. Wir müssen als Staatliche Kontrollbehörde das Große Ganze im Blick haben. Wir können es nicht verantworten, dass durch neue wissenschaftliche Ideen unsere gesamte planetare Verteidigungslinie untergraben wird."

Anatok wollte etwas erwidern, aber Pernaks Blick hielt ihn davon ab. Radiq hatte Pernak direkt angesprochen, sie hatte ein Recht darauf, zu antworten: „Ich bin fassungslos. In den obersten Gesetzen Aa'nurks steht geschrieben, dass die Wissenschaft frei ist. Ebenso steht geschrieben, dass die Politik vom Planetaren Rat gemacht wird. Und dieser wird durch Wahlen zusammengesetzt. Es kann nicht sein, dass eine Behörde wie die ihre unabhängig vom Rat Politik macht."

„Aber wir machen das nicht unabhängig vom Rat. Der Rat hat uns direkt damit beauftragt, alles dafür zu tun, dass die Eindämmungspolitik weiterhin erfolgreich durchgeführt wird. Das ist demokratisch legitimiert. Ich gebe zu, ihre Freiheit als Wissenschaftler wird ein wenig eingeschränkt, dadurch, dass wir Sie hier festhalten. Es tut uns leid – aber ihre Erkenntnisse über den Speiseplan der frühen Aa'n sind staatsgefährdend. Sie dürfen nicht allgemein bekannt werden. Dies wiegt in diesem Fall schwerer als die Wissenschaftsfreiheit. Dennoch sind Sie völlig frei, die Konsequenzen dieser Erkenntnisse mit ihren Schülern zu diskutieren. Oder mit den anderen – Bewohnern Pa'nans, die sich in einer ähnlichen Lage wie Sie befinden. Professor Gulek kennen Sie doch sicher noch."

„Und wenn wir ihnen garantieren, nichts davon zu verraten, dass die Aa'n Nuz gegessen haben? Lassen Sie uns dann laufen?" warf Flisa ein. Die Schnurrhaare Radiqs zitterten. Lachte er? „Es tut mir leid, Liebes, aber wir wissen sehr wohl, dass Wissenschaftler nichts für sich behalten können. Sie streben einfach zu sehr nach Erkenntnis. Deshalb gibt es ja uns, damit wir im Notfall einen Riegel vorschieben können. Es tut uns – wirklich und aufrichtig – leid, dass wir ihre Lebensplanung damit durcheinanderbringen. Aber bis auf weiteres müssen Sie hier bleiben. Immerhin haben Sie einen ganzen Kontinent zur Verfügung. Ich habe selbst schon Expeditionen unternommen, etwa zum Goldsee. Er ist wunderschön."

Da stampfte Elebe zornig auf. Sein gelblich-weißes Fell zitterte. „Glauben Sie, dass Sie uns aufhalten können? Wir werden einen Weg finden. Die Aa'n haben ein Recht darauf zu erfahren, dass sie einmal Fleisch gegessen haben. Und sie haben ein Recht darauf, ihre eigenen Schlüsse daraus zu ziehen. Vielleicht verstehen Sie das nicht, oder Sie wollen es nicht verstehen. Aber Sie werden uns nicht aufhalten."

Wieder zitterten die Schnurrhaare des alten Aa'n. „Bitte, Sie können es jederzeit versuchen. Ich nehme an, Rima hat Ihnen schon Ihren Bau gezeigt?"

Zornig verließen die Studenten zusammen mit Pernak Radiqs Zimmer. In Ermangelung einer besseren Idee erkundeten sie – fahrig und niedergeschlagen – ihre neue Behausung. Es war alles da, was man zum Überleben brauchte. Jede Menge Vorräte, eine Kochstelle, Toiletten, je ein Zimmer mit einer Schlafkuhle, eine Gemeinschaftskuhle sowie eine umfangreiche Bibliothek. Aber keine elektronischen Geräte, nichts, womit sie mit der Welt in Kontakt treten hätten können. Anatok fühlte sich müde, etwas hämmerte in ihrem Kopf. Da fiel ihr ein, dass sie um den halben Planeten geflogen waren und es in der Takalá gewiss schon Nacht war. Deshalb die Müdigkeit. Hier war die Sonne noch hoch am Himmel gestanden. Trotz ihrer Mattigkeit hatte Anatok das Gefühl, es in ihrem Bau nicht mehr auszuhalten. Sie teilte Flisa mit, dass sie nach draußen hoppeln würde. Vielleicht würde sie sich unter der Sonne weniger gefangen fühlen. In der Tat. Als sie die Steintreppen hochgehüpft war und ins Gräsermeer der Lichtung eintauchte, fühlte sie sich ein wenig besser. Sie war immer noch müde, aber jetzt konnte sie sich zumindest einbilden, keine Gefangene zu sein. Sie hoppelte am Waldrand entlang, schnupperte an den fingerartigen dicken

Nadeln der Bäume. Sie rochen harzig und frisch. Die Stämme der Bäume reckten sich nach allen Richtungen. Sie drang in den Wald ein. Es ging leicht bergan, Felsblöcke säumten ihren Weg, überwuchert von dicken Wurzeln. Kleine Käfer schwirrten leise summend umher. Hier und da Vogelgezwitscher. Anatok beruhigte sich ein wenig, doch hielt ihre innere Anspannung an. Dabei wusste sie nicht, ob sie jubeln sollte oder verzweifeln. Ja, ihr war zum Jubeln zumute. Sie hatten den Beweis gefunden, dass sie recht gehandelt hatte. Sie hatte ihre Herde auf Yueliang aus den richtigen moralischen Gründen verlassen, und mit diesem Beweis konnten sie das Schicksal der Rén zum Besseren wenden. Keine Blitze der Götter mehr, keine Opfer, keine Angst. Und nicht nur das Schicksal der Rén: drei weitere Planeten würden frei sein, sich zu entwickeln, ohne Angst und unnötigen Tod. Wenn – ja wenn sie das Wissen mit den anderen Aa'n teilen konnten. Und genau das verunmöglichte ihnen die Staatliche Kontrollbehörde. Es war zum Verzweifeln.

Anatok kam zu einer Ansammlung größerer Felsen, die bis in die halbe Höhe der Bäume ragten. Sie entschied sich, eine kleine Rast zu machen, rollte sich in eine Kuhle, die einer der hinteren Felsen bildete. Was konnte sie nur tun? Wie die Bewegung der jungen Aa'n unterstützen, die die Eindämmungspolitik sowieso schon ablehnten? Wirre Erinnerungen huschten durch ihren Geist. Der Planet Diqiu von oben. Brennende Gabenstöße.

Nackte Affen. Ein kleines verlorenes Mädchen. Das Rauschen von Wind in den Bäumen.

Und dann – plötzlich – Anatok wusste nicht, wie lang er geschlafen hatte – Geräusche von Pfoten. Da war jemand, ganz nahe. Der junge Aa'n linste aus seiner Kuhle heraus. Da, wenige Anak von ihm entfernt, unterhielten sich zwei Aa'n, die er nicht kannte. Nein, doch, der eine hatte sie im Shuttle begleitet. Sie gehörten also zur Kontrollbehörde und waren keine Gefangenen wie er. Anatok versuchte etwas zu sehen, ohne zu viel von sich preiszugeben. Der Winkel, in dem sich die beiden gegenüberstanden, war nicht ungünstig, Anatok sah sie nur von der Seite, und sie waren sehr auf ihre Konversation konzentriert.

„Wann werden sie den Befehl losschicken?" fragte der eine, ein gänzlich schwarzer, recht kleiner Aa'n.

„Morgen." tänzelte sein braunes Gegenüber. „Radiq hat es mir erzählt. Der planetare Rat wird morgen früh die endgültige Entscheidung treffen. Aber es scheint nur noch eine Formsache zu sein."

„Dann hatten wir echt Glück. Stell dir vor, dieser Pernak hätte die Information von seinem Fund noch an seine akademischen Freunde schicken können. Der planetare Rat hätte niemals erklären können, wieso Diqiu zerstört wurde."

Anatok glaubte seinen Augen nicht zu trauen. Hatte der Schwarze wirklich getanzt, was er gesehen hatte?

„Ja, Glück," tanzte der Braune etwas unsicher. „Ich weiß nicht. Natürlich – ich unterstütze den planetarischen Rat, aber gleich eine ganze Zivilisation vernichten? Bisher klappte das doch ganz gut mit der Eindämmungspolitik."

„Bisher, ja," erwiderte der Schwarze, „aber im Falle der Rén hat sie versagt. Wie sonst könnten sie eine Rakete bauen? Es ist nur eine Frage der Zeit, bis sie damit in den Weltraum fliegen und uns entdecken. Das können wir nicht zulassen, nicht bei einer zerstörerisch-intelligenten Lebensform wie den Rén. Du weißt, dass das erst der Anfang wäre. Die Rén würden die Galaxis bluten lassen."

„Ja," grummelte der andere, „aber irgendwie habe ich ein schlechtes Gefühl dabei."

Anatok war ganz heiß geworden. Es drohte die Vernichtung der Rén, der nackten Affen, die seine ehemalige Herde überwachte. Wie um alles in der Welt hatten sie es geschafft, eine Rakete zu bauen? Konnte das überhaupt stimmen? Aber das war jetzt nicht wichtig, Anatok wusste mit einem Mal, dass es nur eine Sache gab, die wichtig war: er musste verhindern, dass der Befehl zur Zerstörung der Rén diesen Planeten verließ. Denn einmal losgeschickt, konnte er nicht eingeholt werden. Das Licht war unerbittlich und unveränderlich in seiner Geschwindigkeit. Und Anatok kannte seine ehemalige Herde. Arst würde keine Diminute zögern, die Weisungen des Planetaren Rates umzusetzen.

Da fiel der Blick Anatoks auf zwei schmale Rohre, die etwa einen Anak von den beiden Tänzern entfernt im Gras lagen. Mit einem Mal wusste Anatok, was er tun musste, und er wurde ganz ruhig. Erhob sich ganz leise von seiner Position, pirschte sich heran.

„Du musst kein schlechtes Gefühl haben," erwiderte der Schwarze. „Das Survivienzparadigma ist korrekt. Nur weil unsere Vorfahren ein bisschen Fleisch gegessen haben, ändert das gar nichts. Wir haben jedes Recht, uns vor den Monstern zu schützen. Ich habe mich ein wenig mit der Geschichte der Rén auseinandergesetzt. Glaub mir, du willst keinem von ihnen begegnen."

„Wer von euch kann das Shuttle fliegen?" tanzte Anatok, die von den beiden unbemerkt die zwei Rohre ergriffen hatte und sie nun auf sie gerichtet hielt. Anatok wusste nicht, wie man die Waffen bediente, aber das war ihr jetzt völlig egal. Sie spürte, dass ihr Gesichtsausdruck entschlossen war und hoffte, dass das die beiden Aa'n genug einschüchtern würde. Und ja – sie würde die Waffen einsetzen, ob sie nun wusste, wie sie funktionierten oder nicht! Sie würde es tun, um eine ganze Zivilisation zu retten!

Der braune Aa'n tanzte ein knappes „Ich." Das war gut, der Braune würde vielleicht weniger Widerstand leisten.

„Ihr begleitet mich beide zum Shuttle, dann verschwindet die Schwarze."

Die beiden Kontrollaa'n blickten einander an. „Weißt du denn überhaupt, wie man die Schlakz bedient?" tänzelte die Schwarze und nickte dabei zu den Waffen hin.

„Natürlich weiß ich es," tanzte Anatok zurück, aber sie spürte, dass ihre Bewegungen ein klein wenig fahrig waren. Das Grinsen im Gesicht der Schwarzen war unübersehbar. Langsam hoppelte sie auf Anatok zu. „Komm, gib schon her. Mach es dir nicht schwerer als nötig," schwänzelte sie siegesgewiss.

„Bleib stehen!" würgte sich Anatok aus den Schultergelenken. „Bleib stehen oder ich schieße!" Fiebrig tasteten ihre Pfoten nach einem Knopf oder einer Vertiefung oder irgend etwas, das einen Impuls ausgelöst hätte. Doch die in kaltem Schweiß gebadete Anatok spürte, wie sie Verzweiflung darüber erfasste, nichts zu finden außer kaltem Metall, und während ihr die Stäbe behutsam aus der Hand gewunden wurden, konnte sie nicht umhin, Erleichterung zu spüren, Erleichterung darüber, nicht getötet zu haben.

Die Verzweiflung holte sie schnell wieder ein, schwärzer und drohender als jemals zuvor. Die beiden Kontrollaa'n hatten sie nicht einmal festgenommen. Fast mitleidig hatten sie sie einfach stehen gelassen, mitten im Wald. So sicher waren sie sich wohl, dass Anatok keine Möglichkeit hatte, Aa'nurk darüber zu informieren, welches Verbrechen der Planetarische Rat plante. Und vermutlich hatten sie recht. Was blieb Anatok, außer zu warten?

Morgen würde der Befehl hinausgehen, unerbittlich, der Befehl zur Zerstörung eines ganzen Planeten, eines wunderschönen Planeten mit fühlenden Lebewesen, mit Bergen und Tälern, mit Flüssen und Wäldern und Seen, und voller suchender nackter Affen. Und niemand würde den Befehl aufhalten können, auch wenn es Jahre dauern würde, bis er ankäme. Und er, Anatok, hatte die Möglichkeit gehabt, das alles zu verhindern. Er hatte versagt. Schwärze umfing den jungen Aa'n, tiefste Verzweiflung, und die Gewissheit, nie wieder glücklich zu werden.

Plötzlich eine Bewegung jenseits von Anatoks Tränenvorhang. Etwas Gräulich-Blaues hopste heran. Es schien zu tanzen. Eine Frage. „Du hier?" Anatok wischte sich über die Augen. Die Sicht wurde etwas besser. Er kannte den Aa'n. Woher nur? Ja, natürlich, das war Anohil, der Student, der sie im *Tanzstudenten* dazu gebracht hatte, die Protestaktion gegen die Eindämmungspolitik zu veranstalten. Was würde er jetzt darum geben, wenn die Eindämmungspolitik einfach nur beibehalten würde, so, wie sie war! Aber – was machte Anohil hier?

„Wie du siehst," erwiderte Anatok mit matten Schritten. „Bist du auch ein Gefangener?" Es überraschte Anatok zu sehen, dass seine Frage Anohil nervös machte. Was hatte er wohl? Ein Wärter war er wohl kaum, das hätte so gar nicht zu ihm gepasst.

„Ich muss dir etwas erzählen," tanzte Anohil. „Ich bin nicht zum ersten Mal hier."

Anatok vergaß für einen Augenblick seine Verzweiflung, sein Körper spannte sich an. Konnte das sein – war Anohil ein Wärter? Hatte er ihnen seine revolutionäre Selbstgewissheit nur vorgespielt?

„Ich bin hier geboren," fing Anohil an, „als Kind der Kontrollherde. Ich habe aber nichts getan, was die planetare Sicherheit gefährden würde, jedenfalls nichts, außer ein paar Wände zu beschmieren." Anohil grinste, sie schien zu ihrer üblichen Selbstsicherheit zurückzufinden. „Deshalb bin ich die einzige Aa'n außerhalb der Kontrollbehörde, die ein Recht darauf hat, frei zwischen Pan'an und Aa'nan hin- und herzufliegen. Unter dem Siegel kompletter Verschwiegenheit. Wenn ich auch nur eine Information über Pa'nan verbreiten würde, würde ich Pa'nan nie mehr verlassen. Deshalb hab ich euch damals nichts davon erzählt. Ich hoffe, du verstehst das ein bisschen."

Anatok verstand das. Wer wollte schon eingesperrt sein. Plötzlich ein Gedanke. Er durchzuckte die junge Aa'n wie ein ganzes Gewitter. „Heißt das, du kannst jederzeit zurückfliegen nach Aa'nan?" Sie hatte noch nie so schnell getanzt. Verwundert hob Anohil eine Augenbraue. „Ja, das kann ich, warum?"

Wenige Diminuten später war Anatok schweißgebadet. Sie hatte ihre Geschichte mit einer Intensität erzählt, die sie fast schwindlig machte. Sie endete schließlich atemlos: „Deshalb musst du fliegen, am Besten gleich, und Aa'nurk über das geplante Verbrechen informieren."

Anohil hatte Anatok gebannt zugesehen, Bestürzung und Faszination in den Augen. „Ja, das mache ich," erwiderte sie nur knapp. Bevor sie davon hopste, tanzte sie noch ein kurzes: „Wir werden uns bald wiedersehen. Wenn alles klappt, wird Pa'nan bald das Naturreservat sein, das es angeblich immer war."

*

Wenige Diminuten später erreichte Kalata, die Rektorin der universalhistorischen Fakultät, eine Nachricht folgenden Inhalts, gesendet von einem nicht näher identifizierten Flugobjekt: „Hier ihr Studentin Anohil. Erbitte Hilfe. Professor Pernak in der Gewalt der Staatlichen Kontrollbehörde auf Pa'nan. Grabung auf Tanduk 5 hat in einem aa'nschen Koprolithen Überreste einer Nuz identifiziert. Survivienzparadigma widerlegt. Planetarer Rat will Rén vernichten. Öffentlich machen unserer Entdeckung. Jetzt!"

Epilog

Anatok blickte hinunter auf den blauen Planeten, auf Diqiu. Schön sah er aus, fast so schön wie Aa'nurk. Es war schon sonderbar. In seinem kurzen, gerade einmal 105 aan'sche Jahre währenden Leben hatte er mehr Zeit in einem Raumschiff verbracht als auf einem festen Himmelskörper. Und die meiste Zeit davon auf Yueliang, einem Planeten, den die Bewohner von Diqiu mit einem gewissen Recht nur als Mond bezeichneten. Doch es war gut, dass er da war. In diesem faszinierenden Doppelplanetensystem. Seine ehemalige Herde hatte die Veränderungen, die er zusammen mit Anohil angestoßen hatte, verkraftet. Ein paar von ihnen waren auch zurückgekehrt nach Aa'nurk, aber die restlichen 20 hatten bereitwillig ihre veränderte Aufgabe angenommen. Zu beobachten, zu erforschen – und dann, wenn der Moment gekommen war, den Kontakt herzustellen. Kein Töten mehr. Auf keinem der vier Planeten. Seit sich abzeichnete, dass die Rakete der Rén oder der Menschen, wie die Erbauer sich selbst bezeichneten, wirklich fliegen würde, hatten sie alles für den Kontakt vorbereitet. Sie hatten eine Raumstation gebaut, an der die Rakete würde andocken können – Anatok wusste selbst nicht wie, aber das hatte er ohne schlechtes Gewissen Arst überlassen. Er war der beste Ingenieur, den er kannte. Und er war geblieben.

Anatok überprüfte noch einmal den Übersetzer. Sie hatten in Vorbereitung des Erstkontaktes Sprachsonden zur Erde geschickt, die mittels künstlicher Intelligenz die Sprache der Raketenbauer aufnahmen und lernten. Nun würde Anatok lediglich vor einem Aufnahmegerät tanzen müssen, und die KI würde seine Schritte in akustische Signale umwandeln. Kompliziert, wie die Menschen kommunizierten. Aber das Universum war groß und vielgestaltig, und genau das war es, was Anatok faszinierte. Er würde wirklich in Kontakt treten – mit der Rén, mit der alles begonnen hatte. Er dachte zurück an jenen Tag, vor über sechzig seiner Jahre, vielleicht waren es fünfzig Erdenjahre, als sich alles für ihn verändert hatte. Er war am Kontrollpult gesessen, traurig, unsicher und verzweifelt. Immer wieder leuchtete ein Licht auf, das für eine Übertretung der göttlichen Regeln stand. Nur selten konnte er den blauen dreieckigen Knopf drücken, weil die KI etwas nicht klar gesehen hatte. Meist ging es um eine Umarmung zwischen Verwandten, die zu lang dauerte. Und dann – wieder ein Lämpchen. Die Nahaufnahme.

Ein junges Mädchen, vielleicht acht, neun Erdenjahre alt, mit kantigen, dunklen Zügen. Verträumt stand sie da, kleine runde rötlich-gelbe Früchte in der Hand, und sie blickte hinaus in die Ebene. Anatok sah, dass keine Arglist in ihr wohnte, keine Absicht, die Götter zu enttäuschen. Sie ruhte in sich selbst, spürte den Wind und die Gerüche ihrer Welt, die so schön war, dass Anatok eine wilde Sehnsucht erfasste. Dieses Mädchen war glücklich – bis es sich umdrehte und bemerkte, dass der Gabenstoß zu brennen begonnen hatte. Erkenntnis entstellte ihr Gesicht, die schreckliche Ahnung, ihr Leben verwirkt zu haben. Und Hilflosigkeit, schreckliche Einsamkeit angesichts der grausamen Götter.

Im selben Moment hatte Anatok gemerkt, dass er den Knopf gedrückt hatte. Einmal, zweimal, hundertmal, als wollte er sich vergewissern, dass sich der Computer das merkte, dass er nie wieder auf die Idee kam, dieses Mädchen zu töten, was auch immer passieren mochte. Er hatte ihn gedrückt, weil er nicht anders konnte, weil er mitfühlte mit diesem Wesen. Und dann brach er zusammen, schrie, weinte und wusste, dass er fort musste, weit weit fort.

Nun kannte Anatok sogar den Namen des Mädchens, Mári hieß sie, und sie hatte zusammen mit ihrer Geliebten und ihrem Vater eine Rakete gebaut. Hatte er in dieser Geschichte eine Rolle gespielt? Gewiss. Ohne ihn würde sie nicht mehr leben. Aber – hatte sie dieser Tag vielleicht auch verändert? Hatte sie durch ihn ihre Angst vor den Göttern verloren, ihre Zweifel an sich selbst? War hier die Entdeckerlust der Menschen wiedergeboren worden? Anatok wusste keine Antwort. Aber er freute sich auf Mári.

Jetzt war es soweit. Die Rakete hatte angedockt. Er hörte Schritte, eine Tür ging mit einem metallischen Surren auf. Ein nacktes Gesicht schaute um die Ecke. Es war gezeichnet von sechzig Jahren ununterbrochener Alterung. Und dennoch – Anatok war es, als könne er in diesen Zügen lesen. Er sah darin die junge wissbegierige Mári, die um keinen Preis davon abließ, die Rätsel ihrer Welt zu lüften, und er sah auch die unerbittliche, harte Mári, die alles dafür geopfert hätte, die Götter zur Rede zu stellen. Und er sah sie jetzt, wie etwas von ihr abzufallen schien, ein ferner aber tief sitzender Schmerz, als sie ihn voller Staunen ansah, aber auch mit einer Respektlosigkeit, die ihn mit Hoffnung für diese sonderbare Spezies erfüllte. Und nun spürte Anatok noch etwas anderes, etwas, das gar nicht von dem Menschenkind ausging sondern aus ihm selbst kam. Er fühlte, dass er am richtigen Platz war, so, als wäre er genau dort, wo er schon immer hingehört hatte. Anatok lächelte und tanzte: „Willkommen, Mári, Botschafterin der Erde, willkommen in der Galaxis."

Milton Keynes UK
Ingram Content Group UK Ltd.
UKHW031138291024
2429UKWH00006B/225